KB046101

그래서 죽일 수
없었다

그래서 죽일 수 없었다

だ か ら 殺 せ な か っ た

잇폰기 도루 지음

김은모 옮김

차례

<다이요 신문> 20××년 5월 26일 석간 사회면

시청 남자 직원, 구타당해 사망 / 요코하마 시

25일 오후 11시 40분경, 가나가와 현 요코하마 시 니시 구 도베 정 3번지 길에서 피투성이가 된 채 쓰러져 있는 남자를 행인이 발견해 경찰에 신고했다.

가나가와 현경 요코하마니시 서의 조사 결과, 피해자는 근처에 거주하는 요코하마 시청 총무국 총무과장 무라타 마사요시 씨(45)로 밝혀졌다. 무라타 씨는 귀가 중 둔기에 머리를 맞은 것으로 추정된다. 무라타 씨는 즉시 가까운 병원으로 옮겨졌지만 얼마 지나지 않아 사망했다. 가방과 가방 속 소지품은 도난당하지 않고 그대로였다.

사고현장은 JR사쿠라기초 역에서 걸어서 15분 거리의 주택가. 무라타 씨는 25일 오후 6시경에 시청을 나서서 술을 마신 후 귀가하는 도중이었던 것으로 추정된다. 요코하마니시 서는 무라타 씨가 사건에 휘말렸을 것으로 보고 조사 중이다.

〈다이요 신문〉 20××년 6월 18일 조간 사회면

남자 회사원, 옥상에서 떨어져 사망 / 사이타마 시

17일 오후 1시 40분경, 사이타마 현 사이타마 시 오미야 구 미야 정 4번지 길에 쓰러져 있는 남자를 지나가던 회사원이 발견해 경찰에 신고했다. 남자는 온몸에 강한 충격을 받아 이미 사망한 뒤였다.

사이타마 현경 오미야요노 서의 조사 결과, 사망자는 사이타마 시 주오 구 가미오치아이 4번지에 거주하는 회사원 혼고 마사키 씨(29)로 밝혀졌다. 혼고 씨는 점심시간에 흡연구역인 건물 옥상에 올라갔다가 떨어진 것으로 추정된다.

사고현장은 JR오미야 역에서 걸어서 3분 거리에 있는 도심지의 한 구역. 혼고 씨가 떨어지기 직전에 '비명을 들었다', '건물 옥상에 다른 사람이 있었다'라는 제보가 있어 오미야요노 서는 혼고 씨가 무슨 말썽에 휘말렸을 가능성도 다고 보고 조사 중이다.

〈다이요 신문〉 20××년 7월 18일 석간 사회면

남자 회사원, 역구내에서 흉기에 찔려 사망 / 도쿄 JR핫초보리 역

18일 오전 8시 15분경, 도쿄 도 주오 구 핫초보리 3번지에 위치한 JR게이요 선 핫초보리 역 구내에서 피를 흘리며 쓰러져 있는 남자를 역무원이 발견해 경찰과 119에 신고했다. 남자는 구급차로 병원에 옮겨졌지만, 예리한 날붙이로 등을 찔린 탓에 과다출혈로 곧 사망했다.

경시청 철도경찰대의 조사 결과, 피해자는 고토 구 다쓰미 2번지에 위치한 운송회사 사원 고바야시 요지로 씨(42)로 밝혀졌다. 고바야시 씨는 신키바 역에서 전철에 탑승해 도쿄 도내의 직장으로 출근하는 중이었다. 전철이 핫초보리 역에 도착했을 때 누군가 뒤에서 찌른 것으로 추정된다.

사건이 발생한 당시 한창 출근 시간대라 전철은 사람들로 가득 차 거의 몸을 움직일 수 없는 상태였다고 한다. 경찰은 현장 부근에 입간판을 설치해 목격자의 제보를 기다리고 있다.

프롤로그

잇폰기 도루의 모놀로그

1

귀에 거슬리는 신호음이 울렸다. 이어서 무미건조한 남자 목소리로 안내방송이 울려 퍼졌다.

"〈교도통신〉. 일미 무역 갈등 다시 고조되나. '미국 제일주의' 때문에 일본의 수출산업에 큰 타격. 미국 에너지 경제연구소 소장의 담화, 30줄을 전달합니다."

쪽잠을 방해받았다. 얼굴에 덮어쓰고 있던 이불을 내리고 눈을 떴다.

빛이 눈을 찔렀다. 대평원처럼 펼쳐진 천장에 길쭉한 형광등이 저 멀리까지 가지런히 줄지어 있다. 텔레비전에서 나오는 뉴스가 여기저기서 귀를 때렸다. 종이를 내뱉는 프린터와 팩스 소리도 났다.

"네. 〈다이요 신문〉 사회부입니다." 아르바이트생이 전화를 받는 소리가 들렸다.

이불을 걷어 젖혔다. 자면서 흘린 땀으로 와이셔츠 옷깃이 젖어 있었다.

검은색 3인용 가죽소파가 내 전용 수면실이다. 무릎을 구부리고 누워 한 시간쯤 휴식을 취했다. 사람들이 오가는 사무실 한구석이라도 이렇게 눈치 보지 않고 쪽잠을 잘 수 있는 것이 신문기자의 특권이다.

오전 10시 반. 신문 제작 공정은 석간 초판 기사의 출고를 마쳤을 무렵이다.

오늘도 기둥에 달린 스피커에서 흘러나오는 〈교도통신〉의 송출 알림 신호음 '피코'를 듣고 잠에서 깼다. 늘 저 소리가 잠을 방해한다. 몸 위로 덮고 있던 오렌지색 이불은 기자들의 땀을 흡수해 겉면이 약간 거무스름하게 번들거렸다.

몸을 일으키고 발끝으로 소파 아래에 있는 양말을 찾았다. 소파 등받이에 걸쳐놓은 웃옷을 들고 일어났다. 목에 건 ID카드가 흔들렸다. 카드 앞면에는 마흔여섯 살 먹은 남자가 성실한 척하는 표정을 짓고 있다. 새치가 섞인 긴 머리에 6 대 4 가르마를 탔고, 졸려 보이는 외까풀 눈이다.

복도에 있는 자판기에서 차가운 캔 커피를 뽑았다. 한 모금 마시자 겨우 머릿속이 개운해졌다.

5층에 자리한 편집국은 널찍한 업무 공간이 한눈에 들어온다. 중심 통로 두 줄이 업무 공간을 구분하고, 천장에는 부서명이 적힌 명패가 달려 있다. 사회부, 지역보도부, 그 건너편에는 편집부, 오른쪽에는 정치부, 경제부, 국제부가 이어진다. 반대편으로 얼굴을 돌리면 디지털속보부, 교열부. 그 건너편에는 스포츠부,

사진부다.

항상 시간에 쫓기는 편집국에는 커다란 원형 시계가 60개나 걸려 있다. 하루에 두 번, 조간과 석간의 인쇄 공정에 맞춰 지면을 내려주는 강판(降版) 시간 직전에는 폭풍이 몰아치는 것처럼 소란스러워진다. 드넓은 편집국의 어딘가에서 누군가가 고함을 지르고, 누군가가 뛴다. 티셔츠 차림의 아르바이트생이 A2용지 크기의 교정대장을 들고 데스크석으로 가서 "3판, 확인대장입니다" 하고 목소리를 높인다. 각 부서의 데스크석은 몇 번이고 제출되는 이 교정대장으로 가득 찬다.

전국지인 〈다이요 신문〉은 세간에서 '퀄리티 페이퍼'*로 일컬어진다. 사회부 기자인 나의 역할은 '보충병'이다. 요컨대 시키면 뭐든지 다 한다. 사회부 기자의 대부분은 공공기관의 기자실에 상주한다. 그중 사건과 관련된 곳은 'P 담당'이라고 불리는 경시청과 경찰청의 기자실, 검찰청과 법원을 담당하는 법조기자실이다. 한편 '보충병'은 담당 구역이 없다. 따라서 발표물이나 공공기관 관련 기사를 '선점'하려는 경쟁에 시달리지 않는다. 취재 영역은 '뭐든지'다.

헌법, 안전 보장, 천황제, 원자력 발전, 인권과 차별, 사형제도, 환경 문제……. 전문 분야의 주제를 정해 연재물을 담당하거나 정리하는 역할을 맡기도 한다. 아무튼 뭔가 벌어졌을 때를 대비해 금방 연락이 닿는 곳에 있어야 한다. 8층 사원 식당 옆 휴게실

---

*사회의 지식인을 독자로 삼는 신문. 고급지.

과 지하 2층의 피트니스 룸에도 드나든다. 요컨대 회사 안에 있으면 된다. 이렇게 데스크석 주변 소파에서 눈을 붙이는 것도 업무다.

오늘 조간을 펼쳤다. 우리 〈다이요 신문〉이 1면을 특종으로 꾸몄다. 오랜만의 쾌거다.

〔수도권에서 발생한 세 건의 살인사건, 동일범의 소행으로 단정〕 〔도쿄 도와 두 현에서 합동수사본부를 설치하기로〕

경시청 기자실에서 정리한 기사를 사회부에서 출고했다. 일의 시초는 경찰청을 출입하는 베테랑 기자가 건진 정보였다.

최근에 가나가와, 사이타마, 도쿄 세 지역에서 살인사건이 발생했는데, 현장 부근에서 발견된 유류품을 조회한 결과 동일인물의 범행으로 밝혀졌다. 조만간 세 지역이 합동수사본부를 설치할 것이라고 한다.

세 사건이 발생한 직후부터 경찰은 경찰청의 주도 아래 세 사건의 공통점을 찾고 있었다. 이 정보를 보고받은 하세데라 사회부장이 요코하마와 사이타마의 각 총국 국장과 경시청 기자실에 연락했다. 각 총국의 경찰 담당 기자, 통칭 '사건기자*'들이 어

---

*원문은 경찰이라는 의미의 일본어 '사쓰'와 돌아다니다의 '마와리'를 합친 조어 '사쓰마와리'다. 경찰서, 소방서 등을 출입하며 사건, 사고를 다루는 사회부 기자를 이르는 말로 국내에서도 사용됐지만, 최근 언어 순화를 위해 사용을 지양하고 있다. 기자 한 명은 '사건기자', 여럿이 움직일 경우 '사건팀', '이슈팀'으로 불린다.

젯밤 일제히 돌아다니며 진위를 확인하고 상세한 정보를 모아온 성과였다. 다른 신문은 아닌 밤중에 홍두깨였을 것이다.

이번 기사로 사회부 기자들은 기세가 등등해졌다. 정치부와 경제부를 제치고 당당하게 1면에 대서특필된 특종이다. 더욱 쐐기를 박듯이 석간 1면에도 속보로 특종을 실었다. 조간에 실은 '동일범의 소행'이라는 요소를 더욱 보강한 기사다.

〔수도권에서 발생한 세 건의 살인사건 / 담배꽁초에서 동일 인물의 DNA 검출 / 계획적인 범행인가〕

각각의 현장 부근에는 같은 상표의 양담배꽁초가 몇 개 떨어져 있었다. 감정 결과 끝부분에 묻은 침에서 같은 인물의 DNA가 검출됐다.

혈액형은 AB형으로 판명됐다. 여러 범행 현장과 그 주변에서 범행에 나서기 직전까지 범인이 담배를 피우며 피해자에게 접촉할 기회를 노렸을 가능성이 있어 '합동수사본부는 계획적 범행으로 보고 있다'고 보도했다.

이 정보에 네티즌이 즉시 반응했다. 범인은 어떤 인물이라는 둥, 동기는 어떻다는 둥, 피해자들에게는 공통점이 있다는 둥……. 근거 없는 억측과 진위를 확인할 수 없는 무책임한 정보가 오갔다. 범인을 가장해서 올린 글도 있었지만, 죄다 신빙성이 부족했다.

오전 10시 반. 석간의 대판* 지면이 나올 시간이다. 나는 훌쩍 데스크석을 보러 갔다. 초판 교정쇄가 올라와 있었다. 석간 1면에는 조간에 실린 '수도권에서 발생한 세 건의 살인사건' 속보를 그대로 최종판까지 톱기사로 게재할 예정이다.

시간이 흘러 오후 1시, 최종판을 강판하기 30분 전이었다. 컴퓨터를 노려보고 있던 마유즈미 데스크가 나를 보고 소리쳤다.

"잇폰기, 부탁 좀 할게!"

강판 직전이 되면 마유즈미 데스크는 짜랑짜랑 소리를 내지른다. 다른 뉴스가 밀려들어온 모양이다.

"이 원고, 10분 안에 자투리 기사로 써주겠어? 1사회면 밑에 넣을 거야."

'자투리 기사'란 25줄 이내의 원고를 가리킨다. 나는 '육각형'이라고 부르는 데스크 근처로 가서 데스크탑형 컴퓨터 앞에 앉았다. 화면에는 한 줄에 스무 글자, 60줄의 칸에 채워진 원고가 두 단으로 준비되어 있었다. 본문 속에서 커서가 깜박거렸다.

부탁받은 건 사회부 미디어반에서 제출한 원고를 다시 작성하는 작업이다.

내용은 텔레비전 버라이어티 방송 출연으로 사람들에게 친숙한 생물학자 메이호 대학교 게가사와 다쓰야 교수가 'NHK 경영위원직에서 파면됐다'는 뉴스다. 이 교수는 거듭되는 불륜과 사생아 소동으로 하루가 멀다 하고 각 방송국 정보방송에서 도

---

*부분 조판한 판을 모아 한 페이지로 정리한 것.

마 위에 올랐다. 〈다이요 신문〉의 과학면에도 수없이 등장한 생물학의 권위자이지만 이제는 완전히 연예인이나 다름없었다.

나도 회사 엘리베이터에서 과학부 기자와 함께 있는 그를 한번 봤다. 텔레비전에 나오게 된 건 그 후부터다. 우리 신문 때문에 그가 유명해진 측면도 있었다. 그런 명물 교수가 NHK 쪽과 줄이 끊긴 끝에, 총리가 임명한 지식인으로 구성되는 경영위원직에서도 물러났다고 한다.

시간도 남는 지면도 없지만 NHK 정오 뉴스에 나왔기 때문이리라. 이날의 석간 편집장 구보하라 편집국장 보좌가 '찔러 넣기' 해달라고 요청했다.

마유즈미 데스크가 의자를 빙글 돌리고 일어서더니 몇 미터 앞에 있는 편집부 데스크로 향했다.

"발정 난 게가사와 교수의 NHK 경영위원직 파면극. 자투리 기사, 끄트머리에 찔러 넣어줘요."

강판까지 앞으로 15분. 나는 컴퓨터 화면을 바라보며 마우스를 잡았다. 재빨리 내용을 확인하고 중복된 정보와 늘어지는 표현을 쳐냈다. 문장을 시간 순서에 따라 다시 정돈하고 여섯 줄씩 네 단락으로 구분했다.

화면 밑 '출고' 버튼을 클릭해 출고 목록에 추가했다. 여기까지 작업하는 데 7분. 비스듬히 옆에 있는 데스크용 컴퓨터를 노려보고 있던 마유즈미 데스크가 "고마워" 하고 말했다. 데스크는 목록에서 해당 원고를 클릭해 내용을 확인하고 수정한다. 문제가 없으면 단말기에서 '기사'를 송출하고 나머지는 편집부에 맡긴다. 편집부는 지면을 레이아웃하는 단말기에서 비워놓았던 부분에 이 '기사'를 배치한다.

게가사와 교수에 관한 소식은 확실히 세간을 떠들썩하게 했다. 여기저기 그의 사생아가 있다는 사실도 드러났다. 불륜 상대는 긴자에 있는 클럽의 마담, 여자 연예인, 대학교 학회의 제자, 공개강좌에 온 주부 등 다양하다. 〈다이요 신문〉은 불륜 및 사생아 발각에 관해서는 보도를 자제했지만 정부에게 위탁받은 위원, 민간단체와 각종 협회의 위원 등 게가사와 교수의 여러 사회적 신분이 박탈되자 정보방송과 다를 바 없이 보도를 시작했다. 왜 천박한 기사를 싣느냐는 항의가 독자 센터에 빗발쳤다. '오피니언리더인 〈다이요 신문〉이 왜 파렴치한 교수의 추문을 싣는 거냐. 언제부터 주간지로 전락했느냐'라고.

하지만 NHK가 보도하면 대번에 '뉴스'로 변한다. 천박한 이야깃거리도 '대중의 관심사'로 승격한다. 당초 보도할 예정이 없던 사안이라도 신문의 태도는 단숨에 흔들린다. 싣지 않으면 추후 〈다이요 신문〉은 왜 안 실었느냐라고 독자의 비난이 빗발친다. 게재하느냐 마느냐를 판단하는 데는 그런 역학도 작용한다.

토론을 벌일 시간은 없다. 나머지는 어떻게 대우할지, 그러니까 기사의 크기를 결정해야 한다. 마유즈미 데스크가 고민한 끝에 "찔러 넣기니까 기껏해야 1단짜리야"라며 자투리 기사로 정했다. 하지만 결과적으로 1면 왼편 위쪽의 '어깨*' 대우를 받았

*신문 1면 좌상단에 실리는 기사. 톱기사 다음으로 중요하게 취급된다.

다. 구보하라 편집국장 보좌가 지면을 짜는 편집부에게 지시한
모양이다.

2

저명인의 사생활과 관련된 뉴스를 지면에서 어떻게 다룰 것인
가. 편집국 내에서는 예전부터 논쟁이 끊이지 않았다.

그날의 지면 내용은 '데스크 회의'에서 결정한다. 정치, 경제,
사회, 국제, 과학, 문화, 생활 등 각 출고부서의 차장에 해당하는
데스크가 그날의 뉴스를 보고하고, 편집국 데스크가 출고 메뉴
를 보여주며 1면 톱기사는 이거, 어깨는 이거, 사회면 톱기사는
이거라는 식으로 게재 위치와 대우를 결정해나간다. 데스크 회
의는 석간과 조간의 마감에 맞춰 하루에 대여섯 번 열린다.

그와 별개로 각 출고부서의 부장들이 지면 내용과 편집 방침
의 큰 틀을 논의하는 '편집회의'가 한 주에 두 번 열린다. 여기서
논의된 의제가 각 부의 데스크에게 하달된다. 데스크 회의도 편
집회의도 편집국의 한 구석, 투명 아크릴판으로 둘러싸여 통칭
'어항'이라 불리는 편집국장실에서 열린다. 그날 편성할 지면의
편집장 노릇을 하는 편집국장 보좌 중 한 명이 사회를 맡는다.

오늘 석간에도 세 가사와 교수의 불륜 소식이 또 실렸다. 이 문
제를 둘러싸고 석간 강판 후에 열린 편집회의에서 열띤 논쟁이
벌어졌다. 출고에 책임이 있는 데스크와 기자 자격으로 마유즈

미 데스크와 나도 옵서버로 참석했다.

게재 반대파는 정치부와 오피니언부, 국제부, 과학부가 중심이다. 키가 크고 각진 얼굴의 이론파 사코타 정치부장이 석간 지면을 기다란 책상 한복판에 펼치고 말을 꺼냈다.

"석간 1면 어깨에 찔러 넣은 게가사와 교수의 불륜 소동. 이제 이런 천박한 소재에 지면을 할애할 수는 없어. 〈다이요 신문〉의 품격을 더럽히잖아. 작년부터 지면의 글씨를 키운 만큼 전체 정보량이 줄었어. 헌법 개정 논의, 미·중 관계, 오니카와의 미군기지 문제, 재해 복구에 경기 부양책, 외국인 노동자 등 우선해서 보도해야 할 문제가 얼마든지 있을 텐데."

에지리 국제부장이 굵은 눈썹을 치켜세우며 가세했다.

"우리는 유력지니까요. 독자의 항의가 엄청나다고요. 신문사로서 양식이 있느냐를 문제 삼고 있습니다."

학자 기질이 있는 야마하나 오피니언부장도 말을 이었다.

"같은 부정이라도 공권력의 부정을 폭로해야 해. 기자도 줄였는데, 이런 일에 취재력을 낭비해서야 쓰나."

제일 먼저 공세에 나섰던 사코타 정치부장이 작은 목소리로 덧붙였다.

"게다가 기껏 불륜 정도로……. 게가사와 씨도 참 안됐어."

이에 대해 게재 찬성파는 사회부와 학예부, 지면을 다루는 편집부, 디지털 뉴스부다. 하세데라 사회부장이 반대파에게 날카로운 눈빛을 던지며 "아니요, 그렇지 않습니다" 하고 목소리를 높였다.

이날 편집국장실에는 사회부가 조간과 석간 1면에 실은 '수도권에서 발생한 세 건의 살인사건, 동일범의 소행으로 단정'이라는 기사와, 그 속보로 특종을 터뜨린 여운이 남아 있었다. 하세데라 사회부장의 항변도 위세가 좋았다.

"게가사와 교수는 여러 버라이어티 방송에 고정 출연하는 연예인이에요. 말주변이 좋고 재미있죠. 사코타 부장님도 아시다시피 다음 참의원 선거에 출마도 할 예정이고요. 이제는 공인입니다. 스포츠신문에서는 그 사람과 관련된 화제가 1면을 차지해요. 이건 대중의 이목을 모으는 뉴스이자 공공의 관심사로서 사회적인 수요가 있습니다."

사코타 정치부장이 인상을 찌푸리고 "아니, 그렇다고 뭐 불륜 정도로……" 하며 말을 우물거렸다. 즉시 다른 목소리가 날아들었다.

"적어도 NHK 경영위원직에서 파면됐다는 소식은 실어야겠죠. 그럼 그 원인도 언급해야 하지 않겠습니까?" 간사이 지방 출신인 아베 학예부장이다.

사코타 정치부장이 "파면 이유를 적는다면 다를 게 뭐가 있어" 하고 물고 늘어졌다.

"사코타 씨, 불륜을 몹시 옹호하시는군요."

찬성파인 무라오카 편집부장의 핀잔에 웃음이 확 터져 나왔다. 분위기가 누그러지자 히죽거리던 구와하라 과학부장이 "참고 의견인데요" 하고 조심스레 끼어들었다.

"아시다시피 우리는 지면에서 게가사와 씨에게 많은 도움을 받았습니다. 솔직히 저는 안타까운 마음도 들어요. 우리 신문이 그를 세상에 알렸잖습니까. 게가사와 씨에게 부탁한 CSR 사업 본부의 '〈다이요 신문〉 CSR 독자 대상' 선고위원은 계속할 테고요. 요컨대 이 소동을 실으면 우리 신문의 입장이 복잡해지지 않을까 싶은데요. 아, 이건 어디까지나 참고 의견으로."

"우리 입장 때문에 싣지 않는다니, 보도기관으로서 그런 논리는 이상하지 않습니까?" 즉시 하세데라 사회부장이 말했다.

뉴스란 무엇인가, 독자의 수요란 무엇인가, 〈다이요 신문〉은 어떤 입장을 취해야 하는가로 논의는 수렴되어갔다. 처진 눈에 태도가 부드러운 이시마루 경제부장이 모두를 둘러봤다.

"대중을 끌어들이는 콘텐츠도 신문에 담아야, 정말로 읽어줬으면 하는 뉴스도 독자들에게 전할 수 있겠지. 인터넷 전성시대인 현재, 딱딱한 뉴스나 권력 비판이 대중의 눈에 들어올 기회는 많지 않아. 알다시피 저널리즘은 판매에 도움이 안 돼. 게가사와 교수는 젊은 세대에게 인기가 아주 많지. 기사를 싣는 건 타산 때문이 아니라 정말로 소중한 사실을 전달하기 위한 '우회 전술'이야. 처음에 사설부터 펼치는 젊은 세대가 어디 있겠어? 일단 신문을 집어 들게 해야지."

젊은 세대. 분명 신문의 미래를 점치는 키워드다. 아베 학예부장이 말을 이었다.

"신문은 종합 백화점이기도 하니까요. 젊은이를 겨냥한 층과 점포가 없으면 백화점에도 손님이 안 들어요. 마찬가지로 신문에도 딱딱한 기사만 실으면 외면당할 겁니다. 구독자 수는 점점 줄어들고 있어요. 그건 젊은 세대가 신문을 읽지 않기 때문이 아니라, 신문이 젊은 세대를 겨냥한 지면을 만들지 않기 때문이 아닐까요?"

"바로 그거야." 시원한 눈매의 히라바야시 디지털 뉴스부장이 지체 없이 고개를 끄덕였다.

"요컨대 돈벌이를 하라는 소리로군요." 에지리 국제부장이 잔뜩 비아냥거리는 투로 말을 내뱉었다.

편집국장실의 분위기가 다시 경직됐다.

논의는 각 부장이 서로 권익을 다투는 양상도 띠었다. 내려놓은 블라인드 틈새로 통로에 늘어선 데스크들이 어른어른 보였다. 오늘의 지면 구성을 결정할 데스크 회의 시간이다.

사회를 맡은 구보하라 편집국장 보좌가 손목시계를 보더니, 회의를 마무리하자는 듯 일어섰다.

"시간도 없으니 이쯤 하지." 모두가 일어서는 모습을 보고 구보하라 편집국장 보좌가 덧붙였다. "다만 다들 신문 경영의 현실을 인식해줬으면 해. 판매부수 감소를 어떻게든 막아야 한다고. 그러니 지면의 영업력을 끌어올리는 건 필수 과제야. 인터넷 사용자를 의식한 콘텐츠 제작도 중요해졌어. 각자가 앞으로 생존할 방책을 진지하게 고민할 때가 왔다는 걸 유념하도록."

대중에게 인기 있는 뉴스를 싣는 건 악화된 경영 환경과 연관이 있었다. 그건 게재 반대파도 알고 있었다. 이대로 가면 신문에서 독자가 이탈하는 속도가 점점 빨라질 것이다. 따라서 각 신문사는 디지털판으로 점점 이행하는 중이다. 〈다이요 신문〉 역시 인터넷으로 구독하는 뉴스 사이트 '다이요 신문 디지털' 홍보에 수억 엔을 들였고, 디지털 회원을 확보하고자 가격 인하를 되풀이했다. 한 달 1천 엔에서 500엔까지 내렸다.

하지만 사업은 순탄치 못했다. 사이트 계약료도 그렇고, 광고 수입도 그렇고, 도무지 채산이 맞지 않았다. 인터넷 정보는 공짜라는 것이 대중의 공통된 인식이다. 무릇 도구나 플랫폼을 바꿔도 신문은 역시 읽히지 않는다. 대중은 '즐겁고 도움이 되는 정보'밖에 원하지 않는다.

그렇게 보면 지면에는 예능 가십거리도 넣는 수밖에 없는 걸까. 이제는 보도할 뉴스의 소재도 그런 식으로 결정된다. 이날 편집회의는 나가미네 편집국장의 판단으로 '게가사와 교수와 관련된 화제는 사회적인 관심사이니 독자의 수요에 응하기 위해 기사를 싣는다'라는 결론이 내려졌다.

다만 징계 처분 정도의 기삿감에 대해서는 요란스럽게 굴지 않고 3사회면의 1단 기사로 다루기로 했다.

신문사에서는 어떤 '합리화'도 통한다. 경영을 최우선으로 하기 위해 논조까지도 바꾼다. 〈다이요 신문〉은 얼마 전까지 '호헌파'를 지지했다. 하지만 종이 신문이 팔리지 않게 된 지금은, 개헌파가 많은 인터넷 사용자에게 미움을 받으면 끝장이다. '〈다이요 신문〉=호헌'이라는 인식이 세간에 정착되면 젊은 세대는 멀어진다.

그래서 사내에서도 너무 호헌, 호헌, 떠들지 말라는 분위기가 퍼졌다. 과거에 일본군이 아시아를 '침략'했다는 기사 속의 표현도 어느 날을 경계로 '결과적 침략'으로 표현하기 시작했다. 변절했다는 티가 나지 않도록 사설과 기자 칼럼, 일반 기사 속에서 은근슬쩍. 실로 교묘한 논조의 전환이었다.

이날 편집국장실에서 있었던 논의는 일단 마무리됐다. 게재 반대파가 수긍한 것은 아니다. 편집국장실을 나선 후에 마유즈미 데스크가 귓속말을 했다.

"사코타 정치부장이 왜 게가사와 교수를 두둔하는지 알겠지? 내년 참의원 선거 이후를 보고 있는 거야. 게가사와는 민정당 대표 오사와의 공천으로 출마해. 정치부 입장에서는 오사와하고 사이좋게 지내고 싶은 거지. 경우에 따라서는 앞으로 게가사와에게도 잘 보여야 하는 관계가 될지도 모르고 말이야. 뭐, 사코타 정치부장이 불륜 찬성론자인 건 자기도 불륜을 저지르고 있기 때문이라는 이야기도 있지만."

마유즈미 데스크가 눈짓을 하고 말을 이었다.

"나가미네 편집국장이랑 구보하라 편집국장 보좌도 결국 '잘 팔리는 신문'을 부정하지는 않았잖아. 실은 이사회 임원 사이에서 편집 담당이 판매 담당과 광고 담당에게 압력을 받고 있어. 젊은 세대에게 좀 더 잘 팔리는 신문을 만들어달라, 호헌 옹호도 그만둬달라고 말이지. 종이 신문을 팔기 위해서는 찬밥 더운밥을 가릴 수 없는 시대가 온 셈이야."

"그래서 불륜 교수라는 소재도 1면 어깨인 건가요?"

"결국 경영 환경의 악화에 신문사가 어떤 자세를 취할 것이냐는 화두가 던져진 거지."

마유즈미 데스크가 내 어깨를 탁 두드렸다.

3

〈다이요 신문〉은 재작년에, 창간 140년 이래 처음으로 영업 적자를 기록했다. 그 후로 2회기 연속 적자다. 몇 년 전부터 신문과 출판업계 전체가 부진에 빠졌다. 종이 매체 업계는 '쇠퇴', '사양 산업', '멸절 위기종'이라는 평가를 받기 시작했다.

대형 광고대행사 덴호도에 따르면 신문은 이제 정보 수취자에게 도달하는 비율이 가장 낮은 매체라고 한다. 덴호도에는 일찍이 각 전국지별로 담당이 있었지만 이제는 '전국지 담당'으로 통합됐다고 한다.

6월에 열린 〈다이요 신문〉 정기 주주총회에서는 2회기 연속 적자라는 결산이 마침내 사주 집안의 역린을 건드렸다. 결산 보고를 마친 후 질의응답 시간에 주주석 제일 앞자리에 앉은 사주가 마이크를 잡은 손을 떨며 호소했다.

"재작년, 〈다이요 신문〉의 역사상 가장 부끄러운 일이 발생했습니다 대체 어떻게 된 겁니까. 3회기 연속 적자를 내면 임원을 모조리 갈아치울 것을 부탁드립니다."

주주총회장에 박수가 일었다. 그리하여 경영진은 상반기가 종료되는 올해 9월까지 현재 700만 부까지 떨어진 발행부수를 30만 부 더 늘리고, 〈다이요 신문〉 디지털의 유료 회원 수 20만

명을 25만 명으로 늘리겠다는 구체적인 수치 목표를 제시함과 더불어 판매와 광고 수입을 증가시켜 금년도는 흑자를 달성하겠다고 약속하지 않을 수 없었다.

사내에서는 오랜 세월 비즈니스의 노하우도 모르는 편집국 출신이 주요한 지위를 차지해왔다. 그런 구태의연한 경영진 구성에도 이의가 제기됐다. 매출이 늘지 않는다면 어떻게 수익을 올릴 것인가. 수익이 감소해도 흑자를 내는 상투적인 수단은 비용 억제다. 업무 효율화, 경비 절감, 사내 정보의 일원 관리……, 마지막은 인건비, 즉 급여 삭감이다.

사내 방송이 흘러나왔다.

"임직원 여러분께 알립니다. 오늘 오후 2시에 와타베 사장님께서 '긴급 경영 보고'를 하실 예정입니다. 모두 중앙홀로 모여주십시오. 다시 한 번 알려드립니다……."

경영 실태를 사장이 직접 사원들에게 보고한다고 한다. 전대미문이다. 홀 입구까지 사원들로 넘쳐났다. 단상에 임원 여덟 명이 늘어섰고, 가운데에 있던 와타베 사장이 태양 문양이 박힌 회사 깃발 앞에서 입을 열었다.

"오늘은 긴히 드릴 말씀이 있어서 여러분을 소집했습니다. 지금 우리는 하나로 똘똘 뭉쳐 경영 위기를 극복해야 합니다. 그러기 위해 신문 저널리즘의 왕도를 벗어나지 않으면서도 녹자가 원하는 정보를 실을 필요가 있습니다. 종이와 디지털 신문 양쪽 모두 매력 있는 지면과 콘텐츠를 만들어 나갑시다."

그러니 게가사와 교수의 불륜 스캔들을 싣겠다는 변명으로도 들렸다. 와타베 사장은 말을 끊을 때마다 딱딱한 표정으로 입을 꾹 다물고 사원들을 둘러봤다.

이어서 사장 이하 임원의 상여금을 30퍼센트 삭감하겠다고 말했다. "마지막 보루로 삼아온 인건비를 삭감하겠습니다"라며 50대 이상의 사원에게도 150만 엔의 연봉 삭감을 요구했다. 반론할 수 있는 분위기가 아니었다. 모두 절박한 경영 환경을 이해하기 때문이다. 신무기자는 현재 약 2,500명. 사내에서 가장 인건비가 높다. 그래서 기자를 300명 줄인다고 했다. '원고를 쓰지 않는 기자는 필요 없다'면서.

긴급 경영 보고는 '편집, 광고, 판매, 사업 등 각 부와 국이 상호 협력을 강화해 한층 노력해달라'는 말로 마무리됐다. 편집국에는 '독자를 끌어들일 최고의 콘텐츠를 선보여라'라는 지시가 떨어졌다.

머쓱해졌다. 우리 기자들은 언제나 그런 각오로 임하니까.

오후 3시 사회부 부서 회의가 열렸다.

사장의 '긴급 경영 보고'를 받고 각 부에서도 태세를 점검한다는 흐름이다.

부서 회의는 본관 11층의 대회의실에서 열렸다. 사회부는 부원이 80명이나 되는 큰 부서다. 그중 50명이 모였다. 나를 포함해 보충병 기자는 다섯 명이다. 다른 사람들은 각 기자실에 상주하므로, 각각의 담당 구역에서 진두지휘하는 베테랑 기자인 캡이나 바이스캡이 참석했다. 회의 책상과 의자가 네모 모양으로 마주 보게 배치되었고, 다 앉을 수가 없어서 벽 앞에도 의자를 놓았다.

창문 쪽 한가운데엔 하세데라 사회부장이, 여섯 명의 데스크는 그 양옆에 앉았다. 하세데라 사회부장이 벽시계를 올려다보고 "다 모였나? 시작한다" 하고 말을 꺼냈다.

일단은 오늘 조간과 석간의 1면 톱기사를 장식한 특종 '수도권에서 발생한 세 건의 살인사건'에 대해서. 하세데라 사회부장이 연일 경찰 관계자와 접촉해 정보를 따낸 경시청과 경찰청 출입기자와 요코하마와 사이타마 각 총국의 노고를 치하했다. 사회부장상 수여는 물론, 사장상도 신청하겠다고 했다.

한편 동일인물이 피운 담배꽁초를 발견했으니 범인까지 밝혀낼 수 있을 것인가. 합동수사본부의 견해에 따르면 수사는 한층 난항을 겪을 것 같다고 한다. "현장에 백 번 드나들라는 말이 있잖아. 직접 두 발로 뛰어서 보도한다는 자세를 잊지 마." 하세데라 사회부장의 눈빛에 날카로움이 돌아왔다.

이어서 아까 사장의 말을 빌려 '매력 있는 지면 만들기'를 결의했다. 부원이 "불륜 교수에 대한 보도도 포함됩니까?" 하고 묻자 하세데라 사회부장은 "기사 내용은 어디까지나 개별적으로 판단할 거야. 다만 화제의 콘텐츠도 때로는 필요하겠지"라고만 대답했다.

여기서부터는 회사의 방침과 동일한 설명이다. 편집국의 각 부서가 판매국과 협력해 '판촉 캠페인'도 실시한다. 그러기 위해서라도 각 출고부서는 각자 판매에 도움이 될 만한 지면 주제를 짜낸다. 사회부는 돌발적인 사건 보도는 물론, 시리즈와 기획기사를 지금까지보다 더 깊이 파고들어 '울림'을 추구한다. 나를 포함한 베테랑 기자에게 내려진 사명이었다.

현재 사회부는 혼신의 힘을 담아 '범죄 보도·가족 시리즈'를 연재하고 있다. 살인사건과 뇌물수수 사건 등 세상을 뒤흔든 중대한 범죄를 다뤄왔다.

제1부는 '피해자와 가족', 제2부는 '가해자와 가족'에 초점을 맞춰 각각의 고뇌와 현재 상황을 르포로 실었다. 피해자 가족에게 남은 상처, 피해자 가족 간의 교류, 범죄자 아버지를 둔 아이에 대한 심리상담, 세상의 편견에 노출된 가해자 가족의 실태 등의 내용이다. 이제 뒤이을 마지막 제3부를 어떻게 매듭지을지가 관건이었다.

제2부가 끝나자 수많은 독자가 반응을 보였다. '박진감 넘치는 르포', '과연 〈다이요 신문〉', '기사에 나온 가해자 가족에게 편지를 보내고 싶다' 등 대체로 평가가 좋았다. 당초 이어지는 제3부에서 1부와 2부를 되돌아보며 전문가의 논의, 피해자 및 가해자 가족 지원, 법 정비의 문제점, 독자 반응을 정리할 예정이었다.

하지만 일반 독자의 반응과는 별개로, 실제 당사자인 범죄 피해자와 가해자 가족의 목소리도 들려오기 시작했다. 그 편지와 메일, 팩스를 하세데라 사회부장이 "제3부로 넘어가기 전에 다들 잘 들어봐" 하고 읽어나갔다.

"범죄 보도·가족 시리즈 1, 2부를 다 읽었습니다. 저도 가해자

가족인데요. 르포에는 허울 좋은 말만 쓰여 있더군요. 당신들이 당사자의 고통을 알아요?' '실제로 범죄를 겪어보지도 않고서 범죄와 가족의 모습에 대해 제대로 적을 수 있겠나.'"

다음으로 하세데라 사회부장이 소개한 편지는 '아들을 살해당한' 아버지가 보낸 것이었다.

"'언론은 위험한 일과 담을 쌓고서 언제나 안전한 곳에서만 떠듭니다. 당사자가 된 경험이 없으니까 괴로움도 진정으로 전해지지 않고, 교훈이나 반성도 남길 수 없죠. 전부 남의 일이니까요! 범죄 보도·가족 시리즈에 진정한 기자의 통곡을 쓸 수 있는 사람이 〈다이요 신문〉에 한 명이라도 있을까요?'"

담당 기자들도 듣기가 괴로웠던 모양이다. '박진감 넘치는 르포'를 쓴다고 썼는데 '당사자의 고통'을 제대로 표현하지 못했다는 평을 들었으니 그럴 만도 했다. 확실히 기자는 사건 당사자가 아니다. 진심과 성의를 다해 취재 대상에게 이야기를 듣고 사실을 극명하게 묘사해도 결국 안전한 곳에서 간접적으로 표현하는 것뿐이다. 애당초 신문기자는 남의 이야기를 듣고 쓰는 직업이니까.

하세데라 사회부장은 시리즈 제3부에 당사자들도 공감할 만한 '기자의 통곡'을 쓰라고 제안했다. 부원들은 입을 다물었다.

"기자의 통곡……이라고요."

누군가가 힘없이 중얼거렸다. 다들 얼굴을 마주 보는 것이 고작이었다.

제1장

가족

에바라 요이치로의 모놀로그

1

지금도 눈을 감으면 떠오르는 광경이 있다.

초등학교 3학년 9월의 어느 토요일에 참관수업이 있었다. 교실에는 바닥을 닦은 왁스 냄새가 풍겼다. 내 자리는 창가 앞에서 세 번째였다. 왼쪽 위편에서 햇빛이 비쳤다. 교정 내 커다란 은행나무의 잎사귀 사이로 햇빛이 새어들자 펼쳐놓은 공책에 얼룩덜룩한 무늬처럼 그림자가 생겼다.

칠판 오른쪽 구석에는 '당번' 이름이 적혀 있었다. 동그란 자석이 붙은 왼쪽 구석에는 커다란 삼각자를 기대어놓았다. 벽에는 일주일 시간표와 '수업 시간에는 떠들지 마시오'라는 표어가 붙어 있었다. 교실 뒤편에 놓인 송사리 수조에서 모터 돌아가는 소리가 들렸다.

수업 시작을 알리는 종소리가 울렸다. 교실은 웅성거렸다. 우리는 떨리는 마음으로 뒤돌아봤다. 어른들이 많이 서 있었다. 수많은 머리가 이리 기웃 저리 기웃 움직였다. 부모님들은 깍지를 낀 채 점잖이 서서 자기 아이에게 눈짓으로 신호를 보냈다.

모두가 "저기, 우리 아빠야" 하고 요란을 떨었다. 지우개를 잘게 뜯는다. 교과서를 팔락팔락 넘긴다. 책받침을 휙 뒤집는다. 짝꿍과 두서없이 잡담을 나눈다. 평소와는 다른 자신을 연기한다. 누군가의 아버지가 "쉿" 하고 입에 손가락을 갖다 댔다. 화를 내도 눈은 웃고 있었다.

'아빠, 어디 있어?'

나는 아버지를 계속 찾았다.

"자, 다들 앞을 보고 앉아요."

닛타 담임선생님이 손뼉을 쳤다. 광택 있는 회색 양복 차림에 목에는 진주 목걸이. 평소보다 차려입었다. 선생님은 고상하게 입을 다물었다가 다시 말을 꺼냈다.

"그럼 출석을 부를게요. 이름을 부르면 아빠에게도 들리도록 손을 들고 크게 대답해요. 그럼 아사카 히로히코……."

내 출석번호는 5번이다. 금방 내 차례가 왔다.

"에바라 요이치로."

기운찬 목소리가 안 나왔다. 비실비실 손을 들었다. 출석을 부르는 동안에도 나는 아버지를 계속 찾았다. 교실 뒤편에 어른들로 높은 벽이 생겼다. 몇 명은 들어오지 못하고 복도에 서 있었다.

수업이 시작됐다. 다시 뒤를 돌아봤다.

머리와 머리 사이로 동그란 안경을 낀 처진 눈이 보였다. 아버지다—.

얼굴이 다시 사라졌다. 제일 뒤편에서 발돋움을 하고 있는 모양이었다. 눈 위쪽만 보였다 말았다 했다. 잠시 후 눈이 마주치자 동그란 안경 안쪽의 처진 눈이 더 가늘어졌다. 아버지는 얼굴 옆으로 쳐든 손을 살짝 흔들었다.

이날을 위해 저마다 '아빠'라는 제목의 시를 지었다. 한 명씩 일어서서 낭독했다. 대부분 여름방학에 아버지와 쌓은 추억이 주제였다. 나도 여름방학에 아버지와 수영장에 갔던 추억을 적었다. 수영장 가장자리에서 아버지가 튜브를 분다. 나는 수영장에서 헤엄을 친다. '깊은 곳도 무섭지 않다. 아빠의 숨결이 나를 둥실둥실 띄우며 지켜주고 있으니까'라는 내용이었다.

긴장해서 칸에 담긴 글자를 하나씩 읽어나가는 것이 고작이었다. 다 읽고 나자 쑥스러워서 귀가 뜨끈해졌다. 아버지도 들었을 것이다. 바로 뒤를 돌아봤지만 동그란 안경을 낀 처진 눈은 보이지 않았다. 수많은 머리에 또 가려지고 말았다.

수업이 끝났다. 모두 자기 아버지에게 달려가 팔에 매달렸다.

'아빠, 어디 있어?'

분명히 있었는데 교실 안에서는 보이지 않았다. 복도로 나가 주변을 둘러봤다. "요이치로" 하고 부르는 소리가 났다. 아버지는 바로 옆에 서 있었다.

"시, 참 잘 썼더라."

그 밝은 교실.

어른이 된 지금도 꿈에 나온다. 누구나 어린 시절로 돌아간 꿈은 꿀 것이다. 나는 반드시 이 참관수업 날의 광경이 꿈에 나온다. 꿈속에서 나는 아버지를 찾아 교실 뒤편을 돌아본다. 금방은 찾지 못한다. 찾지 못하고 잠에서 깰 때도 있다.

하지만 아버지는 그날 분명히 왔었다―. 그 사실을 새삼 떠올리고 안도했다.

2

우리 집은 에도가와 구 미나미카사이에 있다. 단독주택이 늘어선 한적한 주택가다. 나는 도쿄 도내의 사립대학교에 다니는 문학부 3학년생이다. 전공은 국문학이다. 국문학을 선택한 건 책을 좋아하는 아버지의 영향이 크다.

아버지의 이름은 에바라 시게루, 어머니의 이름은 무쓰미다.

가느다란 눈이 축 처진 아버지, 고양이처럼 눈이 커다란 어머니. 나는 어느 쪽도 닮지 않았다. 약간 소극적인 성격은 어머니를 닮았다고 할까. 아버지는 나를 '요이치로'라는 이름으로, 어머니는 '요 짱'이라는 애칭으로 부른다.

아버지는 도서관 사서다. 다섯 평 크기의 서재 겸 응접실은 천장까지 닿는 책장에 둘러싸여 있다. 서재 한복판에는 응접 세트. 책상은 고급 목재인 마호가니다. 검은 가죽 의자는 등받이가 뒤통수까지 받쳐준다. 서양식 격자창으로는 정원의 팔손이나무 잎이 보인다.

소장한 책은 3천 권이 넘는다. 아버지는 책장 위쪽 책을 꺼낼

때 접사다리를 사용한다. 아버지는 종종 접사다리에 걸터앉아 동그란 안경을 이마 위로 올리고 페이지를 넘기고는 한다. 가죽 의자에 앉아 있는 것보다 그쪽이 더 아버지다워 보인다.

내가 어릴 적부터 아버지는 자주 "네가 사내아이라서 다행이야"라고 말했다. 이유는 캐치볼을 할 수 있으니까. 초등학교 고학년 때 아버지가 글러브 두 켤레를 사 왔다. 일요일 오후에는 자주 하천부지로 나가서 오로지 공을 던지고 받기를 숨 쉬듯이 되풀이했다. 아버지와 아들의 말 없는 대화였다.

중학생이 되자 공에 힘이 붙었다. 내가 던지면 아버지의 글러브에서 착 감기는 소리가 났다. 내가 '어때요?' 하고 눈으로 물으면 아버지도 '제법인걸' 하는 표정을 지었다. 아버지는 그렇게 내 성장을 받아들여왔다.

나는 지역 야구팀에 입단했다. 나는 발이 빠르고 어깨도 강했지만, 뜬공을 잡는 실력이 형편없었다. 그래서 아버지와 하천부지에서 맹훈련을 했다. 아버지가 야구방망이로 공을 쳐서 띄워 준다. 나는 타구의 강도와 풍향을 계산해서 정신없이 달린다. 늘 날이 저물 때까지 계속했다. 그래서 야구 연습의 추억은 늘 해 질 녘 흙냄새와 함께 떠오른다.

한 번은 아버지의 말에 큰 위안을 얻었다.

아직도 기억이 생생한 고등학교 3학년 때의 봄이다.

나는 경식 야구부 소속이었다. 춘계 도대회에 7번 좌익수로 출전했다. 우리는 4회전을 돌파하고 여덟 학교가 맞붙는 준준결승까지 올라갔다.

준준결승 네 경기는 4월 하순, 메이지진구 제2야구장에서 치러졌다. 우리 이나가와 고등학교는 첫 번째로 경기를 치렀다. 상대는 야구 강호였다. 4 대 3으로 맞이한 9회 말. 여기서 1점 차를 지켜내면 준결승 진출이다. 우리 학교 역사상 최초의 쾌거다. 마지막 수비에 들어갔다. 투 아웃에 주자는 1, 2루 상황. 남은 아웃 카운트는 하나.

나는 외야 왼쪽 구역의 잔디를 단단히 밟았다. 잔디에 밴 흙냄새가 물씬 풍겼다. "앞으로 하나." 포수 기쿠치가 검지를 세웠다. 모두가 웃음을 흘렸고 나도 가슴이 두근거렸다. 트럼펫과 큰북 소리가 그라운드에 울려 퍼졌다. 부모님도 어디선가 보고 있을 것이다.

마운드에 선 오가와의 손에서 공이 떠났다. 바로 금속음이 울렸다. 순식간에 내 쪽으로 날아온 공이 수비 위치보다 비스듬히 오른쪽 뒤편으로 향했다. 나는 '됐다, 잡을 수 있어'라고 생각하며 달려갔다. 아버지와 수없이 뜬공을 잡는 연습을 했었다. 공에서 눈을 떼지 않았다. 낙하지점을 확인한 순간 몸을 비틀고 글러브를 내밀었다.

잡았다. 하지만 강한 타구였던 탓에 글러브 밖으로 공이 튀어 땅에 떨어졌다. 다음 순간 엄청난 환성과 큰 한숨 소리가 동시에 울려 퍼졌다. 공을 주워서 몸을 돌렸다. 1, 2루 주자가 단숨에 홈인. 한꺼번에 2점을 빼앗겨 끝내기 패배를 당했다. 상대 팀 선수 모두가 마운드 부근에서 펄쩍펄쩍 뛰었다. 전광판에 'H'라는 글자가 떴다. 기록은 '강습 안타'였다. 하지만 실은 '실책'임을 모두 알고 있었다.

상대 팀 응원석에서는 환성이 끊일 줄 몰랐다. 무슨 일이 일어난 건지 머릿속에서 정리가 되지 않았다. 감독이 멀리서 "정렬해라, 정렬" 하고 외쳤다. "이 녀석들아, 마지막까지 제대로 해야지!" 감독의 목소리가 호통으로 바뀌었다. 나는 정신을 차리고 즉시 달려갔다. 사이렌 소리가 경기 종료를 알렸다. 모자를 벗고 인사한 후 마주 선 선수와 악수했다.

투수 오가와는 울고 있었다. 다른 사람들도 고개를 푹 숙였다. 나는 울지 않았다. 남의 일처럼 그저 멍한 표정이었다. 학생들과 부모님이 앉은 1루 쪽 응원석 앞으로 달려갔다. 모자를 벗고 인사했다. 응원석에서 큰 박수가 터져 나왔다. 부모님들이 "애썼어", "8강 축하한다" 하고 성원을 보냈다. 나는 관객석을 올려다보지 않았다. 다들 울상으로 달려 벤치로 돌아왔다. 도중에 몇 명이 뒤에서 내 어깨를 두드렸다.

"요이치로, 네 탓이 아니야."

그날 밤 우리 집 식탁의 분위기는 어두웠다. 나는 밥맛이 전혀 없었다. 식탁 앞에 앉은 아버지는 얼굴 앞으로 석간신문을 펼쳐 들고 있어서 표정이 보이지 않았다. "주가가 계속 떨어지네" 하고 아버지는 중얼거렸다. 나는 나지막이 말을 꺼냈다.

"아버지, 봤죠? 오늘 시합, 마지막에 내 실책으로……."

"응?" 몹시 무뚝뚝한 반응. 야구장에는 왔을 것이다. 그 장면을 못 봤나.

"나 때문에 졌어요."

"그래?" 아버지는 눈도 마주치지 않았다.

대화가 뚝 끊겼다. 아버지의 얼굴은 신문에 가려서 이마만 보였다. 아버지가 다른 페이지를 펼치고 "내일부터 추워지는가 보군" 하고 말했다. 어머니가 차를 끓이며 "어머, 그래?" 하고 대답했다. 나는 잠자코 젓가락으로 연어 살점을 집어 입에 넣었다. 목구멍으로 잘 넘어가지 않았다. 아버지가 얼굴 앞에 펼친 신문을 접어 치웠다.

"용케 거기까지 쫓아갔더구나."

"네?"

"마지막 뜬공 말이야."

아버지는 그 플레이를 처음부터 끝까지 지켜봤던 것이다.

"타구가 강해서 글러브에서 튕겨 나왔으니 강습 안타야. 하지만 한 번 잡은 것만 해도 대단해. 너니까 거기까지 쫓아갈 수 있었던 거야……. 잘했어."

그렇게만 말하고 다시 신문을 펼쳐서 얼굴을 가렸다.

그때 나는 수많은 관중에게 야유를 받았다. 아버지도 가슴이 찢어지는 기분이었을 것이다. 그리고 내게 뭐라고 말할지 고민했음이 틀림없다.

나중에 어머니에게 들었다. 그날 부모님은 야구장 3루 쪽 내야석에 있었다. 상대 팀 응원석을 고른 것은 내 수비 위치에 가까웠기 때문이다. 아버지는 비디오카메라를 들고 내 모습을 내내 촬영했다.

나중에 비디오테이프를 봤다. 9회 말, 승패를 결정한 그 공. 아버지는 그 당시 상황을 처음부터 끝까지 촬영했다. 그 후 아버지는 바로 비디오카메라를 자리 옆에 내려놓고 고개를 떨구었다고 한다. 비스듬히 기울어진 화면에 움직임 없는 파란색 좌석만 계속 나왔다. 상대 팀의 커다란 환성 때문에 소리가 깨졌다.

3

그해 5월, 새잎이 돋았다. 내가 춘계 도대회의 쓰디쓴 추억에서 벗어나지 못했기 때문이리라. 아버지가 들뜬 목소리로 말을 꺼냈다.

"요이치로, 산에 가자."

우리 가족은 나가노 현, 군마 현, 사이타마 현에 걸쳐 있는 산카쿠 산에 자주 갔다. 아버지와 어머니는 이 산 중턱에 있는 산장의 관리인, 이시바시 미쓰오 씨와 아는 사이였다.

입산이 허가된 지 얼마 지나지 않아 황금연휴에 셋이 등산을 하러 갔다. 높이가 천 미터도 되지 않는 산이지만 정상에서 보이는 경관이 나쁘지 않다. 도쿄 도내에서 중앙자동차도로를 서쪽으로 달리다 야마나시 현으로 들어가 북쪽으로 올라간다. 능선이 세 현에 뻗어 있는 산카쿠 산의 정상은 나가노 현에 해당한다.

등산로 입구의 주차장에 차를 세우고 숲속을 걸어갔다. 잠시 나아가자 키 큰 나무들에 둘러싸여 조금 어두워졌다. 겨울철에 썩은 낙엽이 땅을 뒤덮고 있어 잘못 발을 디디면 미끄러웠다. 질퍽한 곳에는 동물의 동그란 발자국이 찍혀 있었다. 예전에 산장 관리인 이시바시 씨에게 들었는데, 봄이 되면 사슴이 나무들의 싹을 먹으러 온다고 한다.

숲 냄새를 한껏 들이마셨다. 올려다보자 나뭇가지에 싹튼 새 잎이 하늘을 빽빽이 채울 듯했다. 산길에 햇빛이 비치자 가느다란 잎맥이 보였다. 나뭇잎이 머리 위에서 바람에 흔들렸다.

물소리가 들렸다. 물 냄새가 났다. 골짜기 바닥에서 들려오는 물소리가 점점 커졌다. 나무숲 너머에 은색 계곡물이 보였다.

"이제 구름다리에 다 왔나?"

아버지가 묻자 어머니의 대답이 우스웠다.

"그게, 아마도 말인데…… 저 앞일 거야."

'그게 말인데'와 '아마도'가 뒤섞였다. 내가 "아마도 말인데? 어떤 말인데요?" 하고 핀잔을 줬다. 바로 아버지가 "아마도 말 같은 동물이 이 부근에 있나 보네" 하고 덧붙였다. 나도, 어머니도 웃었다.

경치가 탁 트이고 커다란 구름다리가 나왔다. 셋이서 구름다리 밑을 내려다봤다. 발치로 물소리가 다가들었다. 급류가 바위 사이를 누비며 떨어져 내렸다. 여기저기서 떨어진 물줄기가 바위와 바위 틈새로 흘러내렸다. 나는 잠시 계곡물을 바라봤다. 우리는 이 구름다리에 '아마도 말 다리'라는 이름을 붙였다.

계곡 가로 내려가 봤다. 물소리가 웅장해졌다. 마른 바위는 희뿌옇고, 물이 튀어 젖은 바위는 먹을 칠한 것처럼 검게 윤이 났다. 커다란 바위를 넘은 물줄기가 길게 늘인 엿 세공품처럼 바위를 감쌌다. 다가가서 손을 대자 물보라로 된 우산이 펼쳐졌다.

'아마도 말 다리'가 놓인 계곡가에서 산카쿠 산의 정상이 보였다. 계곡을 따라 산길을 더 올라갔다. 몇몇 작은 폭포를 지나가는 사이에 경사가 급해졌다. 맑은 물이 이끼 낀 바위 위로 흘러내렸다. 6월이 되면 산수국 등의 들꽃이 이 작은 길을 수놓는다.

산 중턱까지 올라가자 빨간 함석지붕을 올린 통나무 산장이 보였다. '상수리나무 산장'이라는 나무 팻말이 걸린 문 앞에서 몸집이 작은 까까머리 남자가 손을 흔들고 있었다. 관리인 이시바시 미쓰오 씨. "오, 드디어 왔군."

늘 웃는 얼굴이라 그런지 눈초리에 잔주름이 선명했다.

산을 사랑하는 이시바시 씨는 25년이나 여기서 관리인으로 지내고 있다. 산장은 하루 숙박에 3천 엔이고 스무 명이 머무를 수 있다. 예약 없이 오는 등산객도 많지만 선선히 재위준다.

"요이치로, 한동안 못 보던 사이에 아주 늠름해졌구나. 어때, 여기서 아르바이트 해보지 않을래? 여름철에는 숙박객이 많아서 일손이 모자라거든. 요즘은 여대생들도 떼 지어 놀러 온단다"라고 말하며 이시바시 씨는 웃었다. "가끔은 지역 경찰이나 구조대와 함께 조난자를 구조하러 가기도 해. 사회 경험도 될 거다." 이때는 진지한 표정이었다. 이시바시 씨는 아동보호시설 원장으로 일한 적도 있다고 한다. 그렇듯 다양한 형태로 사회에 헌신하는 성실한 성격이 얼굴에 드러나 있는 것 같았다.

돼지고기 된장국을 얻어먹고 한 시간쯤 쉬었을까. 이시바시 씨의 배웅을 받으며 정상으로 향했다.

산길이 조릿대에 감싸였고 안개도 끼었다. 길이 더 가팔라졌다. 부지런히 걸음을 옮기자 이윽고 안개가 걷히고 정상이 나왔다. 산카쿠 산의 정상은 그리 넓지 않다. 큼지막한 바위들이 서로 기대듯이 쌓여 있었다. 정상에 오르자 나가노 현, 군마 현, 사이타마 현의 산들이 보였다.

해가 기울자 산줄기에 음영이 생겼다. 아직 해가 비치는 곳은 밝은 귤색이지만, 산등성이를 경계로 어두워지며 기복이 선명하게 드러났다. 대지의 근육이 꿈틀대는 듯했다.

언젠가 이시바시 씨의 산장에 묵으며 정상에서 밤하늘에 총총한 별을 바라보자고 셋이서 다짐했다.

산카쿠 산은 우리 가족의 추억이 가득한 곳이다. 여기 오면 싫은 일도 잊을 수 있다. 즐거운 추억뿐이다. 예를 들면 '그게, 아마도 말인데'는 우리 세 사람만 아는 '가족어'다. 그 후로도 나와 아버지는 뭔가 생각할 때마다 "그게, 아마도 말인데" 하고 중얼거리며 어머니를 놀렸다. 그때마다 어머니는 심술궂다며 살짝 때렸다.

내가 대학에 들어가고 얼마 지나지 않았을 때였다. 어머니가 복통을 호소하며 입원했다. 장폐색이라고 했다. 어머니는 두 번 수술한 후에야 겨우 기운을 차렸다.

"그게, 아마도 말인데 이제 괜찮아."

어머니에게 평소의 웃음이 되돌아왔다.

4

최근 아버지의 서재 책상, 제일 큰 서랍에 일기장이 들어 있다는 걸 알았다. 열쇠는 오른쪽 위 서랍 속에 있었다. 일기장은 가죽 커버가 달린 B6판 크기다. 착실한 성격의 아버지는 매일 꼬박꼬박 만년필로 빽빽이 일기를 썼다. 나는 안 되는 줄 알면서도 아버지가 늘 뭘 그렇게 쓰는지 궁금해서 아버지가 외출한 사이에 일기를 몰래 훔쳐 읽었다.

도서관 사서 일은 인간 관찰에도 적합한 모양이다. 책을 빌리러 온 사람들 묘사가 재미있었다. 어떤 장르의 책을 빌려 가는지 보면 그 사람의 직업과 관심사를 알 수 있다고 한다. 10년쯤 전부터 정년퇴직하고 남는 시간을 주체하지 못하는 남자 손님이 늘었다고도 적혀 있었다.

책 대출 성향도 관련 분야가 조금씩 넓어지며 변천한다고 한다. 아버지는 '인간은 이렇게 하여 조예가 깊어진다. 인간이 형성되는 과정을 지켜보는 듯한 기분이다'라고 적었다. 직장에서 보고 듣는 수많은 일화도 적어두었다. 가끔 가족에 관한 기록도 끼어든다. 어머니의 입원, 그리고 나. 나는 아버지의 일기에서 '요이치로'라는 글자만 재빨리 찾아서 읽었다. 아버지는 그렇게 아들의 성장 과정도 기록해왔다.

평소처럼 나는 아버지의 일기를 훔쳐 읽었다. 사소한 일상 사이에 이런 글이 있었다.

오늘 아내와 그 일을 상의했다. 내내 고민해왔다. 이제 요이치로도 다 컸다. 벌써 말해줬어야 했는데. 하지만 언제 어떻게 말하면 좋을까. 요이치로는 충격을 받겠지. 어떻게든 말하지 않고 넘어갈 수는 없을까. 이대로 진짜 부모 자식인 척 지낼 수는 없을까. 요이치로의 슬픈 얼굴을 보고 싶지 않다. 어떻게 상처를 주지 않고 전할 방법은 없을까. 단 하나 확실한 사실은 우리 부부와 요이치로는 결코 남이 아니라는 것이다. 법률적으로도 가족이다. 그걸로 됐다. 차가운 진실보다 상냥한 거짓말이 훨씬 낫다.

지금 나는 뭘 읽은 걸까. 이걸 정말로 아버지가 쓴 걸까. 잠시 이해가 가지 않았다. 적힌 글씨를 몇 번이고 눈으로 훑었다. 축 늘어진 아버지의 다정한 눈과 쾌활하게 웃는 어머니의 얼굴이 떠올랐다. 눈앞이 눈물로 흐려졌다. 나는 아버지의 일기에 적힌 내용이 진짜인지 확인하기로 했다.

다음 날 저녁을 먹을 때 나는 두 사람에게 말을 꺼냈다.

"아버지……. 나, 두 분의 아들이 아니었네요."

부모님이 한순간 얼굴을 마주 봤다. 어머니가 어리둥절한 얼굴로 나를 봤다. 눈 밑이 희미하게 떨리던 아버지가 조용히 입을 열었다.

"요이치로, 너 어디서 그걸⋯⋯."

"죄송해요, 아버지의 일기를 봤어요. 무슨 착오라고 믿고 싶었죠. 그래서 거실 선반장에 넣어둔 두 분의 종합검진 결과를 살펴봤어요. 나는 AB형이죠. O형과 A형인 두 분과는 혈액형이 맞지 않아요. 하지만 주민센터에서 호적등본을 확인하니 나는 분명 당신들의 '장남'이라고 되어 있더군요. 특별양자결연*에 관련해서도 기재되어 있지 않았고요. 이건 어떻게 된 거죠?"

원망스럽게 따질 생각은 아니었다. '당신들'이라는 표현에 두 사람은 눈에 띄게 동요했다. 아버지는 눈물을 약간 글썽거리며 허공을 노려봤다. 어머니는 양손에 얼굴을 묻었다. 둘 다 아무 말도 하지 않았다.

한참 후에야 아버지가 작게 말했다.

"넌 우리 아들이야."

아버지는 더 이상 아무 말도 하지 않았다. 내가 말을 이었다.

"호적상으로는 친자죠. 하지만 나는 당신들의 친자식이 아니에요. 한 핏줄이 아니라고요."

나는 아버지의 말을 기다렸다.

'뭐라고 말 좀 해봐. 아니라고 부정해줘.'

내가 침울해하자 늘 가장 좋은 말을 찾아내던 아버지가 이번에는 입을 다물고 허공을 바라보다 눈을 감았다. 이렇게 기운 없

---

*양자와 친부모의 법적관계를 완전히 해소하고 양자를 양부모의 친자와 동일하게 취급하도록 하는 제도. 한국에서는 친양자라고 한다.

는 아버지는 처음 봤다.

"이제 됐어요."

나는 일어서서 점퍼를 걸치고 현관으로 향했다. 신발을 신고 밖으로 나가려 하자 뒤에서 "어디 가려고?" 하고 아버지가 물었다. 나는 뒤 돌아보지 않고 현관문을 열어 달아나듯 뛰쳐나갔다.

"요이치로, 돌아와!" 문 저편에서 아버지가 소리쳤다.

가랑비가 내리고 있었다.

나는 비를 맞으며 정처 없이 걸었다.

안다. 사실은 흔들리지 않는다. 반항한다고 뭐가 바뀌는 건 아니다. 빗발은 점점 강해졌다. 전철 가도교 아래로 들어갔다.

전철이 굉음을 울리며 머리 위를 지나갔다. 그 직후에 주변은 차가운 정적의 바닥으로 가라앉았다. 쇠기둥에 사마귀처럼 도드라진 볼트가 주르르 박혀 있었다. 보이는 모든 것이 칙칙했다.

나는 누구일까. 뭣 때문에, 누구에게 필요해서 태어난 걸까. 이대로 살아갈 의미가 있을까. 비바람에 몸이 싸늘하게 식어갔다. 고개를 숙인 채 다시 빗속을 걸었다. 잠시 추억에 잠겼다. 아버지와 어머니가 '진짜 부모님'이었을 시절의 추억에.

지금도 꿈을 꾸는 참관수업 광경. 행복한 원체험의 풍경이다. 교실 뒤편을 돌아보면 수많은 머리와 머리 사이로 아버지의 처진 눈이 보인다. 그 눈은 나만을 지켜봤다. 그리고 야구의 추억, 산카쿠 산의 '그게, 아마도 말인데'……. 평생 어린아이로 지내고 싶었다. 나는 추억을 끌어안듯이 점퍼 호주머니에 넣은 두 손을 마주 잡았다.

새벽 1시가 지나자 빗발이 약해졌다. 추위가 돌아갈 곳을 찾게 했다. 아무 일도 없었던 셈 치고 집에 돌아가자. 전부 잊어버린 척하고. 나는 집 앞까지 왔다.

거실에 불이 켜져 있었다. 현관문을 열자 "요 짱?" 하고 어머니가 달려 나왔다.

"어디 갔었니? 걱정했잖아."

어머니가 내 얼굴을 들여다봤다. 상처를 주기 싫었는지 아주 자연스러운 태도였다. 평소의 어머니였다. 울어서 부었는지 눈이 벌겠다.

나는 "네……" 하고 중얼거렸다.

나를 쫓아 우산을 들고 뛰어나갔다는 아버지는 아직도 나를 찾아다니고 있는 모양이었다. 어머니는 "이만 자렴" 하고만 말했다. 나는 시키는 대로 2층 방으로 돌아갔다. 운동복으로 갈아입은 후 불을 끄고 잠자리에 들었지만 잠은 오지 않았다.

잠시 후 1층에서 현관문이 열리는 소리가 들렸다. 어머니가 부랴부랴 뛰어가서 맞이했다. "그래? 다행이군" 하고 아버지의 목소리가 들렸다. 슬리퍼 소리가 조용히 계단을 올라왔다. 나는 이불을 덮어쓰고 벽으로 몸을 돌렸다. 뒤쪽에서 방문이 열렸다. 눈앞 벽에 복도 불빛이 비쳤다. 아버지는 조심스레 문을 닫고 1층으로 내려갔다.

눈이 어둠에 익숙해졌다. 나는 어두운 천장을 다시 올려다봤다. 뜨거운 눈물이 솟구쳐 귀로 흘러내렸다. 부모님이 뭘 어쨌단 말인가. 나는 누구를 원망해야 한단 말인가. 잠이 올 리가 없었다. 어머니와 아버지도 마찬가지였으리라.

　눈을 뜨자 아침이었다. 절망이 사정없이 찾아왔다. 오히려 현실이 악몽이었다.

　또 그 꿈을 꾸었다. 햇빛이 비치는 교실에 아버지가 온다. 당시 모습 그대로 젊은 아버지는 평소처럼 처진 눈으로 웃는다. 잠에서 깨고 나서도 나는 꿈의 여운에서 빠져나오지 않으려고 계속 이불 속에 있었다.

　부모님은 남이었다. 같은 말이 몇 번이고 머릿속에 샘솟았다. 한 핏줄이다, 한 핏줄이 아니다. 가족이다, 남이다―.

　나는 말이 미웠다. 말은 냉혹하다. 사실을 단순화해서 한데 묶어버린다. 말이 전하는 잔혹함은 말이 없는 불편함보다도 인간을 불행하게 만든다.

　언젠가 생물 수업 때 배운 이중나선 구조의 DNA 그림이 떠올랐다. 그 노끈같이 생긴 유전자가 인류 보존을 위해 개체를 매개체 삼아 후세로 이어진다. 하지만 전달되는 정보에 무슨 의미가 있는 걸까. 생명은 왜 그런 과정에 구애받는 걸까. 유구하게 이어지는 생명의 법칙이 불길한 저주로 느껴졌다. 그따위 법칙은 박살 내고 싶었다.

　생물학 하니까. 요즘 한 생물학 교수가 화젯거리로 뉴스에 오르내리고 있다. 메이호 대학교의 게가사와 다쓰야 교수다. 불륜에 불륜을 거듭하고 사생아도 많다고 한다. 여자를 밝히는 얼굴에 거만한 말투, 높은 웃음소리, 천박한 사람이다.

그는 요전에 텔레비전 퀴즈 방송에서 '일본에서 최고로 박식한 유명인'으로 인정받았다. 정치가, 학자, 지성파 연예인, 대학교수, 경영 컨설턴트 등이 서로 지식을 겨루는 방송이다. 게가사와 교수는 확실히 박식했다. 생물학뿐만 아니라 수학과 물리, 영어 표현에도 뛰어났고 사자숙어도 완벽하게 알았다. 제시된 철학자와 역사적 위인의 명언이 누구의 말인지 맞히는 게 특기였다.

방송에서는 게가사와 교수가 계단 모양 출연자석의 꼭대기에 올랐다. 그가 다음 문제를 맞히면 '일본 최고'였다. '인간은 생각하는 갈대다. 이 말을 남긴 철학자는 누구인가'가 문제로 나왔다. 게가사와 교수가 의기양양하게 "파스칼"이라고 즉시 답하자 머리 위의 유리구슬이 깨졌다. 상금은 100만 엔. 진행자가 어디 쓸 거냐고 묻자 게가사와 교수는 "불륜이 발각됐을 때 소송비용으로 쓰겠습니다"라고 대답해 사방을 웃음의 도가니로 만들었다. 역경도 예능의 소재로 삼는다. 방송에 적합한 재능이 있는 것이리라.

나는 그를 보고 생각했다. 그래서 뭐 어쩌라고. 지식이 있어도 윤리관이 없는 인간이 분명 사회를 망친다. 그는 텔레비전 정보 방송에서 불륜과 사생아 소동에 관해 농담하듯 말했다.

"그야 내 탓이 아니죠. 생물학적으로 말하자면 그게 유전자의 명령이니까요. 나는 인류의 보존에 충실히 공헌하는 거라고요. 애당초 불륜은 상대가 필요한 법입니다. 합의하에, 즉 상호 협정을 맺은 셈이죠. 불륜은 스트레스가 넘쳐나는 현대사회를 살아가기 위한 비밀스러운 지혜라고 생각하는데요."

게가사와 교수는 담배를 든 채 상스러운 시선으로 여자 리포터의 몸을 훑었다. 그 결과 태어난 아이는 어쩌란 말인가. 생물학 교수라는 작자가 생명을 뭐라고 생각하는 걸까.

5

그 후로 부모님의 애정이 변한 건 아니었다. 오히려 나보다 더 괴로운 것 같았다.

더 이상 두 사람에게 상처를 주고 싶지 않았다. 시간이 흐르면서 나는 조금씩 운명을 받아들였다.

그럼 내 진짜 부모님은 누구일까. 지금 어디 있을까. 나는 왜 태어난 걸까―. 자신의 존재의의를 강하게 의식하기 시작했다. 고독을 달래려고 하루 종일 혼잡한 인파 속에 있었다. 사람들이 많이 지나다니는 역 앞 보행자 통로에 주저앉았다. 익숙지 않은 담배를 물고 살짝 빨아들인 후 일부러 내던졌다. 아무도 주의를 주지 않았다. 내 존재에 관심이 없었다. 발소리만 눈앞을 오갔다. 나는 무릎을 끌어안고 고개를 숙였다.

일그러진 상념이 부풀어 올랐다. 나같이 불행한 존재가 그들의 양분 아닐까. 행복이란 남과 자신을 비교했을 때 생기는 만족감이다. 행복과 불행은 같은 그릇에 있으며, 총량이 정해진 행복을 서로 뺏고 뺏길 뿐이다. 즉, '모두가 행복'한 세상은 없다. 또는 행복과 불행이 천칭처럼 균형을 유지한다. 불행한 사람은 행복한 사람을 위해 존재한다.

지금 식칼을 가지고 있다면ㅡ. 기묘한 망상이 머리를 스쳤다. 요전에도 도심 어딘가에서 그런 사건이 벌어졌다. 머릿속으로 그리기만 할 뿐이라면 상관없으리라. 나는 그렇게 위험한 공상을 하며 놀았다. 눈을 감는다. 괴성을 지르며 칼을 휘두른다. 인파 속을 달리며 닥치는 대로 찌른다. 사람들은 혼란에 빠지리라. 온 사방에 튀는 피, 피, 피……

그 '피'란 무엇인가. 줄곧 머릿속을 지배해온 말이다. 살인사건 현장을 적신 피, 부모 자식의 증표인 피. 육체를 흐르는 새빨간 액체가 머릿속을 물들였다.

나는 남의 불행을 찾기 시작했다.

'저 사람보다는 낫다'고 비교함으로써 행복을 찾아내려 했다. 뒤틀린 마음이다. 하지만 가슴 한구석에 그런 마음이 없는 사람이 어디 있겠는가. 지금 내게는 남의 불행이 모자란다. 더 필요하다. 부모 자식이나 혈연 간의 말썽, 특히 아동학대 같은 신문기사에 흥미가 생겼다. 기사를 수많이 잘라내서 모았다. '친부모라도 자식에게 이런 짓을 한다. 그렇다면 핏줄은 관계없다'라고 스스로를 위로하고 싶었다.

후생노동성의 자료에 따르면 2017년에 전국 210곳의 아동상담소에서 '아동학대 상담'을 접수한 건수는 13만 3,778건으로 과거 최대였고, 전년도보다 9.1퍼센트 증가했다고 한다.

〈다이요 신문〉 기사에 따르면 학대일 가능성이 있어도 증거가 불충분하거나 죽은 원인이 불분명하면 사건으로 다루지 않는다. 그리고 지자체가 파악하지 못한 사망 사례와 아동상담소가 인지하지 못한 학대 사망 사례도 있을 테니 실제 수치는 더 심각하다는 이야기다.

사회면에 실리는 '르포 학대 / 아이를 사랑하지 못하는 부모들 시리즈'에서는 가정에서 유아나 아동이 학대당하는 사례를 추적했다. 나는 이 기사를 매번 뚫어져라 읽었다.

수도꼭지에 손을 묶는다. 밥도 주지 않고 사흘을 보낸다. 집에 들여보내주지 않는다. 계단에서 등을 떠밀어 굴러떨어지게 한다. 찬물이나 뜨거운 물을 끼얹는다. 의자에 묶는다. 베란다로 내쫓고 안에서 문을 잠근다. 연못에 빠뜨린다. 담뱃불로 지진다……. 이러한 짓을 계속 반복한다고 한다.

그 배경에는 부모의 불화, 이혼, 사별, 핵가족화, 육아하는 부모의 고립, 부모의 정신질환, 학대의 대물림…… 등이 있다고 한다. 직장을 잃어 집에 있게 된 아버지가 짜증이 쌓여서 아이에게 손을 대는 사례도 있었다. 어떤 전문가는 "학대를 받는 아이들은 가족이라는 밀실에 갇혀 있다"라고 지적했다. 학대가 발각되지 않도록 감추는 사례도 잠재적으로 늘어나는 모양이다.

이런 사례를 보자 한 핏줄은 아니지만 '에바라 집안의 자식'인 내가 훨씬 행복하다는 것을 실감할 수 있었다.

잘라낸 기사는 바인더에 끼워놓았다. 실제로 이런 유형의 뉴스는 자주 보고 들었다. 다른 기사에는 '경찰청의 조사에 따르면

연간 천 건의 살인사건이 발생한다. 이 중 친족을 살해하는 사건이 절반 이상에 이르고 비율도 늘어나고 있다'고 나왔다.

피는 애정의 증표나 부모 자식을 묶어주는 인연의 끈이 아니다. 오히려 진한 핏줄 때문에 증오가 끓어오를 때도 있다. 그렇다면 핏줄을 잇는 데 무슨 의미가 있단 말인가—. 나는 피로 물든 사건에서 그 해답을 계속 찾았다. '불행의 스크랩'은 날마다 늘어났다.

6

'불행 찾기'로 세월을 보내던 때였다.

20××년 8월 1일 〈다이요 신문〉 조간 1면에 연쇄살인사건과 관련된 새로운 정보가 실렸다.

〔수도권에서 발생한 세 건의 살인사건, 동일범의 소행으로 단정〕 〔도쿄 도와 두 현에서 합동수사본부를 설치하기로〕. 석간에는 〔담배 꽁초에서 동일인물의 DNA 검출〕. 검은색 바탕에 흰색으로 표기한 헤드라인이 눈에 띄었다. 요즘 가나가와, 사이타마, 도쿄에서 잇따라 일어난 묻지 마 살인사건이다. 어느 사건도 범인은 붙잡히지 않았다.

"세 곳의 범죄 현장 근처에서도 담배꽁초가 발견됐고, 동일인물의 DNA가 검출됐다"고 한다.

기사에 따르면, 사건 발생 현장을 관할하는 각 경찰이 각지에서 발생한 묻지 마 사건의 정보를 대조한 결과 세 사건의 공통점이 드러났다. 그 결과 광역수사가 필요한 흉악 범죄로 인정돼 경찰청 광역 중요 사건으로 지정됐다. 현재 경찰청의 주도로 도쿄 경시청과 가나가와 현경, 사이타마 현경으로 이뤄진 합동수사본부가 설치됐으며, 경찰 약 5백 명이 동원된다고 한다.

〈다이요 신문〉 지면에는 지식인 대담도 실렸다. 여러 현에 걸친 광역수사 사건에서 경찰이 합심하기는 어렵다는 분석과 함께, 과거에 광역수사를 벌이다 미궁에 빠진 사건도 소개됐다. 〈다이요 신문〉에서 보도한 후, 저녁 7시 NHK 뉴스에서도 사건을 크게 다루었다. 하지만 용의자 특정과 범행 동기 등은 여전히 불투명했다.

묻지 마 연쇄살인사건. 실로 자극적인 '불행'이다.

텔레비전 정보방송은 온통 이 화제뿐이었다. 나도 분명 마음 속 한구석으로 새로운 사건, 네 번째 희생자를 기다리는지도 모른다. 자신의 생활권과 떼어놓은 채 불행한 사람들을 방관한다. 안전한 곳에서 위험한 상황을 바라보며 은밀하게 즐거워한다……. 요컨대 남의 일이다. 살아갈 의미를 반쯤 잃어버렸기 때문이리라. 현실에서 도피하기에 딱 알맞은 자극이기도 했다.

범인의 혈액형은 나와 똑같은 AB형이라고 한다.

왜일까. 나는 이 범인에게 어쩐지 공감이 가기까지 했다. 세상에 대한 증오, 아픈 삶……. 이 범인도 어쩌면 나와 비슷한 처지이거나 뭔가에 절망한 사람 아닐까. 막다른 지경에 몰린 생명의 절규가 내게는 들리는 것 같았다. 어쩌면 내 핏속에도 비슷한 살인 충동이 숨어 있는 걸까.

'대체 무슨 생각을 하는 거람.'

정신을 차렸다. 머리를 내저어 잡념을 떨쳐냈다. 단 한 순간이나마 그런 생각을 했다는 것이 부끄러웠다.

기분은 여전히 울적했다. 남의 불행을 찾아내 조금이나마 스스로를 위로하려 하다니. 나는 눈앞의 현실에서 도망치려 했을 뿐이다. 부모님과 한 핏줄이 아니라는 사실은 영원히 바뀌지 않는다. 어느 틈엔가 의식이 다시 그쪽으로 되돌아갔다.

결국 또 '남'이라는 말이 내 머릿속을 점령하기 시작했다. 누군가가 절망의 수렁에서 구해주길 바랐다. 조금이라도 치유해줬으면 했다.

누가? 안다. 나를 구할 수 있는 사람은 하나뿐이다.

아버지, 뭐라고 말 좀 해주세요.

잇폰기 도루의 모놀로그

1

기자의 통곡을 써라―. '범죄 보도·가족 시리즈' 제3부를 시작하기 전에 숙제를 받았다. 사회부 부서회의 후에 나는 무거운 분위기가 감도는 회의실을 나섰다.

밤이 되자 지하 2층 피트니스 룸으로 향했다. 실내용 자전거를 20분 타고 5킬로그램 아령을 좌우 50번씩 든 후 윗몸일으키기 40번. 무심하게 루틴을 수행했다. 하루 종일 회사에 있으면 몸이 둔해진다. 마흔여섯 살, 기초대사량은 자꾸 떨어질 뿐이다. 가볍게 땀을 흘리고 샤워실로 향했다.

지하 2층 복도를 걸었다. 바닥이 흔들리고 땅울림 같은 중저음이 울려 퍼진다. 오른쪽으로 펼쳐진 유리창에 지하 3층부터 지상 1층까지 터놓은 인쇄 공장이 보였다.

오후 10시가 지난 시각. 거대한 윤전기가 조간 신문을 찍어내고 있다.

지금 찍어내는 것은 조간만 배포되는 '통합판 지역' 신문이다.

석간에 실린 특종 '수도권에서 발생한 세 건의 살인사건'의 속보와 내가 석간용으로 수정한 '게가사와 교수, NHK 경영위원직 파면' 기사도 실린다. 윤전기가 고속으로 회전하자 하얀 시트를 깐 듯한 신문 지면이 강물처럼 흘러갔다.

고속 윤전기는 높이가 약 10미터다. 작은 빌딩 한 채를 통째로 거대한 지하실에 전시해놓은 느낌이다. 본체 바깥쪽에 사람이 걸어 다닐 수 있는 통로와 가파른 계단이 있고, 큰 뱀 같은 파이프가 가로세로로 에워싸고 있다. 천장 근처에서는 거대한 팬이 돌아간다. 습기가 있으면 종이가 우글쭈글해져서 공장 내부 습도는 일정하게 유지된다.

창문 너머에서 기계음이 울려 퍼졌다. 인쇄 공정은 이 요새 같은 기계의 맨 아래, 지하 3층에서 지상 1층까지의 공간에서 실행된다. 일단 원통형 드럼 부분에 신문 지면의 원본 데이터를 얹은 '인쇄판'이라는 얇은 알루미늄 판을 감는다.

다음으로 윤전기 속에 거대한 두루마리 휴지 같은 롤지를 넣는다. 지름 1.03미터, 종이 폭 1.63미터, 용지 길이 1만 2,285미터, 무게는 약 855킬로그램. 이것이 신문지가 된다. 시작 버튼을 누르면 거대한 장치가 굉음을 낸다.

지하 3층에서 투입된 종이는 기계 속을 돌며 올라가기 시작한다. 팽팽한 흰색 종이가 철로 된 심봉과 심봉 사이를 차례차례 지나간다. 인쇄판을 감은 드럼이 회전하며 고무 롤러에 밀착돼 순식간에 잉크를 묻힌다. 다음으로 종이와 겹쳐져 인쇄된다. 윤전기의 회전 속도는 시속 49킬로미터. 너무 빨라서 지면 상태를 눈으로는 좇을 수 없다. 글자들이 진하고 연한 정도를 알아보는 것이 고작이다.

잉크가 찍힌 후 하얀 종이의 흐름은 슬리터라는 명칭의 동그란 칼날로 4페이지 폭의 종이 한가운데가 절단돼 마주 보는 양면 두 페이지가 된다. 이어서 종이를 접는 폴더로 이동하면 철심봉이 양쪽에서 오므려서 접는다. 마지막으로 회전 칼날로 재단하고 다발로 정리하면 한 부의 신문이 된다.

이런 과정을 거쳐 1초에 25부의 신문이 인쇄된다.

인쇄가 끝난 신문은 벨트컨베이어에 실려 천장 부근의 발송 구역으로 이동한다. 그 모습은 제트코스터 객차가 오르막을 올라가는 것과 비슷하다. 마지막으로는 트럭이 드나드는 지상 1층으로 운반돼, 목적지별로 비닐을 씌워 자동 포장된다. 막 완성된 신문은 잉크가 완전히 마르지 않았으므로 배달할 때보다 한 부당 몇 그램 무겁다.

이것이 신문이라는 상품의 제작 과정이다. 신문 한 부에 인쇄되는 문자의 양은 문고본 한 권에 상당한다.

문득 윤전기가 보이는 유리창에 사람 모습이 비쳤다.

줄무늬 양복을 입고 백발을 올백으로 넘긴 남자. 편집 담당 겸 영업총괄 요시무라 류이치 이사다. 부서 회의 후 그가 나를 찾으리라는 건 짐작이 갔다. 그는 내가 피트니스 룸을 이용한다는 것도 안다.

일찍이 군마 현의 마에바시 지국에서 그와 나는 지국장과 지국원 관계였다. 벌써 알고 지낸 지 20년이나 된 사이다. 내가 사내에서 유일하게 존경하는 선배 기자이기도 하다. 요시무라가 작게 중얼거렸다.

"여기, 마음을 다잡기에 딱 좋은 곳이야."

요시무라가 훗, 웃고는 아래를 봤다.

"여기에는 사회부 현역 기자일 적의 각별한 심정이 남아 있거든. 특종을 출고한 후 정말로 된 건가, 데이터에 오류는 없었나, 한 점의 거리낌도 없었나, 누군가를 해하지는 않을까…… 늘 불안해지잖아? 하지만 여기 서면 그런 미련은 싹 날아가지. 이미 윤전기가 돌아가고 있잖아. 되돌릴 수는 없어. 시간은 미래로밖에 흐르지 않는다고 달관할 수 있어. 자신을 납득시킬 수 있는 장소야."

확실히 시간에 쫓기는 기자라면 한 번쯤은 그런 경험이 있다. 미리 지정된 글자 수로 사실을 전달한다. 불손한 짓이다. 한정된 시간에 취재를 하고 다른 회사와 경쟁하는 가운데 미처 전하지 못한 사실이 늘 머리를 스친다. 시간에 저항하지 못하고 스스로와 타협한다. 평생을 살면서 완벽한 기사는 얼마나 쓸 수 있을까. 요시무라가 조용하게 입을 열었다.

"윤전기는 언제든지 우리를 믿어줘."

엄청난 속도로 인쇄되는 거대한 종이 폭포를 우리는 말없이 바라봤다. 기자들의 작은 거리낌과 은밀한 후회에는 아랑곳없이, 기계는 작성된 세상사를 한 치 의심도 없이 종이에 찍어 고분고분 인쇄해낸다.

확실히 여기에 서면 가슴속의 답답함은 줄어든다.

동시에 '그럼 뭘 더 어쩔 수 있었겠느냐'고 당당해질 수 있다. 마감이 코앞에 닥칠 때까지 취재를 해서 원고를 준비한다. 그때 그때 뭔가를 선택해가며 최대한 알찬 기사를 뽑아낸다. 우리에게는 그게 최선이었다. 지금이라는 순간은 늘 과거에서부터 쌓아 올린 미래다.

"윤전기가 찍어내고 있는 건 내일이라는 과거로군요."

내 말에 요시무라는 고개를 끄덕였다.

"'기자의 통곡'……. 압니다. 이사님이 하세데라 부장에게 일러준 거겠죠."

나는 윤전기를 쳐다봤다. 요시무라가 진지한 얼굴로 말했다.

"잇폰기, 그거 못 쓰겠나?"

요시무라가 이번에는 내 옆얼굴에 대고 직접 물었다. 그리고 진심이 담긴 목소리로 말을 이었다.

"괴롭다는 건 알아. 나도 일 때문에 아내와 갓 태어난 아들을 버렸지. 행복한 가정은 꾸리지 못했어. 하나 내 것은 '기자의 숙명'이지만 자네의 것은 달라. 그거야말로 자네밖에 쓸 수 없는 '기자의 통곡'이야."

요시무라는 윤전기로 고개를 돌리고 대답을 기다렸다.

관계자는 이미 모두 죽었다. 이제는 써도 세월이 용서해줄 것 같기도 하다. 나는 말없이 윤전기를 계속 쳐다봤다. 기계는 끊임없이 윙윙거리며 성난 파도와 같이 종이를 흘려보냈다.

'이미 윤전기가 돌아가고 있어.'

묘하게도 요시무라가 중얼거린 것과 똑같은 말을 일찍이 자신도 입에 담았었다.

20여 년 전의 기억이 돌을 씻는 강물 소리와 함께 되살아났다.

2

20여 년 전. 20대 중반이었던 나는 마에바시 지국에서 시청 담당이었다. 봄에는 경찰 캡을 맡을 예정이었다. 사건기자는 신입일 적에 한 번 해본 게 마지막이었다.

"잇폰기, 봄부터 경찰 캡이 되면 당분간 우아한 취재는 못 해. 1월 기획 어때? 혼자 마음대로 쓰게 해줄게."

그렇게 말한 당시 지국장이 요시무라였다.

군마 지역판에서 1월부터 연중 기획에 들어가기로 했다.

강 유역에는 인간의 삶이 있다. 독자에게 '고향'을 재조명하고자 현 내의 다양한 강을 계절별 4분기로 나눠 분기마다 10회씩 르포를 연재하기로 했다.

그 1분기의 주제가 현 남서부를 가로지르는 간나가와 강이었다.

제목은 '간나가와 강에 살다'. 오쿠타노에 수원이 있는 이 강은 길이가 87킬로미터에 달하며, 현을 빠져나와 도네가와 강의 지류인 가라스가와 강으로 이어진다. 그 유역에 사는 사람들의 모습을 강 상류부터 하류로 내려가며 취재했다.

취재 대상은 도심에서 이주한 탈샐러리맨 가족, 과소화를 저지하기 위해 퍼레이드를 기획한 마을 청년단, 분교에서 공부하는 단 한 명의 학생과 선생님, 주재소*에 생활하는 경찰 가족과 마을 사람의 교류……. 사진이 포함된 휴먼 르포다. 그중 1회가 우에노 마을의 '벽지 어린이집'에 부임한 젊은 선생님이었다. 그녀는 자연을 찾아 인구가 줄어드는 이 마을에 왔다.

취재차 마을 어린이집을 방문했다. 직원이 안내해준 방에는 너덧 살로 보이는 아이가 열세 명 있었다. 그날 아이들은 '신문기자 아저씨가 온다'는 이야기를 들었던 모양이다. 어린이집에 도착하자 아이들이 크게 환영해줬다. 돌봄방에 있던 아이들은 유리창으로 어깨에 카메라를 멘 내 모습을 보자 마구 소란을 피웠다.

"죄송해요. 애들은 낯선 사람이 오면 아주 신이 나거든요."

구슬이 굴러가듯 다정한 목소리였다. 웃자 덧니가 보였다.

일단 그녀가 일하는 모습을 견학하기로 했다. 지금부터 그림책을 읽어줄 거라고 했다. 그녀는 아이들과 함께 둥글게 둘러앉아 얼굴 옆에 그림책을 들었다.

"오늘은 로봇 이야기예요." 펼친 그림책에 아이들 시선이 모였다. 그녀는 그림책을 읽으며 아이들 얼굴을 천천히 둘러봤다. 나는 그 옆에서 카메라에 광각 렌즈를 장착하고 그림책을 읽는 그녀와 책을 올려다보는 아이들의 사진을 찍었다.

시라이시 고토미. 우에노 마을 소속 직원으로 마을 어린이집에서 일하는 그녀는 이때 스물두 살이었다. 몸집이 작고 살빛이 뽀

---

*교외나 낙도 등 교대 근무가 어려운 곳에 경찰과 그 가족이 거주하는 시설.

앴다. 그림책을 다 읽은 후 한 시간쯤 취재 시간을 얻었다. 노트를 펼치고 메모를 하며 왜 '벽지 어린이집'을 선택했는지 물었다.

그녀는 2년 반 전 마에바시 시에서 이곳에 왔다. 중학생 때 잡지에서 '일하는 어머니가 늘어나서 육아가 힘들다'는 이야기를 읽고 어린이집 선생님이 되는 꿈을 가졌다고 한다. 고등학교를 졸업하고 마에바시 시의 현립 보육대학교에 다녔다.

그녀는 산간 지역에 위치한 마을에서 태어나 초등학교 4학년 때까지 산과 강에서 놀며 지냈다.

그렇듯 자연 속에서 아이들을 돌보고 싶어 현 내의 '벽지 어린이집'을 찾아냈고, 현에서 운영하는 고령자 주택을 빌렸다. 그때부터는 자연이 교실이었다. 벌레 쫓는 약을 바르고 산길을 탐험한다. 날씨가 좋은 날엔 산속에서 그림책을 읽는다. 다 함께 쪼그리고 앉아 들꽃을 들여다본다. 가을에는 나무 열매와 빨간 낙엽을 줍는다. 겨울에는 얼음이 언 강을 보러 간다. 강가에서 돌을 주워 모아 군고구마 장수 놀이도 했다고 한다.

취재를 마치자 저녁녘이었다. 스쿨버스가 데리러 오는 찻길까지 아이들과 함께 산길을 내려갔다. 버스 정류장에서 모두를 배웅했다.

"자, 얘들아. 신문기자 아저씨한테 인사해야지."

아이들이 버스 안에서 창문 너머로 손을 흔들어줬다. 그녀와 둘만 남았다. 내가 농담처럼 물었다.

"저는 역시 아저씨인가요?"

"아하하. 실례했어요. 삼촌이라 그럴 걸 그랬네요." 덧니가 보였다. 그녀는 금방 진지한 표정으로 돌아와 "오늘 감사합니다. 신문기자님께 취재를 받다니. 저 아이들에게도 좋은 추억으로 남을 거예요" 하고 고개를 숙였다. 그리고 불쑥 말했다.

"신문기자는 재미있어 보이네요."

"그런가요? 전근이 허다한걸요."

"아, 그거. 따라다니는 거 재미있을지도 모르겠네요."

말을 마치자마자 그녀의 뺨이 붉어졌다.

"아이들과 찍은 사진, 나중에 보내드릴게요."

"와, 꼭 부탁드릴게요." 덧니가 또 보였다.

그 후로 우리는 주말에 마에바시 시내의 레스토랑에서 식사를 하게 됐다. 취재를 하다 짬을 내어 빠져나갈 때도 있어, 한 번은 30분이나 기다리게 했다. 내가 그런 식이다 보니, 그녀는 문고본을 가지고 다니게 됐다.

고토미는 결코 미인이 아니었다. 외까풀이 가느다란 눈을 덮어 졸려 보였다. 옅은 갈색 카디건을 걸치고, 종아리까지 내려오는 긴 치마를 입고 다녔다. 하지만 피부가 눈처럼 하얬다. 뒷머리를 모아 하나로 묶으면 목덜미의 칠흑 같은 머리카락 뿌리 사이로, 누르면 튕겨 나올 것 같은 뽀얀 피부가 도드라져 보였다.

레스토랑에서 나를 기다리는 동안 그녀는 밝은 창가 자리에서 빛을 등지고 책을 읽었다. 내가 늦어서 미안하다고 사과하면 "아니에요, 괜찮아요" 하고 문고본을 덮었다. 마주 앉으면 그녀가 머리를 풀어 길고 풍성한 머리카락이 어깨까지 내려왔다.

"무슨 책 읽고 있었어?"

"이거요. 잇폰기 씨는 읽어봤어요?"

고토미는 가와바타 야스나리의 《설국》을 가지고 다녔다. 무대는 군마 현에 인접한 니가타 현의 눈이 많이 내리는 지역이다. 가와바타 야스나리의 투명감 있는 문체가 좋다고 했다.

"《설국》의 첫머리 알죠?"

"터널을 빠져나오자 눈의 고장…… 그거 말이지?"

"국경의 긴 터널을 빠져나오자 눈의 고장이었다."

고토미가 첫 구절을 외웠다.

"나는 그다음에 이어지는 문장이 더 좋더라고요. 들어볼래요? 잠깐 눈 좀 감아봐요."

나는 눈을 감았다. 고토미는 감질나게 헛기침을 했다.

"국경의 긴 터널을 빠져나오자 눈의 고장이었다. 밤의 바닥이 하얘졌다."

고토미는 여운이 내 마음에 전달되기를 기다렸다. 나는 눈을 떴다.

"멋지죠?"

고토미는 "빌려줄게요" 하며 커버가 없어 구깃구깃해진 《설국》을 내밀었다. 가와바타 야스나리의 작품은 《산소리》도 좋아한다고 한다. 진지하게 이야기하는 고토미는 아이들에게 그림책을 읽어주는 어린이집 선생님으로는 보이지 않았다.

나는 햄버그 라이스를, 고토미는 나폴리탄 스파게티를 주문했다. 시간이 느릿느릿 지나갔다. 고토미의 흰 손가락이 나긋나긋

하게 움직였다. 곧게 쭉 뻗은 코 밑에서 살짝 맞물린 입술이 아리
따웠다. 고토미의 내면에는 어린이집 선생님도, 성인 여성도, 천
진난만한 소녀도 있었다. 레스토랑을 나서서 고토미를 버스 정
류장까지 바래다주기로 했다.

"다음에는 언제 만날 수 있어?"

"이번 주 일요일 비어 있어요."

"그럼 또 연락할게."

버스를 기다리는 동안 고토미의 긴 머리카락이 바람에 흐트러
져 얼굴을 가렸다. 고토미가 머리를 흔들며 눈을 가늘게 뜨자 우
수에 찬 어른의 얼굴로 변했다. 입술에 붙은 머리카락을 떼려는
지 입을 살짝 벌리고 새끼손가락을 댔다. 입가의 점에서 여성미
가 묻어났다.

고토미는 늘 활기차게 웃는다. 그때마다 덧니가 보인다. 생김
새는 눈길을 끌지 않지만 외까풀 안쪽의 눈동자는 꿍꿍이속이
전혀 없는 빛깔로 맑게 빛났다. 밝은 성격과 여성스러운 행동거
지가 고토미를 실제보다 더 매력적으로 보이게 했다.

고토미의 말에 따르면 사람에는 두 종류가 있다고 한다.

선물을 '받는 것을 좋아하는 사람'과 '주는 것을 좋아하는 사
람'. 내가 "받는 게 좋은데" 하고 말하자 그녀는 "나는 주는 게 좋
아요" 하며 웃었다. 그녀가 '벽지 어린이집'의 선생님을 선택한 이
유도 아이들에게 자연에서 노닌 추억을 '주고 싶기' 때문이었다.

3

고토미에게 빌린《설국》을 읽었다. '밤의 바닥이 하얘졌다' 라는 표현 그대로 다 읽고 나자 마음속 깊숙이 조용하게 가라앉는 듯한 느낌이 들었다. 감성의 표면을 어루만지듯 감각적인 문장으로 소설을 한 줄 한 줄 자아냈다. 고토미는 시마무라라는 주인공 청년이 나처럼 냉정한 구석이 있다고 했다.

"어쩐지 닮았어요."

책을 읽으면서 나도 이 소설에 나오는 고마코라는 여자에게 고토미를 투영했다. 고토미가 말했다.

"시마무라라는 청년과 고마코의 러브신은 한 번도 나오지 않았잖아요. 그래도 두 사람의 깊은 관계를 알 수 있어요."

나는 "그러게" 하고 무뚝뚝하게 답했다.

"쓰지 않고도 표현할 수 있다니 대단해요. 잇폰기 씨도 이런 문장을 쓸 수 있어요?"

"신문기자는 작가가 아니야. 정서는 완전히 없애고 필요한 정보만 채워 넣지. 쓸데없는 문장은 쳐내. 필자라기보다 데이터를 모아서 전달하는 직업이야."

"흐음." 고토미가 나를 똑바로 봤다.

"너희 아버지는 무슨 일을 하셔?"

"매일 딱딱한 문장과 눈싸움을 하고 있죠. 현청 직원이세요."

"어느 부서?"

"잊어버렸네. 알고 싶지도 않고요. 평생 일만 붙잡고 사셨어요. 성격이 완고한 옛날 사람이거든요."

고토미의 아버지는 현재 마에바시 시내의 현청 직원 관사에 혼자 산다고 한다. 아내와는 사별해서 가족이라고는 외동딸뿐. 시라이시 집안의 대를 끊을 수는 없으니, 데릴사위를 들이느냐 시집을 가느냐 하는 문제로 다퉜다는 모양이다.

"전혀 뵈러 가지 않아?"

"네. 딱히 만날 이유도 없고요. 그리고……" 고토미의 표정이 흐릿해졌다. "나, 아빠가 정말 싫어요. 의절한 거나 마찬가지죠. 시라이시라는 성씨도 빨리 바꾸고 싶어요." 그렇게 말하며 나를 봤다.

고토미는 어릴 적부터 엄격한 아버지가 어려워서 늘 거리를 두었다고 한다. 고토미의 찡그린 얼굴은 처음 봤다. 나도 더 이상은 묻지 않았다.

일요일 밤, 여느 때처럼 마에바시 시의 국도 옆 레스토랑에서 식사를 한 후, 고토미가 세 들어 사는 우에노 마을의 고령자 주택까지 차로 바래다주기로 했다. 버스 막차는 이미 떠났다. 차로 왕복 여섯 시간은 걸리지만 힘들지 않았다. 둘이 함께 지낼 수 있는 시간이기 때문이다.

가로등도 없는 구불구불한 산길을 오로지 달렸다. 불빛이라고는 자동차 전조등뿐이었다.

하얀 뭔가가 흩날렸다. 눈이었다. 이번 주쯤에 내린다고 듣고 지난주에 미끄럼 방지용 타이어로 교체해두었다. 앞 유리에 눈이 몰아쳤다. 지금 어느 정도 속도로 달리는지 감이 잡히지 않아 당혹스러웠다.

꿈속을 달리는 것 같았다. 나는 몸을 내밀고 시선을 모으며 운전대를 잡았다. 눈발이 약해졌다. 조금만 더 가면 우에노 마을이었다. 높직한 언덕 위에서 마을의 불빛이 어렴풋이 보였다.

고토미가 "차 좀 세워봐요" 하고 말했다. 산속에서 시동과 전조등을 껐다. 주변이 캄캄해졌다.

어둠에 눈이 익숙해졌다. 나무들이 당장에라도 떨어질 것처럼 가지에 눈을 수북하게 인 채 정적 속에 서 있었다. 산골짜기에 마을이 평평하게 펼쳐져 있었다. 갓을 씌운 전구가 길에 희미하게 늘어섰다. 쓸쓸한 축제 등불 같았다. 가로등이 발하는 삼각형 불빛 속에 눈이 흩날렸다.

고토미가 속삭였다.

"봐요. 밤의 바닥이 하얘졌다. 그렇죠?"

하얗게 부각된 평지는 그야말로 밤의 바닥 같았다.

"눈은 내리는 게 아니라 가라앉는 거예요." 고토미의 덧니가 보였다.

"나도 좋은 생각이 났어. 이 차는 우주선이야."

고토미가 "어? 뭐라고요?" 하고 물었다.

"시트를 젖히고 하늘을 봐봐. 전조등을 켤게. 불빛을 받으며 떨어지는 눈을 별이라고 생각하는 거야."

"진짜다." 고토미도 내가 무슨 생각으로 그런 놀이를 제안했는지 바로 이해했다.

둘은 위로 위로 올라갔다. 고토미가 머리를 내 어깨에 기댔다. 우리는 누가 먼저랄 것도 없이 입을 맞추었다.

눈이 무거워서인지 근처에서 나뭇가지가 뚝 부러졌다. 고요한 겨울의 산소리였다.

얼마 지나지 않아 나와 고토미는 다카사키 시내에 있는 내 셋집에서 동거를 시작했다.

우에노 마을에서 고토미가 빌린 고령자 주택의 계약은 끝났고, 어린이집 후임 선생님도 찾았다. 이번에는 고토미도 도시 지역의 어린이집에서 일해도 상관없다는 생각이었다. 고토미는 당분간 다카사키 시내의 무인가 어린이집에서 파트타임으로 일하기로 했다.

고토미는 신문기자라는 직업을 이해해줬다. 내가 경찰 캡이 된 후로는 이른 아침이나 밤늦게 취재를 나갈 때도 도시락을 챙겨줬다. 차 안에서 젓가락 없이 바로 먹을 수 있도록 단무지를 넣은 김초밥을 한 입 크기로 만들어 도시락에 가득 담아줬다.

"바빠도 밥은 잘 챙겨 먹어야지."

그렇게 챙겨주자 나도 일할 맛이 났다. 군마 현에서 일하는 것도 앞으로 2, 3년이리라. 그때는 고토미를 다음 부임지로 데려가자. 응원해주는 고토미를 위해서라도 이곳에서 일을 완벽하게 해내기로 결심했다.

고토미도 결혼을 마음에 두고 있었을 것이다. 그렇지만 시라이시 집안의 대는 어쩐단 말인가. 고토미의 아버지는 분명 내가 데릴사위로 들어와주기를 바랄 것이다.

서로 그러한 고민을 꺼내지 않고서 시간만 흘러갔다.

4

〈다이요 신문〉 마에바시 지국은 3층 건물로, 1층은 편집국, 2층에는 회의실과 창고, 숙직실, 욕실이 있다. 3층은 지국장 주택이었다.

마에바시 지국의 인원은 총 열네 명. 지국장 한 명, 지국차장(데스크) 한 명, 지국원 열 명, 그리고 사무원 두 명으로 구성된다. 현 내의 보조 지국과 혼자 근무하는 통신국을 포함하면 현 단위로 스무여 명의 기자를 배치해둔 셈이다. 지국의 기자는 대개 세 팀으로 분류된다. 현정, 경찰, 시정 및 보충병이다.

1층 편집국 한가운데 부근에는 기자들이 머리를 맞대고 원고를 쓰는, '육각형'이라는 명칭의 책상이 있다. 바로 옆에 있는 것이 데스크석. 편집 작업은 데스크가 총정리한다. 조금 안쪽 방에 응접 세트와 지국장의 책상이 있다. 편집 작업이 막판에 접어들면 거기서 지국장이 상황을 보러 나온다.

편집국 벽의 취재처 일람 보드에는 전화번호가 죽 적혀 있다. 현청, 현경, 시청, 상공회의소, 시 소방본부, 우체국, JR, 시방법원, 현 변호사회……. 창가에는 무선기기 본체와 휴대용 무전기가 세 대 놓여 있다.

지방 지국의 역할은 주로 신문 중간 부분에 있는 '지방판' 제작이다. '군마 현판'이라는 타이틀이 붙은 양면 두 페이지에 현의 행정, 사건·사고, 세간의 화제 등을 싣는다. 한편으로 전국에 내보낼 큰 소식을 '본지'라 불리는 전국판에 출고한다. 현판을 쓰면서 항상 본지 출고를 노린다.

사무실 안에는 천장까지 닿는 신문기사 스크랩북 서가가 있다. '본지'와 '지방판' 외에 분야별, 주제별로 정리해두었다. 거기에 고토미가 등장하는 '간나가와 강에 산다 시리즈'의 스크랩북도 추가하고 기사가 연재되면 순서대로 붙여나갔다.

신문사 지국은 불야성이다. 기자들은 각자 집을 빌려 살지만, 하루의 대부분을 지국에서 보낸다. 이를테면 생활공간이기도 하므로 편집부 안쪽에는 취사실과 냉장고가 있다. 가끔 지국장의 지시로 모두 모여 냄비요리를 해먹기도 한다. 지국 근무자의 인간관계는 '유사 가족'에 비유되며, 지국장은 '아버지' 역할을 한다.

편집부 구석에는 암실이 있다. 여기서 신문에 실을 사진의 필름을 현상해 인화지에 인화한다. 지국 기자들은 카메라맨도 겸한다. 현상 작업은 숙련이 필요하다. 컴컴한 가운데 취재 때 사용한 파트로네(원통형 필름 용기)에서 긴 필름을 끌어내 탱크에서 현상한 후, 네거필름을 말려서 사진 확대기에 넣는다. 하얀 인화지를 놓고 스위치를 눌러 감광시킨다. 다섯을 헤아린 후 스위치를 끄고 즉시 인화지를 현상액이 담긴 쟁반으로 옮긴다.

어둠 속 붉은 램프 불빛 아래, 대나무 핀셋으로 인화지를 현상액에 골고루 적신다. 피사체가 조금씩 나타난다. 적당하게 뚜렷해지면 즉시 세척용 쟁반으로 옮겨 현상액을 씻어내고, 지체 없이 정착액 쟁반에 담근다.

신문 지면에는 사건이나 사고로 사망한 사람의 얼굴 사진을 싣기도 한다. 통칭 '머리통'이다. 얼굴 사진을 입수하는 작업을 '머리통 구하기'라고 한다. 그러나 유족에게 부탁해도 싫어하며 좀처럼 내주지 않는다. 신입은 싫어도 '사건기자' 시절을 경험하지 않을 수 없는데, 머리통 구하기를 못하면 제구실을 못한다고 평가받는다. 나도 고생해서 지혜를 짜냈다.

언젠가 교통사고로 사망한 초등학생의 사진을 빌려줄 수 없겠느냐고 유족에게 부탁했다가 거절당했다. 하지만 쉽사리 물러날 수는 없다. "지금 여러 신문기자가 학교나 사진관, 이웃 등에서 ○○ 군의 사진을 구하고 있습니다. 어쩌면 유족의 마음에 들지 않는 사진이 실릴지도 모릅니다. 그럴 바에야 어머님이 제일 좋아하시는 ○○ 군의 웃는 얼굴 사진을 싣고 싶습니다만……" 하고 둘러댄다. 납득한 어머니가 아이의 웃는 얼굴 사진을 가져온다. 궤변이기는 하지만 이 방법을 쓰면 놀라울 만큼 '머리통'이 잘 구해졌다. 데스크도 감탄했다. 그때부터는 선배 기자들도 나를 인정해줬다.

기자라는 직업에는 그런 꾀바른 면도 필요하다. 정보를 얻기 위해서는 수단을 가리지 않는다. 자존심도 버린다. 다소 거짓말도 한다. 양심의 가책이 없지는 않지만, '사건, 사고의 비참함을 세상에 알리기 위해서'라는 방편이 늘 뱃속에 있었다.

그런 신입 사건기자 시절에 교통사고 통계 기록을 썼다. 한 달에 열여섯 명이 사망했다. '머리통'을 구한 소년의 얼굴이 머릿속에 떠올랐다. '16명이나 사망했다'라고 썼더니 요시무라 지국장이 지적했다.

"기분은 알겠는데 여기엔 '16명이 사망했다'라고 써."

'이나'와 '이'는 고작 한 글자 차이다. '이'라면 사실뿐이지만, '이나'에는 의도가 들어간다. 나는 교통사고에 대해 경각심을 불러일으키고 유족을 위로하려는 마음을 담았다.

"기사는 감정을 일절 배제하고 어디까지나 사실에만 충실하게 써야 해."

신입기자 시절, 요시무라 지국장에게 받은 훈계였다.

경찰 담당으로 돌아가 경찰 캡에 취임한 지 얼마 지나지 않을 무렵의 일이었다.

우리 현경팀이 현청에서 '독직사건'이 일어났다는 정보를 잡았다. 미야하라 데스크에게 상담한 결과 지국 총동원 태세에 들어가게 됐다. 지국 기자들의 리더이자 현정 캡을 맡은 아마노와도 의견을 절충했다.

현판 출고를 마친 오후 10시. 요시무라 지국장이 전원을 소집했다. 닭고기 달걀 덮밥을 시켜 느지막한 저녁을 먹은 후였다. 응접세트 주변에 데스크와 지국원이 모였다. 자리가 모자라 몇 명은 자기 사무용 의자를 가져와서 모두가 무릎을 맞댔다.

내가 데스크 및 지국장과 의논해서 작성한 계획서를 나눠줬다. 사건의 개요와 앞으로 취재할 항목, 총력전을 위한 전 지국원의 배치다.

〔현청 독직사건 취재 계획(사외비)〕

요시무라가 진중한 목소리로 말을 꺼냈다.

"현경팀이 삼수변에 관한 정보를 건져 왔어. 현청 상층부까지 엮일 듯해."

몇 명의 입에서 탄성이 새어 나왔다.

지국장 요시무라는 사회부 출신이다. 경시청 기자실에서 수사 2과 담당을 거쳐 경찰 캡을 맡았다. 툭하면 "내가 경시청 2과를 돌아다녔을 때는 말이야……" 하는 것이 말버릇이다. 차에 베개를 놔두고 밤낮없이 정보를 수집하는 짬짬이 잠을 잤다는 일화는 귀가 닳도록 들었다. 마지막에는 반드시 그 사건을 제일 먼저 기사화했다. 이 사건도 제일 먼저 기사화했다고 자랑을 늘어놓았다.

'자동차에서 잠을 청한 일화'와는 별개로 술집 마담과의 염문도 끊이지 않았다. 수완 있는 기자였지만 여자관계에는 빈틈이 많았다. 사생활이 삐걱거린 끝에 이혼도 했다. 분명 어린 아들이 있었을 것이다. 요시무라는 친권이 전처에게 있으니 "난 자유의 몸이야" 하고 웃음을 지었다. 이혼한 후로 아들을 만난 적이 없다고 한다. 그런 요시무라가 말하기를―.

"오랜만에 피가 들끓는 사건이로군."

상황은 수도공사에 관련된 공공사업 입찰을 둘러싼 독직사건으로 시작됐다. 현 내에 있는 오다기리 건축사무소의 오다기리 쓰토무 사장이 50만 엔의 뇌물을 주었음을 인정했고, 현 북부에 위치한 작은 마을의 이장이 체포됐다. 내가 신출내기 사건기자 시절에 일어난 사건으로, 이미 지방법원에서는 공판이 시작됐다.

그 후 오다기리 사장은 그 외에도 토사재해를 복구하는 현도로 공사를 수주한 대가로 현 토목과의 모로즈미 료지 과장에게 현금을 보냈다고 토해냈다.

이에 현경과 지검이 술렁였다. '현 상층부까지 올라갈 것이 분명하다'며 모로즈미 토목과장의 체포영장을 발급했다는 사실을, 마침 내가 사건기자 시절부터 친하게 지냈던 지방법원 형사부의 서기관이 알려줬다.

"그 공판과 관련해 다른 체포영장에도 도장을 찍었어"라고.

판사가 발급한 영장에 도장을 찍는 것이 그의 역할이었다. 상황이 과장 수준에서 마무리될 리 없었다.

이번 현청 독직사건에서 경찰 캡인 나는 '사건 총괄'을 지시받았다. 현경, 지검, 현청의 모든 정보를 집약해 원고를 최종 작성한다. 현청 간부까지 체포되면 전국판인 본지를 장식할 기회이기도 했다. 그리고 현청의 독직사건쯤 되면 취재는 현경 담당만의 문제가 아니다. 현정팀, 시정 및 보충병도 더해 지국이 총동원된다. 특히 이번 사건은 어디까지 올라가느냐가 관건이었다.

뇌물수수 사건은 '불꽃놀이'라고 불린다. 위로 위로, 최고점까지 올라가서 마지막에 펑 터지기 때문이다.

"현경, 지검, 업자, 현청 직원, 현 의원, 주변 단체장, 지사 선거의 반대 후보 진영, 공산당 의원…… 전부 파헤치는 거야."

요시무라 국장의 콧김은 거셌다.

현경팀은 캡인 나를 포함해 네 명이다. 서브 캡인 오쿠마[大熊]
료타는 럭비부 출신으로, 이름 그대로 큰 곰처럼 덩치가 크다.
털이 많고 정도 많다. 그 밑은 2년 차 고지카[小鹿] 마사토. 얼굴
이 밤비를 닮은 그는 성실함 그 자체다. 1년 차 도리카이 마모루
는 순발력이 있어서 사건, 사고가 발생하면 제일 먼저 현장으로
달려가는 자칭 '리드오프'다.

사건기자는 경찰과 똑같은 용어를 사용해 대화한다. 따다(체
포하다), 토해내다(공술하다), 집 구경(가택수색), 피자(피의자), 해
자(피해자), ○○파(폭력단)……. 그리고 한자 부수에서 따온 삼
수변(독직瀆職 사건). 사건기자에게 이 단어는 무겁다. 수사1과가
다루는 살인, 강도, 상해사건 등이 아니다. "2과 사건(지능범)이
아니면 흥이 나지 않아" 하고 열변을 토하는 사건기자도 많다.

뇌물수수 사건을 적발할 수 있느냐 없느냐는 그 지역 경찰의
의욕과 수사 능력에 달렸다. 경찰 권력이 다른 공권력과 대치하
는 형세이기 때문이다. 무엇보다 권력이 상대라면 당연히 저널
리스트의 기자혼도 불타오른다. 하물며 지국장은 일찍이 경시청
의 2과 담당이었다.

현경팀 네 명의 책상 한복판에는 '둥지록'이 있다.

'둥지'란 경찰용어로 주거를 가리킨다. 기자가 사용할 때는 경
찰관이나 검찰관의 관사 또는 자택을 가리킨다. 둥지록은 그러
한 사람들의 주소록과 지도를 정리한 서류철이다. 자기 힘으로

건진 정보원이니만큼 이걸 다른 기자에게는 보여주지 않는 사람도 있다. 고생해서 개척한 인맥은 기자의 재산이다. 동료라고 해도 쉽게 내줄 수는 없다.

그래서 형사부장은 누구누구, 1과장은 누구누구 하는 식으로 상의해서 담당을 정한다. 자기와 각별하게 지내는 경찰과 다른 기자가 친해지면 질투하는 사람도 있다. 그걸 고려해서 담당하는 경찰의 영역에 선을 긋는다.

나는 현경의 우시지마 마사유키 2과장과 친밀한 사이였다. 키가 크고 날씬한 우시지마는 머리를 올백으로 넘기고 은테 안경을 꼈다. 발음이 좋으며 지적이고 논리적으로 말한다. 전국 대부분의 현경 2과장은 경찰청의 커리어* 관료다. 최근에는 지검의 부장검사와도 사이가 좋다. 부장검사는 조금 나이가 많지만 우시지마는 나와 나이가 거의 같았다.

이 젊은 두 사람은 비교적 금방 정보원으로 삼을 수 있었다. 한편 현경 형사부장은 싹싹하지만 정보를 절대 입 밖에 내지 않는다. 마지막으로 확인할 때 물어보는 정도다.

계기를 만드는 데는 비결이 있다. 공무원을 구슬리기에는 금요일 저녁이 좋다. 저녁 5시에는 주말을 앞두고 모두 기분이 좋아진다. 그 타이밍을 노려 불쑥 공공기관의 사무실을 찾아간다. 그러면 의외로 순순히 과장실에도 들여보내준다.

---

*우리나라의 행정고시와 비슷한 국가공무원 시험 1종 합격자 중 경찰직에 지원하여 배속된 사람을 가리킨다.

"2과장님, 다음에 한잔 어떻습니까?"

"수사 정보는 말 안 할 겁니다."

"다음에 현판의 '경제 정보 파일'과 관련해 도움을 받고 있는 마루산 백화점의 여직원들과 한잔할 건데요, 과장님도 같이 가시면 어떨까 해서요."

그런 이야기를 나눈다.

그들은 경찰청의 인사 발령에 따라 움직이는 젊은 엘리트다. 계급은 경위로 시작해 지방에 배속되는데, 현경의 2과장이면 이미 경정이다. 주변에는 시골의 지방 공무원뿐이고, 부하는 대부분 자기보다 나이가 많다. 아버지뻘 되는 사람도 수두룩하다.

도시에서 온 미혼자가 관사를 얻어 그런 직장에 배치된다. 사적으로는 이야기 상대도 없다. 한편 직업상 신문기자와는 어울리기를 꺼린다. 정보를 얻으려고 밤마실을 한번 가면 어느 회사에서 뭘 물었는지까지 현경 간부에게 보고해야 한다. 처음에는 우시지마 2과장도 착실하게 보고했던 모양이다.

하지만 그도 여자들과 술자리를 했다는 것까지는 보고하지 않았다.

나중에 젊은 여자들에게 둘러싸인 우시지마는 아주 신난 눈치였다. "새끼손가락부터 순서대로 쥐는 거야" 하고 권총 쥐는 법을 설명하며 분위기를 띄웠다. 돌아갈 때 우리는 그 애가 괜찮았다, 이 애가 귀여웠다 등등 이야기를 나눴다. 남자끼리다. 여자 이야기를 하면 금방 친해진다.

그들의 마음을 움직이는 방법이 하나 더 있다.

수사 정보의 입수는 거래와 교섭이다. 경찰과 검찰 가릴 것 없이 그들의 훈장은 '기소장과 신문기사'라고 일컬어진다. 자기가 맡은 사건이 전국판에 크게 실리면 기분이 나쁘지는 않다. 특히 경찰청의 인사 발령으로 움직이는 커리어 출신 현 경 2과장은 늘 도쿄 경찰청 간부의 눈을 의식한다. 전국지에 크게 난 기사는 자신을 홍보하기에 그만이다.

그러므로 "저희에게 단독 보도의 기회를 주시면 전국판 1면에 특종으로 큼지막하게 실을 생각입니다" 하고 제안한다. 동시에 견제도 잊지 않는다. "하지만 동시에 여러 곳에서 나오면 기사도 작아지겠죠. 그래서는 대중에게도 큰 인상을 못 줄 거예요."

이건 전국지와 퀄리티 페이퍼의 위광을 이용한 전술이다. 그리고 마지막으로 꺼내는 결정적인 대사가 있다. 반드시 상대의 눈을 똑바로 보고 말해야 한다.

"사회정의를 위해서입니다. 함께하시죠."

신문보도가 뒷받침되어 여론을 환기시키고, 수사선상에 오른 사람들을 몰아붙일 수도 있다. 경찰과 검찰의 수사대상이 권력자라면 수사기관과 언론, 양쪽의 목적은 멋지게 일치한다. 이렇듯 권력 비판을 취지로 하는 저널리즘이 국가권력과 호흡을 맞추는 가장 얄궂은 상황이 바로 '삼수변' 보도다.

얼마 지나지 않아 현 토목과의 모로즈미 과장, 그리고 건설업계와 커넥션이 있어 중개를 하고 돈을 받은 현 의원이 체포됐다.

〔현 토목부 과장에게 체포영장〕〔사카자키 현 의원을 임의동행하여 조사〕〔하야시다 현 의원, 내일 당장에라도 체포 임박〕

그때마다 우시지마 2과장과 지검 서기관에게 체포영장 발급 여부를 이중으로 확인했다. 그 결과, 발표 당일 조간에서 차례차례 타사를 앞질렀다.

<h1 style="text-align:center">5</h1>

하지만 뇌물수수로 재미를 본 건 거기까지였다. 좀 더 현 상층부까지 건드리지 않으면 지면에서도 크게 다를 수 없다. 지국 회의에서도 초조함이 드러났다.

"잇폰기, 현직(현청 직원)은 어디까지 가는 거야?" 요시무라 지국장이 안달하기 시작했다. 그 무렵 우시지마 2과장도 바빠서 만날 수가 없었다. 관사에도 돌아가지 않는 듯했다.

이대로는 마바시 토목부장까지 올라갈지 말지도 긴가민가하다. 현청 토목부 직원 명부를 통해 자택은 대부분 알아냈다. 현청은 철벽 수비를 굳힌 듯 관계자의 입은 더더욱 무거워졌다. 현청 직원의 집을 찾아가면 "아무 말씀도 못 드립니다", "나하고는 관계없어요", "저는 공무원이라고요. 무슨 말을 할 수 있겠어요" 하고 판에 박힌 말만 꺼내놓았다.

지국 회의에서 요시무라 지국장이 충고했다.

"현청도 결국 인간의 조직이자 집단이야. 목표물의 바로 아래에 해당하는 사람이 구슬리기 쉬워. 그 사람을 찾아내서 끈질기게 물어봐. 물론 정보의 출처는 절대로 밝히지 않겠다고 다짐하면서. 정보를 주는 곳이 여러 군데라고 살살 꼬드기면 입을 열기가 쉬워지겠지. 결과적으로 정보원은 여러 곳이어야겠지만, 그 정도는 사회정의를 위한 방편이야. 특종을 잡을 기회를 놓치지 마."

일단 두 번째로 방문하면 취재를 거부한 상대가 무슨 사정으로 마음을 바꾸기도 한다. 정치적인 싸움이 심한 지역의 특성상, 공공기관 내부 인물의 계보도 뚜렷하게 나뉜다. 그러한 공공기관 내부 구도에 대해서는 당선 횟수가 많은 중진 현 의원이 잘 안다.

현 의원은 선거에서 지사 쪽에 붙으면 나중에 현청에서도 위세를 떨치게 된다. 한편 지사는 표밭이 필요하다. 그러므로 현 의원이 뒤에서 지사를 밀어준다. 지사가 당선되면 현 의원은 정치 생명의 '은인'이 된다. 그 결과 지사를 왕처럼 모시는 현청 직원도 현 의원의 말에 껌벅 죽는다. 따라서 지사와 가까운 중진 현 의원은 공공기관의 숨겨진 실력자이며 정보통인 셈이다.

얼마 지나지 않아 오쿠마에게 익명으로 전화가 걸려왔다. 밤마실을 하러 집을 찾아갔던 현청 직원 중 한 명인 모양이었다.

"모로즈미 토목과장이 오다기리 건축사무소한테 50만 엔 받았잖습니까. 그는 부장의 절반이라며 줬습니다. 즉, 마바시 부장은 100만 엔이죠."

"당신의 입장은……. 물론 비밀로 하겠습니다."

"같은 부서에 있는 사람입니다." 그는 그렇게만 말했다.

현청에서 직위가 높으면 높을수록 전 지사파와 현 지사파로

갈린다는 것도 알았다. 마바시 부장은 나카무라 지사파. 밀고자는 전 지사파이리라.

오쿠마가 모로즈미 과장의 다른 부하에게 역시 '과장은 현의 간부에게 지시를 받고 따랐을 것이다'라는 언질을 얻었다. 또한 오쿠마와 고지카가 파악한 수사 정보에 따르면 모로즈미 과장은 "왜 저만 가지고 이럽니까. 다들 윗선의 지시를 받고 받아먹었다고요" 하고 경찰에게 토해냈다고 한다.

그날 밤 나는 오쿠마와 함께 마바시 토목부장의 집 앞에서 기다리다가 그와 직접 부딪혔다. 마바시 토목부장은 완전히 겁에 질린 눈빛이었다.

"모로즈미가 뭐라고 했는지 모르지만 나하고는 관계없어."

그러자 오쿠마가 단호하게 말했다.

"이번에는 철저하게 보도할 겁니다. 과장에게 50만, 부장인 당신에게 100만. 다 알아요."

"잠깐, 잠깐." 내가 오쿠마를 말렸다. 이것도 연기다.

"부장님도 실은 윗선의 지시에 따른 것뿐이죠? 우리는 그런 사정까지 고려해서 정확하게 쓰고 싶습니다. 그러니 협력해주시지 않겠습니까?"

마바시 토목부장이 입을 다물었다. 나는 바로 말을 이었다.

"압니다. 저도 부장님 입장이었다면 분명 똑같이 하겠죠. 그러니 부장님이 주범이 아니라는 사실을 확인하고 싶어요." 나는 잠깐 뜸을 들인 후 차분하게 물었다.

"방금 전 그 금액, 맞죠?"

마바시 토목부장의 눈이 살짝 젖어들었다. 입을 다문 채 부정하지 않았다. 이 시점에서 이미 함락됐다. 즉시 알고 지내는 서기관에서 연락해 지금 영장이 청구됐음을 확인했다.

조간에 '100만 엔을 받은 현청 토목부장, 체포'라는 기사를 썼다. 역시 윗선의 지시로 받지 않을 수 없었다는 구도가 보였다. 하지만 그다음이 문제다. 마바시는 부정하지 않았지만 윗선이 관여했다는 의혹에 대해서는 입을 열지 않은 모양이었다. 요시무라 지국장도 생각에 잠겼다.

"넘버 스리 중 한 명까지 올라갈 가능성은 있어. 확실한 부분을 슬슬 밝혀내도록 해."

하지만 중요한 정보원인 우시지마 2과장은 내내 접촉이 되지 않았다.

한편 오쿠마, 고지카, 도리카이가 현경 제2과 특수반원들에게 꾸준히 밤마실, 아침마실을 다닌 보람이 있어, 마바시 토목부장이 전부 자기 책임이라고 토해냈다는 정보를 입수했다.

그런데 묘하게 빨리 함락됐다. 수사가 더 위쪽으로 번질 것 같으면 혼자 죄를 뒤집어쓰는 사람이 나오는 것도 삼수변의 전형적인 예다.

지국 회의는 늦은 밤까지 이어졌다.

"나카무라 지사파인 현청 직원과 현 의원도 마바시 부장이 가엾다고 하더군요."

"현청 직원도 현 의원도 토목부장도 분명 누군가를 감싸고 있는 겁니다."

"맞아. 더 윗선까지 갈 거야." 요시무라 부장이 말했다. 소름이 돋았다. 쏘아 올린 불꽃은 아직 터지지 않았다고 모두 확신했다.

이 무렵 나는 지국에서 숙식을 계속했다. 집에 돌아가지 않았고 고토미와도 만나지 않았다. 하지만 취재가 막바지에 다다랐다. 밤마실을 간 곳에서는 다른 회사 기자의 차도 눈에 띄었다.

어느 밤 나는 다카사키 시의 산 중턱에 있는, 야경이 예쁜 이탈리안 레스토랑에서 고토미와 식사를 하기로 약속했다. 그러나 어쩔 수 없이 취소했다. 전화로 "미안해. 오늘이나 내일 결판이 날지도 몰라서"라고 말했다. 밝은 목소리가 되돌아왔다.

"당신이 내내 애써온 일이잖아. 나한테 신경 쓸 것 없어. 하지만 몸은 조심해야 해. 내게는 도루 씨가 건강한 게 훨씬 중요하니까."

수화기를 내려놓은 후에도 "고토미…… 미안해" 하고 홀로 사과했다.

오후 10시가 지났을 무렵. 차를 몰고 우시지마 2과장의 관사로 향했다.

200미터쯤 앞에서 차를 세우고 시동을 껐다. 운전석에 몸을 묻고 왼쪽 위편에 있는 백미러의 각도를 바꾼 후 어둠을 계속 바라봤다.

기다리기를 두 시간. 백미러에 사람이 조그맣게 비쳤다. 시선을 모았다. 양복 차림의 남자가 가로등 밑을 지날 때 얼굴이 드러났다. 우시지마 2과장이었다. 당장 차에서 내렸다. 그도 나를 알아차리고 멈춰 서서 주변을 둘러봤다. 아무도 없다는 걸 확인하자 우시지마 2과장이 먼저 말을 걸었다.

"왔군, 잇폰기. 〈다이요 신문〉이 취재에 열을 올리니까 놈들도 단념한 것 같아." 목소리가 몹시 밝았다. "요전에 일제히 밤마실을 나갔다면서? 역시 〈다이요 신문〉이라니까. 더는 도망 못 쳐. 댁들의 보도가 먹힌 모양이야. 다른 직원과 현 의원도 차례차례 토해냈어. 자기는 윗선의 지시를 받았을 뿐이다, 거절할 수 없었다고."

"윗선이라면 넘버 스리 중 한 명이로군요." 나는 마음을 굳히고 물었다.

"잘 아는군."

"지사와 부지사는?"

"그 두 사람까지는…… 가지 않을걸."

즉, 흑막은 현의 세 번째 직위다.

"출납장*이로군요."

우시지마는 입을 열지 않았다.

현정 캡인 아마노와 오쿠마가 출납장 본인과 접촉했지만, 맹세코 현금은 받지 않았다고 정면으로 부정했을 터였다.

풀숲에서 벌레가 울고 있었다. 침묵이 이어졌다. 승부수를 띄워야 할 때다.

---

*일본 도도부현의 회계사무를 담당하는 특별직 지방공무원. 2007년에 폐지됐다.

"저도 목숨을 바쳐 일하고 있습니다. 아니라면 말씀해보십시오. 모레 전국판 조간 1면, 군마 현 출납장 체포. 이건 오보가 될까요?"

"알면 말 안 해도 되잖아."

"오보라면 한마디 해주십시오."

우시지마는 다시 입을 다물었다.

"현금은 받지 않았다고 단언했던 모양인데요."

"현금은 그렇지."

"그렇다면 물품인가요? 얼마에 상당하는데요? 100만?"

"아니, 그 절반……이려나. 입건 가능한 혐의는 그것뿐이야."

"내일 중에 끌고 오겠군요. 체포영장은 몇 시쯤?"

"늦어질지도 모르겠어."

"지검의 허가도 떨어졌습니까?"

"이 정도로 외통수니까 말이야."

"호출은 어디에서? 본청인가요?"

"……그럴 리가 있나." 우시지마가 코웃음 쳤다.

"K초의 지부 청사로군요."

"감이 좋군." 우시지마 식의 'YES' 표시다.

"뒷문으로요?"

"정문일 리 없지."

"감사합니다."

나는 우시지마 2과장에게 등을 돌리고 달려가려 했다.

"잇폰기."

이번에는 우시지마가 얼굴을 가까이 대더니, 주변을 살피며 목소리를 낮추었다.

"모레 전국판 1면…… 문제없겠지."

"물론입니다."

이것이 신문기자와 수사 관계자의 대화다. 상대편도 대놓고 즉답하지 않는다. 비밀 엄수 의무가 있기 때문이다. 그걸 유념하고 대화할 때는 '맞느냐 아니냐'로 묻는다. 고개를 끄덕이느냐 가로젓느냐. 부정하느냐 하지 않느냐. 이것이 두 사람이 나눌 수 있는 대화의 마지노선이다. 거리감을 절묘하게 유지하며 말속에 숨은 진의를 읽어내야 한다.

차로 돌아와 즉시 미야하라 데스크에게 연락했다. 출납장의 경력, 현청 토목부에서 올린 실적, 지금까지 어떤 공사에 관여했는지, 업자와는 어떻게 접점이 생겼는지……. 상세한 인물상을 내일 체포되기 전에 조사해서 원고로 쓴다. 당장 현정팀에 부탁했다.

남은 건 주요한 사실 관계를 알리는 핵심 기사 원고. 전국판 1면과 이어지는 사회면, 현판까지 단숨에 구별해서 썼다. 예정 원고는 현경팀 네 명이 공통으로 사용하는 플로피디스크에 저장해놓았다. 인명과 자세한 혐의 등 불확실한 정보는 물결표로 표시해두었다.

지국으로 돌아갔다. 오전 1시가 지났다. 지국장이 핫라인으로 도쿄 본사 지역보도부 데스크에게 조간신문 지면을 놓고 담판을 벌이고 있었다. 요시무라 지국장이 웬일로 전화에 대고 언성을 높였다.

"그래요, 출납장입니다. 현의 넘버 스리라고요. 사회면 톱기사가 아니라 1면 톱기사로 부탁드립니다. 단독 특종이에요. 지국원이 모조리 달려들어 따냈단 말입니다!"

한밤중에 지국장의 격한 목소리가 울려 퍼졌다. 목소리가 떨렸다. 다들 아주 감동한 눈치였다. 긴 통화 끝에 드디어 교섭이 성립됐다. 지국장은 핫라인 전화를 내려놓고 모두에게 말했다.

"내일 조판되는 조간 1면 톱기사야. 무대는 정해졌어. 최선을 다해 원고를 쓰도록."

오늘 밤 안에 원고를 완성하면, 남은 건 1면 톱기사를 장식할 사진뿐이었다.

요시무라 지국장이 눈물을 글썽거렸다. 여기저기서 지국원들이 "파이팅", "갑시다" 하고 목소리를 높였다.

머릿속에 고토미의 얼굴이 떠올랐다. 바빠서 줄곧 집에 돌아가지 못했고, 느긋하게 이야기를 나눌 시간도 없었다. 하지만 일에 몰두하는 나를 그녀도 응원해줬다.

모레 전국판 1면에 특종이 실리면 일단 고토미에게 보여주자. 그러면 지금까지 얼마나 고생했는지 이해해줄 것이다. 우리가 하는 일의 성과는 신문 지면 그 자체다.

그날 밤, 들뜨는 기분을 억누르며 현경팀 네 명이 마지막으로 예정 원고를 확인했다.

군마 현 출납장 체포

군마 현경은 4일 재해 복구 도로 공사와 관련해 공사를 낙찰한 업자에게 사례를 받은 군마 현 ~출납장을 뇌물수수(단순 뇌물수수) 혐의로 체포했다. 이미 현청 토목부장 등 현청 직원 및 현 의원과 업자 등 여덟 명이 체포돼, 현청 고위 간부가 관여했다는 소문이 돌고 있었다.

군마 현 수사2과와 마에바시주오 서의 조사에 따르면 ~출납장은 업자에게 50만 엔 상당의 금품을 받은 것으로 보인다. 현경에서는 이 업자가 낙찰에 '사례'하는 뜻에서 금품을 줬다고 단정하고, 공사에 입찰할 업자를 선정하는 과정에서도 부정이 있었을 가능성이 있다고 보고 있다.

이 기사에 현정팀이 출납장 경력과 주변 정보를 50줄로 정리해줬다.

지사, 부지사까지는 우리 경찰 담당도 이름을 알고 있었다. 그러나 부끄럽게도 정작 중요한 출납장이 가물가물했다. 나는 원고에 물결표로 표시해둔 출납장의 이름을 확인하려고 오쿠마에게 물었다.

"이봐, 현재 출납장의 이름…… 분명 시라카와였지?"

오쿠마가 히죽히죽 웃으며 소리 없이 아니라고 손을 내저었다. 나는 지금까지 출납장의 이름을 잘못 기억하고 있었다.

"잇폰기 씨, 창피하네요." 오쿠마는 입을 손으로 감싸고 목소리를 낮추었다. "시라이시입니다. 시라이시 겐지로. 현청에서 잔뼈가 굵은 사람이죠. 하급 공무원으로 시작해 자수성가했어요.

하긴 출납장이야 우리 현경팀과는 얽힐 일이 없었지만요."

머릿속에서 뭔가가 겹쳤다.

6

현청 출납장인 시라이시 겐지로가 고토미의 아버지임을 알기까
지는 그리 오래 걸리지 않았다. 제발 착오였기를―. 나는 기도하
는 마음으로 현청 직원 명부를 넘겼다. 시라이 다카시, 시라이 유
미코, 시라이시 겐지로, 시라카와 마코토, 시라토리 유키오……
'시' 색인을 살펴봐도 시라이시라는 성씨는 한 명뿐이었다.

고토미가 알면 어떻게 생각할까. 보도하지 않는다는 선택지는
이제 고를 수 없었다. 하다못해 특종이 아니라면 지면에서 작게
다루어질지도 모른다. 그렇게 생각하다 "아니야……" 하고 머리
를 내저었다. 모든 것은 이미 달려가고 있었다.

다음 날 아침부터 오쿠마와 함께 지검의 지부 청사에 잠복했
다. 시라이시 출납장이 조사를 받으러 출두하는 장면을 사진으
로 찍기 위해서였다. 우시지마가 정문일 리 없다고 했지만 만약
을 위해 정문 근처와 뒷문으로 갈라졌다.

오후 8시경, 검은색 승용차가 지부 청사 뒷문으로 미끄러져
들어갔다. 잠시 후 뒷문에서 기다리고 있던 오쿠마가 달려오며
주먹을 불끈 쥐었다. 오쿠마는 숨을 헐떡이며 내 차 조수석에 올
라탔다.

"잇폰기 씨, 찍었습니다. 시라이시 출납장의 사진을 확보했습니다."

"잘 찍었어?"

"완벽합니다. 시라이시가 손으로 얼굴을 가리기 전에 숙인 얼굴을 밑에서 플래시를 터뜨려서 찍었어요. 아자! 이걸로 기사와 사진 모두 우리가 특종입니다. 본지 1면에다 톱기사로 큼지막하게 싣는 거예요."

"그렇군. 잘했어." 나는 그렇게 말하는 것이 고작이었다.

"저는 현 의원 놈들이 출두하는 것도 기다려보겠습니다. 이거, 빨리 지국에 가져다주세요."

오쿠마가 되감은 35밀리미터 필름 36컷 파트로네를 내 손에 쥐여줬다.

"해냈어요. 기다린 보람이 있네요. 우리의 압승입니다."

차가운 바람을 견디느라 오쿠마의 뺨은 벌겠다.

"정말 잘했어."

조사를 받으러 출두한 용의자의 사진과 영상은 그 신문사가 '체포'에 대해 먼저 알고 있었음을 나타내는 증거다. 언론사 내부에서는 아주 중요한 훈장이다.

"맞다. 필름 현상액을 데워서 휘저어두라고 해야지. 전화해서 부탁해놓겠습니다. 지국에 도착하면 바로 현상해주세요. 세로 사진이에요. 사진 설명문은 '지검 지부 청사로 향하는 시라이시 현청 출납장'으로 부탁드립니다."

지국을 향해 강 옆의 신호등이 없는 도로를 오로지 달렸다. 지국까지 한 시간. 본지(전국판) 조간까지 아직 여유가 있었다. "완벽합니다"라는 오쿠마의 들뜬 목소리가 몇 번이고 귓속에 되살아났다. 조수석에 놓아둔 파트로네에 고토미의 아버지 모습이 담겨 있다. 이렇게 조그마한 금속 원통에 든 사진을 내일 전국 800만 명이 넘는 독자들이 보게 된다. 머릿속이 복잡한 가운데 차를 몰았다.

30분쯤 달렸을까. 무의식중에 나는 기묘한 행동을 취했다. 차를 강둑 도로의 갓길에 댄 후 사이드브레이크를 당기고 시동을 껐다. 주변에는 아무도 없었다. 도로에 가로등이 동일한 간격으로 이어져 있다. 앞 유리 너머로 보이는 강물에 달빛이 반사되고 있었다.

문을 열고 밖으로 나갔다. 강을 건너는 밤바람에 풀이 휘날렸다. 강 냄새가 났다. 나는 파트로네를 움켜쥐었다. 풀숲으로 들어가 강에 다가갔다. 나는 파트로네를 던지려고 오른손을 쳐들었다.

손을 멈추고 힘없이 내렸다. 할 수 없었다. 움켜쥔 파트로네를 들여다봤다. 오쿠마가 이른 아침부터 숨어 있다가 찍은 사진이었다. 손안에서 파트로네를 이리저리 굴렸다.

'여기 찍힌 사람은 독직사건을 저지른 현청 출납장이야. 우리가 비판하는 건 시라이시 겐지로 개인이 아니라고. 보도기관이 부정을 추궁하지 않으면 자살하는 거나 마찬가지야.'

스스로를 타일렀다. 보도하지 않는 건 기자로서 부끄러워해야 할 죄가 아닐까. 시라이시 출납장은 자기의 신의와 직책을 저버리고 죄를 저질렀다. 지금의 나는 어떤가. 기자로서 뭐가 올바른

가. 대답은 저절로 나왔다.

나는 파트로네를 호주머니에 넣었다. 손목시계를 봤다. 지국에 돌아가는 데 30분. 암실에서 필름을 현상하는 데 10분. 현상한 네거필름을 드라이어로 말리고 다시 암실에서 인화지에 인화하고 말리는 데 5분. 사진전송기로 송신하는 데 몇 분.

강판까지 앞으로 한 시간……. 늦지 않게 마무리할 수 있다. 지국장이 기다리고 있다. 오쿠마의 상기된 얼굴이 다시 떠올랐다. 오쿠마뿐만이 아니다. 고지카, 도리카이……. 서로를 믿고 애써온 지국원들 얼굴이 차례차례 떠올랐다. 그리고 내일 아침에 보게 될 것이다. 현경 기자실에서 기사를 선점당해 다른 회사가 허둥대는 광경도.

그렇게 나는 고토미의 얼굴을 의식적으로 지우려 했다. 마지막에는 고토미가 한 말을 기억 속 깊은 곳에서 끄집어냈다.

'나, 아빠가 정말 싫어요.' '당신이 내내 애써온 일이잖아.'

차에 올라타 시동을 걸었다.

지국에 도착하자마자 암실로 뛰어들었다. 네거필름을 현상하고 인화만 하면 된다. 옅은 붉은색 불빛이 비치는 현상액 쟁반 속에서 처음으로 고토미의 아버지와 마주했다. 인화지에 점차 얼굴이 나타났다. 양복 차림의 야윈 초로 남자의 상이 맺혔다. 고토미처럼 가느다란 외까풀 눈이 겁에 질린 채 카메라를 내려다보고 있었다.

오쿠마가 밑에서 플래시를 터뜨려 촬영했기 때문이리라. 얼굴

98

은 조금 허옇지만 생김새는 뚜렷이 나왔다. 정착액에 넣었다가 물로 씻은 후 갱지 다발을 위아래에 대서 물기를 제거했다. 즉시 암실을 나와서 문 옆에 기대어둔 드라이어로 말렸다. 사진을 사진전송기에 장착하고 버튼을 눌렀다. 몇 분 후면 도쿄 본사의 전송실에 사진이 도착한다.

출고를 전부 마친 후 고토미에게 전화했다.

졸린 듯한 목소리였다.

"이런 밤중에 어쩐 일이야? 오늘 밤에도 못 들어와?"

"중요한 이야기가 있어. 마음 단단히 먹고 잘 들어."

나는 말을 쥐어짜냈다.

"너희 아버지가 체포될 거야."

수화기 저편이 조용해졌다.

"내일 전국판 1면에 톱기사로 실릴 거야."

나는 본사에서 팩스로 보낸 교정대장을 들고 있었다. 검은색 바탕에 '군마 현 출납장 체포'라는 흰색 글씨가 1면 톱에 가로로 박혀 있었다. 기사에는 '시라이시 겐지로 현청 출납장'이라고 이름과 직위가 실렸다.

나는 지금까지 일이 어떻게 진행됐는지 설명했다. 고토미는 "응, 응" 하고 힘없이 맞장구를 치다가 이윽고 입을 다물었다. 긴 침묵 후에 고토미가 떨리는 목소리로 말했다.

"꼭 실어야 해?"

"모두가 오랫동안 밤을 새워가며 매달린 일이야."

"우리 아빠인데?"

나는 말문이 막혔다. 희미한 기대가 입을 타고 흘러나왔다.

"아버지하고는 의절한 거나 마찬가지라며. 엄청 싫어하잖아."

나는 고토미가 줄곧 아버지를 증오해왔다는 사실에 매달렸다. 고토미가 처음으로 물고 늘어졌다.

"그래도 우리 아빠야."

"하지만 넌……."

고토미가 눈물에 젖은 목소리로 말을 이었다.

"얼마 전에 아빠한테 전화가 왔었어. 그래서 당신 이야기를 조금 했지. 그랬더니 '그 사람한테 시집가도 돼. 네가 행복하다면 데릴사위는 필요 없어. 이제 집 걱정은 안 해도 돼' 그랬어."

그다음에 내 입에서 나온 말은 고토미에게 발뺌하는 거로밖에 들리지 않았으리라.

"이미 윤전기가 돌아가고 있어."

침묵이 계속되다 고토미가 전화를 끊었다.

7

다음 날 아침, 기사는 〈다이요 신문〉 전국판 1면에 특종으로 실렸다.

고개를 숙인 시라이시 출납장의 사진은 '군마 현 출납장 체포'라는 헤드라인과 함께 전국에 퍼졌다. 군마 현에서 〈다이요 신문〉의 발행부수는 약 8만 부지만, 전국판에 게재되면 영향력은 절대적이다. 사진 속에서 양복 차림의 시라이시 출납장이 겁에 질린 표정으로 지검 지부 청사의 벽을 등진 채 걷고 있었다. 다른 신문을 압도하는 단독 보도였다. 현청과 기자실에서도 화제에 올랐다.

곧 우리 특보에 뒤를 잇는 형태로 현경에서 기자들에게 '체포'에 대해 발표할 것이다. 한발 앞선 〈다이요 신문〉이 해야 할 일은 이 회견에서 밝혀질 '동기'와 '금품 내용'을 보충해서 보도하는 것이다. NHK는 낮 뉴스에서, 다른 신문사는 석간에서, 지방신문은 다음 날 조간에서 쫓아올 수밖에 없다.

오전 10시, '30분 후에 현경 본부에서 기자회견이 있다'는 소식이 들어왔다. 석간 초판에 신기에는 빠듯한 시간이다. 지국에서 1면과 사회면의 예정 원고를 준비해놓고 오쿠마, 도리카이와 함께 현경 본부로 향했다. 10분 전에 회견장에 도착하자 앞줄의 긴 책상에 마이크가 죽 놓여 있었고, 방 뒤편에는 방송국 카메라가 진을 치고 있었다. 카메라맨이 하얀 종이를 카메라 앞에 치켜들고 화이트밸런스를 확인했다.

잠시 후 군마 현경의 형사부장과 우시지마 수사2과장, 형사관리관이 양복 차림으로 나타났다. 기자들이 허리를 구부리고 소형 녹음기를 긴 책상 위에 놓으러 갔다. 책상 위에는 각 보도기관의 마이크가 가득했다. 한순간 우시지마와 눈이 마주쳤다. 그는 모르는 척하는 얼굴로 시선을 책상에 떨어뜨렸다.

회견장 벽에 걸린 시계가 오전 10시 반을 가리켰다. 공기가 팽팽하게 긴장됐다. 문 부근에 선 현경 홍보과장이 "그럼 기자회견을 시작하겠습니다. 형사부장님, 부탁드립니다" 하고 재촉했다. 개요는 우리 기사와 거의 동일했다. 시라이시 출납장이 50만 엔 상당의 금품을 받았다는 것도 다시금 발표됐다.

그 후 "이상입니다"라는 말을 이어받아 현경 홍보과장이 "그럼 질문을 받겠습니다. 손을 들고 회사와 성함을 말씀해주십시오" 하고 말했다. 통신사 기자가 질문을 던졌다.

"시라이시 출납장이 받은 50만 엔 상당의 금품은 뭡니까?"

형사부장이 마이크를 잡았다.

"옷감 열 마입니다."

"왜 옷감이었습니까?"

"사생활 문제도 있으니 자세하게는……."

형사부장의 시원치 못한 대답에 지방신문의 젊은 기자가 다그쳤다.

"현민에게 제대로 설명해주십시오." 공직자를 몰아붙이는 상투어다.

"무슨 옷감입니까?"

"왜 옷감을 줬습니까?"

형사부장이 들고 있던 자료로 시선을 떨어뜨렸다. 답변은 미리 준비해두었다.

"예복용 옷감입니다."

"왜 예복용 옷감이었습니까?"

"음, 그건 말이죠……." 형사부장이 뜸을 들이다 말했다.

"시라이시 출납장에게 딸이 있는데요……. 조만간 결혼을 앞둔 모양입니다. 그래서 딸에게 예복을 맞춰주라며 업자가 가져온 옷감을 받았다고 합니다. 덧붙여 업자가 현금 200만 엔이 든 봉투도 건넸지만, 그건 받지 않았다고 합니다."

기자들이 일제히 종이 위에 펜을 사각사각 움직였다. 나는 펜을 멈췄다. 새로운 정보에 목말랐던 주변 기자들은 열심히 형사부장의 말을 받아 적었다. 나는 혼자 고개를 숙이고 눈을 꼭 감았다. 아무것도 들리지 않았다.

8

그날 밤, 나는 일주일 만에 다카하시 시내의 연립주택으로 돌아갔다. 고토미에게 뭐라고 말해야 할까. 머릿속을 정리하지 못하고 현관문 앞에 섰다. 집에는 불이 꺼져 있었다. 열쇠를 꽂고 "다녀왔어" 하며 문을 열었다.

불을 켰지만 고토미는 없었다. 거실 탁자에 봉투 하나가 있었다. 내 눈에 띄도록 놓아둔 것이었다. 봉투에는 시라이시 출납장이 고토미에게 보낸 편지가 들어 있었다. 아버지가 외동딸에게 남긴 유서였다.

사랑히는 고토미에게,

아버지는 곧 현경에 체포될 거야. 그리고 이 편지가 도착할 무렵에는 이미 이 세상에 없겠지. 고토미, 결혼을 전제로 사귀는 남자친구가 있다고 했잖아. 지사님께 그 이야기를 들은 오다기리 건축사무소 사장이 지사님의 언질을 받았는지 딸을 위해 쓰라며 벚꽃색 옷감을 가져왔어. 그걸로 옷을 지어 네게 입혀주고 싶더구나. 아버지 머릿속에는 시집가는 네 모습이 떠올랐단다. 업자는 공무원에게 경사가 생겼을 때를 노려서 뇌물을 준대. 용납해서는 안 되는 일이지만 거절할 수가 없더구나.

아버지는 평생 성실하게 살아왔어. 하지만 사람과 사람 사이에서는 예의, 관습, 타협도 챙겨야 하는 법이지. 아버지는 그저 시골 사회의 조화를 무너뜨리지 않으려 전체의 의향에 맞춰 남의 체면을 구기지 않고 오히려 스스로를 억누르며 지냈단다. 이건 변명일까.

언젠가 통화했을 때 아버지가 말했지. 고토미, 당장 남자친구에게 시집가서 '시라이시' 집안의 호적에서 빠져나가렴. 아버지는 범죄자니까. 범죄는 가문이나 혈통과는 상관없어. 하지만 좁은 시골 사회에서 사람들은 그렇게 보지 않는단다. 네가 '범죄자의 딸'로 취급받는 꼴을 볼 수는 없어. 아버지와 너는 '남남'인 편이 나아.

어엿한 아버지로서 네 남자친구를 만나고 싶었는데. 네가 고른 남자야. 분명 훌륭한 사람이겠지. 축하한다. 이번에야말로 진정한 가족이 생기겠구나. 아버지는 네가 바라는 이상적인 가정을 만들어주지 못했어. 부디 남자친구와 행복한 가정을 꾸리렴.

마지막으로 고토미, 내 딸로 태어나줘서 고맙다. 잘 지내거라.

아버지가

고토미는 이 편지를 읽은 후 집을 나간 것이 틀림없다. 편지지에 잉크로 쓴 글씨가 군데군데 번져 있었다. 그게 시라이시 출납장이 편지를 쓰면서 흘린 눈물인지, 고토미가 편지를 읽으며 흘린 눈물인지는 알 수 없었다. 이렇게 편지를 남겨둔 건 내게 아버지의 마음을 알리고 싶었기 때문이리라. 결코 세간에서 비난하는 '악인'은 아니라고 전하고 싶었던 건지도 모른다.

고토미는 돌아오지 않았다. 나는 짐작이 가는 곳에 모조리 연락해봤지만 소식을 알 수 없었다.

편지에 쓴 대로 시라이시 출납장은 조사를 받다가 혀를 깨물어 자살했다. 사건이 수습될 무렵, 이번에는 건설업계에서 나카무라 지사의 각서가 폭로됐다. 향후 4년간 공공공사 입찰에서 어느 업자가 낙찰받아 공사를 맡을지 상세하게 정해놓은 문서였다. 지사가 입찰 전후에 받은 돈은 2억 엔에 달했다.

언론의 공세에 시달리던 나카무라 지사도 얼마 지나지 않아 전철 앞에 뛰어들었다. 지사 공관에서 유서가 발견됐다. 자책감에 휩싸인 것이리라. 유서에 '업자가 시라이시 출납장에게 뇌물을 준 건 내 정치 생명을 지키기 위한 미끼 공작이었다. 시라이시에게 정말로 미안한 짓을 했다. 죽음으로 사죄하고 싶다'라고 적혀 있었다. 각 신문사가 이 내용을 보도했다. 고토미도 어딘가에서 이 기사를 봤을까. 나로서는 알 방법이 없었다.

그로부터 빈년 넘게 지난 후였다. 산속에서 나무에 새끼줄로 목을 맨 여자의 시신이 발견됐다. 부패가 진행돼 신원을 알 수 없어, 연간 수백 명에 달하는 자살자 중 하나로 현경이 인수해서 무연고자로 장례를 치렀다. 나중에 나는 친한 경찰관에게 부탁해 현경이 보관 중인 시신 발견 당시의 소지품 목록을 확인했다. 그 중에 내가 그녀의 생일에 선물한 목걸이가 있어 고토미임을 알 았다.

지금도 가끔 생각한다. 사랑하는 사람이나 가족을 지키는 행위가 사회정의에 어긋난다면……. 그때 나는 어느 것을 지키고 선택해야 할까 고토미와 그녀의 가족일까, 보도의 사명일까. 사회정의의 관철이 배신으로 이어질 수도 있다. 사랑하는 단 한 명의 신뢰를 부순 것이다. 문득 내가 얻지 못한 또 하나의 인생이 머리를 스쳤다.

특종의 대가는 내 미래의 '가족'이었다.

9

윤전기는 계속 돌아간다. 되돌아올 수 없는 강물처럼. 나는 옆에 있는 요시무라에게 대답했다.

"알겠습니다. 쓸게요."

요시무라는 말없이 고개를 끄덕였다.

'기자의 통곡'을 기획한 '범죄 보도·가족 시리즈' 제3부는 대체로 내 체험을 바탕으로 썼다. 관계자 이름은 모조리 가명으로 했다. 20여 년 전에 군마 현에서 일어난 사건이라고는 하나, 과거의 오점을 끄집어내는 짓이므로 관계자와 유족을 배려하는 차원이기도 했다.

사람은 왜 범죄를 저지르는가. 사회와 조직, 지역과 집단 안에서 살기에 발생하는 갈등이나 모순이 숨어 있지는 않은가. 그렇다면 선악의 경계는 어디일까. 순박하고 선량한 사람과 정직한 사람이 복잡한 인간사회나 지역 체재 속에 매몰된다. 그러다 보면 조화를 중시하는 '좋은 사람'이 어느새 '악인'이 되어 있다.

거기서 반성이나 고찰을 조금이라도 얻을 수는 없을까. 단순히 '악'이라고 매도하는 보도만큼 무익하고 비교훈적인 것은 없다. 선량했던 개인이 타락해가는 과정에야말로 배우고 전달해야하는 핵심이 있다.

그리고 '죄'란 무엇인가. 형법에 저촉되는 나쁜 짓뿐일까. 누구나 자신만이 알고 있는 죄악을 짊어지고 살아간다. 죄는 사람의 수만큼 존재한다.

고토미의 죽음으로 나는 십자가를 졌다. 고토미를 정말로 사랑했다면 나는 신문기자를 그만두고 펜을 꺾어야 했을지도 모른다. 나는 사랑하는 사람과 그녀의 가족을 희생시켰다. 그렇지만 누구도 나를 나무라거나 심판하지 않는다. 만약 심판할 사람이 있다면 그건 나 자신이다. 이 시리즈의 주제는 죄다. 내게는 나만이 죽을 때까지 꾸짖을 수 있는 내면의 죄가 있다.

그런 '통곡'으로 마무리를 지었다.

'범죄 보도·가족 시리즈' 제3부에 대한 반응은 컸다. 연재가 끝나고 사흘 만에 200건이 넘는 의견이 독자 센터에 들어왔다. 사내 기사 심사실에서도 '이 시리즈에서 처음으로 기자가 당사자로 등장해 범죄 보도·가족에 어울리는 결말을 맺었다'라고 절찬했다. 신문 지면의 투고란에도 많은 의견이 올라왔다. '기자의 실체험담이 압권이었다', '일본의 시골 사회를 잘 그려냈다', '지방 자치의 실태가 부각됐다' 등등.

그러나 정작 신문 판매부수는 거의 늘지 않았다. 광고 수입도 계속 하향곡선을 그렸다. 요시무라를 포함한 경영 수뇌부는 머리를 쥐어뜯었다. 또 다른 묘수가 필요했다.

도쿄 본사 1층 문서 접수실에는 〈다이요 신문〉 앞으로 하루에 2천 통이 넘는 우편물이 배달된다. 시오도메 우체국에서 봉투와 엽서를 입구 너비가 1미터나 되는 자루에 가득 담아 온다. 문서 접수실에서는 이걸 일단 옷상자같이 바닥이 깊은 정리함에 붓고 담당자 몇 명이 부서별로 구분해, 각 부서명이 표시된 선반에 던져 넣는다.

시리즈를 마친 직후였다. 사회부 선반에 잇폰기 도루 앞으로 온 우편물 대여섯 통이 들어 있었다. 그중 한 통이 나중에 특별한 의미를 띤다.

보낸 사람의 이름은 '백신'. 수도권에서 발생한 연쇄살인사건 세 건의 진범이 보낸 편지였다.

제2장

말

에바라 요이치로의 모놀로그

1

나는 말을 기다리고 있었다.

부모님은 남이었다.

그 사실에서 나를 구해줄 아버지의 말을 기다렸다. 아버지도 분명 계속 찾았을 것이다. 하기야 우리 세 사람의 생활은 표면적으로는 전혀 달라지지 않았다. 아무도 그 화제를 언급하지 않는 것이 암묵적인 규칙이었다.

얼마 후 지금까지의 거북한 날들을 잊을 전환점이 찾아왔다. 어머니가 또 복통을 일으켜 입원한 것이다. 아버지는 장폐색이 도졌지만 이제 괜찮다고 말했다. 우리 세 사람은 금방 예전으로 되돌아갔다. 오히려 우리가 한 가족이라는 게 얼마나 소중한지 새삼 느꼈다.

어머니가 퇴원해 체력이 회복됐을 무렵이었다.

어느 여름밤 아버지가 생각났다는 듯 말했다.

"요이치로, 아마도 말이나 보러 가자."

산카쿠 산이다. 농담을 할 때도 아버지의 목소리와 표정은 평소와 똑같다. 그러고 보니 고3 봄에 올라갔을 때, 다음에는 이시바시 씨의 산장에 하루 묵으며 정상에서 밤하늘을 보기로 했었다. 내가 "어머니는 이제 괜찮아요?" 하고 걱정하자 어머니가 "쌩쌩해" 하고 손가락으로 V 자를 만들며 웃었다.

아버지는 전에 등산했을 때 내 발톱이 깨진 게 걱정됐는지, 하산할 때 발에 부담이 가지 않도록 앞부리에 여유가 있는 신발을 사줬다. 어머니에게는 어깨와 허리 두 군데로 무게를 분산시켜 멜 수 있는 배낭을 사주었고, 피로회복용으로 아미노산 음료도 준비했다. 그리고 어머니의 속도에 맞춰 천천히 올라가기로 했다.

그날은 석양이 예뻤다. 이시바시 씨의 산장에서 한 번 쉰 후, 정상으로 향했다. 조릿대에 감싸인 등산로를 부지런히 올라갔다. 잠시 후 풀과 나무가 없어 시야가 탁 트이는 곳에 도착했다. 정상에는 큰 바위가 서로 기대듯이 쌓여 있었다. 늦은 시각이라 그런지 아무도 없었다.

해가 지기 시작했다.

"여기에는 우리 셋밖에 없어." 아버지가 벌렁 드러누웠다. "자, 누워봐."

우리는 정상의 커다란 바위 위에 드러누웠다. 서쪽 하늘은 붉은빛을 띤 자주색으로 진하게 물들었고 동쪽 하늘은 이미 어둠에 삼켜졌다. 오늘 밤하늘엔 구름 한 점도 없었다. 어둠과 고요함이 다가왔다. 별이 빛나기 시작했다. 맑은 별빛이 바늘 끝으로 새기듯 하나, 또 하나 알알이 나타났다.

별이 반짝이고 벌레가 울었다. 시각과 청각이 의식의 한 부분에 모였다. 별은 찌르륵찌르륵 울듯이 흔들리고, 벌레는 반짝반짝 빛나듯이 울었다. 빛은 소리가, 소리는 빛이 되었다.

눈이 어둠에 익숙해지자 시야에 들어오는 모든 것이 우주가 되었다. 눈앞에 가득한 별이 눈 속으로 떨어져 내리는 것 같았다. 어둠이 짙어질수록 별빛은 맑아졌다. 수없는 별 때문에 하늘이 무한하게 깊어 보였다. 아버지는 하늘 가득 초롱초롱한 별을 내게 보여주고 싶었던 모양이다.

우주란 압도적인 어둠이다. 어둠이야말로 진정한 세상이고, 빛이 존재하는 곳은 얼마 안 된다는 사실을 깨닫는다. 정신이 아득해질 듯한 어둠이 지구 뒤편까지 펼쳐져 있다. 몸이 바르르 떨렸다. 아버지가 말했다.

"보렴. 지금 우리는 거대한 우주를 향해 누워 있잖아. 하지만 갑자기 지구에서 중력이 사라진다면 우주 공간으로 튕겨나갈 거야."

지금 눈앞에 펼쳐진 우주가 실은 '아래'일지도 모른다. 중력이 사라지면 영원한 어둠에 떨어지게 된다. 그렇게 생각하자 간이 쪼그라들었다. 바로 땅 위에 드러누운 자신에게 의식을 되돌렸다.

아버지가 중얼거렸다.

"인간은 하찮은 존재야. 뭘 어디서 어떻게 보느냐에 따라 세상도 달라 보이지. 그렇듯 이해할 수 있는 작은 테두리를 만들어놓고 의미에 연연해."

확실히 그렇다. 모든 것은 관점의 문제에 지나지 않는다. 아버지가 "저기, 요이치로" 하고 입을 열었다.

"아버지랑 너는 생판 남이야."

의외였다. 아무 배려도 없이 뿌리치듯 건조한 말이었다. 아버지가 온화하게 말을 이었다.

"지금까지 가족끼리 몇 번이나 이 산에 올랐잖아. 그리고 오늘 밤도 널 여기 데려왔고. 이유가 있어. 아버지와 어머니는 실은 이 산에서 너를 만났단다." 그렇게 서론을 깔고 내 출생의 비밀을 말해줬다.

"결혼하고 몇 년이 지나도록 아이가 생기지 않자 오랫동안 둘이서 고민했어. 둘 중 하나에게 문제가 있는 건지 검사해보려고 했지. 하지만 그만뒀어. 우리는 약속했지. 서로 확인하지 않기로. 어쨌거나 우리 사이에 아이가 생기지 않는다는 사실은 변함없으니까. 한쪽이 자신에게 문제가 있다는 걸 알고 절망하면 다른 한쪽도 얼마나 괴롭겠니. 그래서 둘이 슬픔을 나누기로 했어. 그게 부부니까. 그리고 양자를 들이기로 했단다.

그때 전환점이 찾아왔어. 여기서 산장을 관리하는 이시바시 미쓰오 씨도 우리 부부에게 아이가 생기지 않는다는 걸 알고 있었지. 어느 날 이시바시 씨에게 산장 처마 밑에 젖먹이가 버려져 있더라고 연락이 왔어. 우리가 아기를 거두는 게 어떻겠느냐고 제안했지. 세상에는 아이가 생기지 않는 부부가 있다, 한편으로 애정을 받지 못하는 아이들도 있다, 그건 신의 주도면밀한 계산일지도 모른다, 이 우연한 만남을 운명으로 받아들여보지 않겠느냐고.

우리는 산장을 방문했어. 젖먹이인 네가 바구니에 담겨 있었지. 부모가 누구인지 알아낼 단서는 전혀 없었어. 바구니 속 너는 입을 살짝 벌린 채 우리를 올려다봤지. 눈이 얼마나 맑고 순수했는지 몰라. 나랑 네 어머니가 안아 들자 너는 하품을 했어. 입안에서 조그마한 혀가 요리조리 움직였지. 너는 작게 한숨을 쉰 후에 완전히 안심한 표정으로 우리 품속에서 눈을 감았어.

네 어머니는 '분명 애가 우리를 선택한 거야. 우리를 부모로 선택한 거라고' 하며 네 이마에 뺨을 비볐지. 아버지도 같은 마음이었단다.

본래 친자는 출생신고서 외에 의사 등이 작성한 출생증명서를 해당 관청에 제출해야 호적에 등록돼. 하기야 남의 아이도 특별양자결연 절차를 밟으면 호적상에 '진짜 부모 자식 관계'로 기재되기는 해. 한편으로 정규 절차를 밟아 너를 거두었다고 해도 정말로 비밀이 지켜질지, 정보가 새어 나가지는 않을지 불안했지. 호적을 떼어보면 특별양자결연을 맺었다는 사실을 알 수 있다는 말도 들었거든.

우리 부부는 너를 애초부터 '우리가 낳은 아이'로 삼고 싶었단다. 그래야 양자라느니 남의 아이라느니 남들이 수군거리는 걸 일절 신경 쓰지 않고 키울 수 있으니까. 아무 기록도 남기지 않아서 아무도 모르도록 하는 거지. 네가 상처받는 걸 원하지 않았어. 널 위한 일이라고 생각했지.

우리는 이시마시 씨와 상의했어. 이시바시 씨는 산기슭에 있는 작은 병원 이사장과 아는 사이였어. 우리는 너를 끌어안고 두 사람에게 부탁했지. 네 어머니는 울면서 애원했단다. 이시바시 씨와 이사장은 우리의 마음을 이해하고 출생신고서와 함께 제출할 출생증명서를 작성해줬어. 불법인 줄 알면서 도와준 건 우리 부부의 열의가 통한 것도 있겠지만, 그게 정말로 널 위한 길이라고 여겼기 때문이겠지.

그 일은 이시바시 씨와 병원 이사장, 그리고 우리 부부만의 비밀이었어. 그 후에 에도가와 구로 이사해 새로운 가족으로 새로운 삶을 시작했단다. 요이치로라는 이름은 태양처럼 밝고 사람들 마음을 따뜻하게 해줄 수 있는 사람이 되기를 바라는 마음으로 아버지가 붙였어."

오랜만에 동그란 안경 속 아버지의 처진 눈에 웃음이 맺혔다. 이것이 내가 에바라 집안에 거두어지기까지의 사연이라고 한다. 아버지는 재차 말했다.

"나와 너는 한 핏줄이 아니야. 남남이지. 하지만 나와 네 어머니도 남이면서 가족이야. 아버지와 어머니는 결혼해서 가족이 됐어. 그리고 이 산에서 널 맞이했지. 우리 세 사람은 평등하게 남남이야."

아버지는 이야기하는 내내 무뚝뚝했다. 그러나 상처 주지 않으려고 배려하는 거짓말보다 참다웠다. 나도 순순히 우리가 '남'임을 받아들일 수 있었다. 더 이상 아무것도 잃지 않는다, 두려워할 필요 없다고 안심할 수 있었다. 아버지가 약간 농담처럼 말했다.

"세 개 현을 연결하는 산카쿠 산에서 에바라 집안의 세 사람도 이어졌어."

우리는 드러누운 채 웃었다.

왼쪽에 있는 어머니가 조용히 코를 훌쩍였다. 추워서인지 우느라 그런 건지는 알 수 없었다. 잠자코 있던 어머니가 몸을 일으키고 밝게 말했다.

"있지, 여기를 우리 세 명의 무덤으로 삼지 않을래? 여기에 뼛가루를 뿌리는 거야."

"벌써 죽었을 때 어떻게 할지 생각하는 거예요?" 나는 쓴웃음을 지었다.

"자연장이라, 그것도 좋네."

아버지가 맞장구를 치자 어머니의 목소리에 힘이 들어갔다.

"우리 셋만의 추억이 깃든 장소인걸. 우리 셋이서만 정한 일이라니, 멋지지 않아?"

어머니는 그렇게 말하고 다시 바위에 드러눕더니 웃음을 머금은 채 눈을 감고 기지개를 켰다. 나와 아버지도 기지개를 켰다. 마지막에는 다 함께 같은 곳의 흙으로 돌아간다. 좁은 무덤에 갇힐 필요는 없다. 셋이 영원히 함께 있을 수 있다면 전혀 외롭지 않다. 그걸로 됐다.

언젠가 말을 미워했다. 그 말에 나는 구원을 받았다.

그날 밤 산카쿠 산 정상에서 우리는 진정한 가족이 되었다.

2

여기를 우리 세 명의 무덤으로 삼지 않을래―.

어머니는 산카쿠 산 정상에서 왜 그런 말을 했을까.

얼마 지나지 않아 찾아올 운명을 나는 몰랐다. 지금 돌이켜보면 아버지도 어머니도 내게는 숨겼던 것이다. 두 사람은 언제나 그랬다. 걱정을 끼치지 않도록 내게는 쓸데없는 말을 하지 않았다.

학교에서 강의를 듣고 있을 때 아버지에게 전화가 왔다. 어머니가 급히 입원했다고 했다. 내가 병원으로 달려가자 어머니는 이미 수술을 받고 집중치료실로 옮겨진 뒤였다.

입구에서 손을 소독한 후 위생 마스크를 끼고 집중치료실에 들어갔다. 얇은 레이스 커튼을 걷고 들어가자 어머니가 인공호흡기를 단 채 침대에 누워 잠들어 있었다. 두 팔에는 관이 여러 개 꽂혀 있었다. 어머니의 머리카락은 어느 틈엔가 하얗게 세었다.

그때 아버지에게 처음으로 들었다. 어머니가 장폐색이 아니라 대장암에 걸렸다는 사실을. 아버지는 그걸 알면서도 내게 알리지 않았다. 일기에는 써놨겠지만, 나는 내가 나오는 부분밖에 읽지 않았다. 그리고 어머니는 죽기 전에 요 쨩과 만났던 산카쿠 산에 올라가고 싶다고 했단다.

어머니의 의식이 돌아온 어느 날 저녁녘, 병실 창밖을 바라보며 어머니가 불쑥 말했다.

"요 쨩, 산카쿠 산에서 했던 약속 기억나니?"

나는 "네, 기억나요" 하고 대답하는 게 고작이었다. 더 이상 참을 수 없어 병실을 빠져나왔다.

간호사실 맞은편의 휴게실로 가서 신문을 집어 들었다.

수도권에서 발생한 무차별 살인사건 기사가 1면을 차지했다. 이 병원에서는 의사와 간호사가 잠자는 시간도 아까워하며 수많은 사람의 목숨을 지키려 애쓰고 있는데……. 화가 치밀었다.

　같은 지면에 불륜 교수에 대한 기사도 실려 있었다. 사생아가 더 있었던 모양이다. 사생아. 듣기조차 불쾌하다. '환영받지 못하고 몰래 낳은 아이'의 일생은 어떨까. 언론에서 연일 벌이는 소동을 어디서 어떤 기분으로 보고 있을까. 이런 천박한 인간이 아버지라는 걸 '사생아'도 모르는 편이 나을 것 같았다.

　나와 어머니는 둘 다 '진실'을 선고받았다.

　나는 부모님의 친자식이 아니라는 사실을. 어머니는 암에 걸렸다는 사실을. 암 환자는 얼마나 고독할까. 같은 진실이라도 목숨에 관련된 선고가 훨씬 괴로울 것이다. 나는 진실을 안 후에 두 사람을 부모님으로서 사랑하는 길을 선택했다. 하지만 살아가는 것이 누군가를 사랑하는 길이라면 어머니는 그것조차 이룰 수가 없다.

　8월. 바람이 잔잔한 날에 어머니는 숨을 거두었다.

　마지막 유언은 "둘 다 너무 허망해하지 마"였다. "먼저 가는 사람은 사랑하는 사람의 죽음을 겪지 않아도 되니 행복한 거야" 하며 웃었다. 어머니는 분명 오래전부터 운명을 받아들일 각오를 한 것이리라. 어떻게 하면 나와 아버지의 슬픔을 덜어줄 수 있을지 고심한 게 틀림없었다.

장례식을 마친 후 도내의 화장장에서 화로를 앞에 두고 마지막 인사를 했다. "어머니, 고마워요" 하고 뺨을 만지자 돌처럼 딱딱하고 차가웠다. 옆에 선 아버지도 더는 눈물을 보이지 않았다. 화로에 넣기 직전, 제복 차림의 직원 두 명이 양옆에 서서 하얀 제모를 벗고 우리에게 고개를 숙였다. 어머니의 관을 화로 안에 안치하고 은색 문을 닫았다.

40분쯤 지나 화장이 끝나자 작게 부서진 어머니의 유골이 철판에 담겨서 나왔다

우리가 '뼈 줍기'를 한 후, 직원이 남은 뼈를 유골함에 담았다. 마지막에는 쓰레받기 같은 물건으로 모아서 솜씨 좋게 유골함에 밀어 넣고 뚜껑을 닫았다. 유골함을 원목 상자에 넣고 하얀 천으로 감쌌다.

어머니가 작아졌다.

'나는 당신들의 친자식이 아니에요.'

진실을 알게 된 날, 부모님에게 던진 말이 불현듯 떠올라 가슴이 욱신거렸다. 어머니의 장례식에는 어머니가 생전에 정해놓은 영정 사진을 사용했다. 산카쿠 산 정상에서 찍은 사진이다.

나와 아버지는 약속대로 어머니의 유골함을 안고 산카쿠 산에 올랐다. 우리가 진정한 가족이 된 그 산의 정상이다. 뼈는 곱게 빻아두었다.

"뿌릴게, 요이치로."

"네."

정상에서 어머니의 뼈를 뿌렸다. 유골함을 조금씩 기울였다. 모래처럼 좍 미끄러져 흘러나온 뼛가루가 허공으로 덧없이 사라졌다. 어머니는 바람을 맞고 흩날렸다. 대지로 돌아갔다.

어머니는 이제 나와 아버지의 기억 속에만 존재한다.

왜일까. 어머니가 실수한 '아마도 말'이라는 말이 떠올랐다. 내가 살짝 웃자 아버지가 "왜?" 하고 물었다.

내가 "아마도 말……" 하고 대답하자 아버지도 "응. 아마도 말이지……" 하고 중얼거렸다. 둘이서 의미도 없이 웃었다.

3

어머니가 돌아가시고 나서 나는 '불행의 스크랩'을 그만뒀다.

변함없이 신문과 주간지, 텔레비전 정보방송에는 불륜을 거듭하는 게가사와 교수의 화제가 끊이지 않았다. 퀴즈 방송에 함께 출연한 연예인이 불륜 상대였다, 사생아가 또 한 명 발견됐다, 양육비로 막대한 돈이 나갈 것이다, 아내가 불륜에 대해 막대한 위자료를 청구했다……. 전혀 생산성이 없는 정보에 언론은 전파와 지면을 낭비하고 있었다.

텔레비전에서 또 게가사와 교수를 봤다. 차림새는 말쑥하지만 어찐지 약삭빠르게 생겼다. 이제는 버라이어티 방송의 단골 게스트다. 불륜을 저지르고 여기저기 사생아가 있는데도 얼굴에서는 웃음이 떠나지 않는다. 본업은 대학교수지만 텔레비전 방송,

신문과 잡지 칼럼, 전국 각지에서 열리는 강연 등 다양한 부업이 있으니 여자와 안면을 틀 기회도 많으리라. 나는 그를 진심으로 경멸했다.

동시에 텔레비전과 신문, 인터넷을 떠들썩하게 하는 화제가 수도권 연쇄살인사건이다. 대중은 오로지 게가사와 교수의 불륜 소동과 이 흉악 범죄에만 관심이 있었다. 범행 동기는 무엇인가, 범인은 어떤 인물인가, 세 피해자의 공통점은……. 현재로서 '피해자는 모두 기혼 남성'이라는 점만 동일할 뿐, 주소, 직업, 나이는 제각각이었다. 그게 오히려 수수께끼를 불러 대중의 흥미를 자극했다.

그리고 온라인상에서 범인 행세를 하거나, '다음은 ○ 현에서 살인이 일어난다'라고 거짓 예고를 하는 등 사건에 편승한 장난질도 횡행하기 시작했다.

이 연쇄살인사건도 내게는 남의 일이다. 솔직히 말해 처음에는 추리소설 같아서 가슴이 약간 두근거렸다. 다음 사건이 언제 일어날까 마음속 한구석으로 기대하기도 했다.

우리 에바라 집안과는 아무 상관도 없었을 터였다.

그날까지는.

잇폰기 도루의 모놀로그

1

"잇폰기 씨, 편지예요."

평소처럼 편집국 소파에 드러누워 있자니 아르바이트생이 내 앞으로 온 우편물을 가져다줬다. 흰색 봉투 앞면에는 〈다이요 신문〉 잇폰기 도루 기자 앞'이라고 타자로 친 스티커가 붙어 있었다. 서양식으로 뒷면을 봉한 와인색 봉랍에는 V 자가 찍혀 있었다. 오른쪽 아래편엔 'Vaccine'이라고 영어로 적혀 있었다. 나는 봉인을 뜯고 내용물을 확인했다.

잇폰기 도루에게,

나는 수도권 연쇄살인사건의 진범이야. 여기서는 '백신'이라고 칭하겠어. 세상 사람들은 내가 등장하기를 고대하고 있었을 거야. 상황을 지켜보고 있었어. 범행 성명을 어떻게 세상에 발표할 것인가, 가장 효과적인 방법은 무엇일까 고민하며. 아니나 다를까, 인터넷에는 '가짜'가 넘쳐나기 시작했어. 트위터, 블로그, 온라인 게시판, 라인, 메일링 서비스……. 지금은 누구나 마음대로 말을 보내고 공개할 수 있어. 하지만 디지털데이터 기록은 수사하면 발신인을 규명할 수 있지.

의사소통을 위한 도구는 늘었지만 말이 아주 가볍게 다루어지는 세상이 됐어. 문득 떠오른 가벼운 말과 일시적인 감정이 안이하게 오가지. 말은 순식간에 휘발돼. 또는 여기저기 퍼 날라져 어디의 누가 발언했는지도 불확실해지지. 발신 내용은 변질돼서 원형을 잃고 확산돼. 진실은 방치되고, 책임 없이 억측뿐인 말과 행동이 증식하는 집단익명무책임 정보사회야.

나는 그런 언어권역에 서식하지 않아. 불특정다수가 내 말을 함부로 주무르게 할 수는 없지. 나는 역사에 길이 남을 흉악범이란 말씀이야. 일단은 발언할 장소를 보장받고 싶군. 내 '살인철학'을 발표해서 역사에 새기고 싶거든. 그렇다면 어느 미디어가 적당할까. 디지털 뉴스 사이트는 안 돼. 톱 페이지가 잇달아 갱신돼서 URL을 따라가도 이미 다음 뉴스로 바뀐 뒤야. 다음 날에는 같은 형식으로 확인할 수 없어. 만인의 머릿속에 새겨지지 않는다고. 나중에 수정도 가능하지.

그래서 생각해낸 게 신문 지면이야. 전국지라면 국회도서관과 동네 도서관에도 축쇄판이 보존되지. 역사로 남길 수 있는 거야. 〈다이요 신문〉은 '진보주의'로 분류되고, 권력구조와 거리가 먼 미디어이기에 독자도 신뢰해. 역사는 권위 있는 매체와 함께하지. 수많은 사람이 보는 지면에 내 말을 남기고, 언제든지 확인할 수 있어.

예를 들어 복싱 선수가 세상의 이목을 모으기 위해서는 일단 링이 필요해. 거기서 강적과 싸워야만 결과가 전설로 남지. 따라서 내 지성에 걸맞은 호적수, 우수한 언론인과 대결하고 싶어. 무대는 〈다이요 신문〉의 지면. 도전 상대로 잇폰기 도루 기자를 지명하겠어.

잇폰기 기자가 쓴 '범죄 보도·가족 시리즈'를 읽었지. '기자의 통곡'이라. 범죄 보도의 올바른 자세를 자문하는 기자의 수기는 처음 읽었어. 너는 세상에서 흔히 말하는 '악'의 의미와 생성 과정을 제법 잘 알고 있는 것 같아. 보도하는 당사자의 고통도 전해졌고. 악을 '악'이라 단죄할 뿐만 아니라, '정의'라 믿는 것들의 수상한 윤곽도 까발리지 않으면 사회는 각성하지 않아. 너희들이 제일 잘 알 거야. '정의'는 늘 승자와 강자의 손안에 있다는 걸.

너라면 이 연쇄살인의 수수께끼를 풀 수 있을지도 모르겠군.

앞으로 범행에 관한 내 메시지는 〈다이요 신문〉의 잇폰기 기자에게만 보내겠어. 와인색 봉랍으로 봉인할 때 백신(Vaccine)의 V 자를 찍을게.

그럼 지금부터 내가 진범이라는 증거를 보여주지. 이른바 '비밀 폭로'야. 지금까지 일어난 사건을 하나씩 설명해주겠어. 각 도경과 현경에 조회해보도록 해. 그러면 가짜와 구분이 되겠지.

이번 편지에서는 첫 번째 희생자에 대해 말해줄게.

그 돼지새끼는 5월 25일 밤 JR게이힌토호쿠 선에서 발견했어. 이름은 몰라. 나이는 40대 후반 정도에 후줄근한 감색 양복

을 입었지. 놈은 취한 얼굴로 유라쿠초 역에서 오후나행 일반
전철을 탔지. 제일 뒤쪽 차량이었고 내부는 혼잡했어. 놈은 중
간쯤에서 손잡이를 잡고 내 옆에 서 있었지. 놈은 손잡이를 겨
우 붙잡고서 몸을 흔들며 아무렇지도 않은 표정으로 내게 부딪
쳤어. 사과도 안 하더군. 살의가 솟았어. 그래서 놈을 첫 번째로
정한 거야.

놈은 요코하마를 지나 사쿠라기초 역에서 내렸어. 갈지자로
비틀비틀 플랫폼을 걸으며 침을 뱉고, 개찰구를 통과할 때까지
몇 번이나 주변 사람들에게 부딪쳤지. 역을 나서자 바깥에는 가
랑비가 내리고 있었어. 일기예보대로였지. 우산을 쓰면 군데군
데 설치된 CCTV에 찍히지 않도록 얼굴을 감출 수 있어. 현장
에 남은 발자국은 비가 씻어줄 테고. 범행을 저지르기에는 안성
맞춤이었지.

놈은 우산을 들고 나오는 걸 깜박한 모양이야. 역을 나서자
가방에서 스포츠 신문을 꺼내 머리 위를 가리고 걸음을 옮기더
군. 나는 우산으로 얼굴을 가리고 놈의 뒤를 밟았어. 지나가는
사람들에게도 얼굴이 보이지 않도록 시선을 내려 놈의 발치만
보며 따라 걸었어. 놈은 전신주 옆에서 토한 후 또 휘청휘청 걸
어갔지.

15분쯤 걸었을까. 주택 담을 따라 좁은 길이 이어졌지. 빗발
이 강해지자 빗방울이 세차게 아스팔트를 두드렸어. 비안개 때
문에 10미터 앞도 제대로 보이지 않았지. 인적도 없었고 말이
야. 범행은 아주 간단했어. 놈은 흠뻑 젖은 데다 발걸음도 불안

정했어. 나는 놈의 등 뒤로 다가갔어.

숨겨둔 쇠망치로 뒤통수를 힘껏 때렸지. 돼지새끼는 바로 쓰러졌어. 나는 지체 없이 놈의 머리를 계속 때렸어. 놈이 아스팔트에 쓰러지자 때리기가 더 쉽더군. 쉴 새 없이 일고여덟 번은 때렸어. 두개골이 함몰됐을 거야. 쓰러진 돼지새끼는 희미하게 신음했지만 꼼짝달싹도 하지 못했지.

대머리가 빗물에 젖었고, 하늘색 베르사체 넥타이에 피가 튀었어. 이윽고 신음도 들리지 않더군. 나는 잠시 쉬었어. 마지막에 담뱃불로 양 손등을 지졌지. 돼지에게 낙인을 찍은 거야.

비는 그칠 줄 몰랐어. 붉은 피가 물과 섞여 아스팔트에 퍼져나갔지. 나는 그대로 현장을 떠났어. 흉기인 쇠망치는 가지고 돌아왔지. 쇠망치 대가리는 원기둥 모양, 지름 3센티미터에 길이는 7센티미터야.

나중에 신문을 보고 알았지. 그 돼지새끼는 시청 직원이었더군. 짐승 주제에 세금을 축내고 살았으니 죽이는 게 당연한 처사였어.

살해 현장 부근에서 유아등*이 치직치직 소리를 내고 있었지. 팔다리를 쭉 뻗은 돼지새끼의 시체가 불빛을 받고 어둠 속에 떠올랐어. 유아등 가까이에 나방 한 마리가 젖어서 썩은 낙엽처럼 죽어 있더군. 둘 다 길바닥에서 죽었지만 순수하게 불빛

---

*빛으로 벌레를 유인해 잡는 장치. 벌레가 날아들어 타 죽거나, 밑에 있는 물그릇에 빠져 죽게 한다.

을 추구하다 죽은 나방과, 술에 취해 플랫폼에 침을 뱉고 숨진 이놈. 어느 쪽이 더 추악할까. 죽은 나방의 몸뚱이는 초라하고 빈약했지. 나는 그놈과 나방의 목숨 중에 뭐가 무겁고 가벼운지 그리 큰 차이를 느끼지 못했어.

이리하여 첫 번째 바이러스를 퇴치한 거야.

나는 인간을 바이러스라고 정의해. 그걸 퇴치하는 백신이 나고. 누구를 희생자로 선택하고, 왜 죽이는가. 조건은 오직 하나. 인간이기 때문이야. 죄상은 '인간'이야. 즉, 누구라도 상관없어. 한심스럽고 어리석은 생물, 지상에 생긴 질병. 인간이야말로 병원체야. 끊임없이 증식하는 바이러스라고. 죽음은 마땅한 대처법이지. 다음으로 누구를 죽일지는 그 자리에서 결정할 거야.

지금까지 내가 쓴 글을 경찰의 현장 검증 및 사법 부검 결과와 대조하면 내가 진범임이 증명되겠지.

일련의 살인사건 현장 근처에서 담배꽁초가 발견됐고, 거기서 동일인물의 DNA가 검출됐다고? 별것 아닌 정보에 들뜨지마. 그래서 뭐 어쩌라고? 내게 전과 기록은 없어. 선량한 시민으로 살아왔거든. 즉, 경찰에는 그런 정보를 조회할 검체가 존재하지 않아. 그것으로는 범인을 찾아낼 수 없다는 뜻이지.

잇폰기, 내 살인 행위를 글로 멈춰봐. 저널리즘이라는 장사 수단으로 나를 훈계해서 선량한 마음을 각성시켜보라고. 그 과정에서 '글'의 불손함을 뼈저리게 느끼도록 해주지. 지금부터 한 글자 한 구절이 얼마나 무서운지 가르쳐줄게. 그게 너에 대한 도전이야.

나와 잇폰기 기자의 대화에는 조건이 있어. 내 성명문이 도착하면 즉시 기사화해서 다음 날 〈다이요 신문〉 조간 1면에 실어. 네 반론은 이틀 내에 싣고. 문장을 잘 다듬어서 게재해. 이 규칙을 어기면 희생자가 또 늘어날 거야. 〈다이요 신문〉의 독자들도 즐거운 마음으로 기다리도록.

백신

2

떠버리 같은 범행 성명이었다. 자칭 '백신'이라는 이 인물이 진범일까. 즉시 요코하마 총국에서 가나가와 현경에 조회를 요청했다.

오후에 요코하마 총국의 데스크를 거쳐서 답신이 왔다. 현경에 조회해보니 현장 묘사에 범인이 아니면 알 수 없는 정보가 여럿 포함되어 있다고 한다.

나는 편집국으로 돌아가 마유즈미 데스크를 찾았다. 그는 사회부 명패가 달린 당번 데스크석에서 10미터 안쪽에 위치한 자기 자리에 있었다. 책상에 다리를 얹고 뒤로 젖힌 등받이에 몸을 묻은 자세로 말뚝잠을 자는 중이었다. 내가 뒤에서 다가가자 "무슨 일이야?" 하고 고개를 들었다. 나는 사정을 실명하고 편지를 보여줬다.

"정말이야?" 마유즈미 데스크가 의자를 삐걱거리며 몸을 일으

컸다. 안쪽 창가에 있던 하세데라 사회부장에게도 알리고, 셋이 함께 투명 아크릴판에 둘러싸인 편집국장실로 향했다. 편지를 훑어본 나가미네 편집국장의 안색이 바뀌더니 벌떡 일어나 내선 전화로 15층 이사실에 있는 요시무라를 불렀다. 그리고 위기관 리 담당인 편집국장 보좌 구보하라와 오카야마 집행이사(홍보 담 당), 고토다 홍보부장을 데리고 편집국장실에 인접한 소회의실 에 모였다.

"이건 살인사건에 관련된 중대한 위기관리 안건이야. 앞으로 이 건은 여기 모인 여덟 명이서 논의하도록 하지." 모두가 모이자 편집 담당 이사 요시무라가 설명했다. 다음으로 마유즈미 데스 크가 재차 보고했다.

"연쇄살인범이 모습을 드러냈습니다. 범인 말로는 우리에게만 문서를 보낸 것 같습니다."

"특종이야. 내일 지면에 크게 싣자고." 하세데라 사회부장은 잔뜩 들떴다. 사회부 기자의 피가 끓고 있음을 알 수 있었다.

"문제는 이걸 그대로 싣느냐 마느냐야." 나가미네 편집국장이 하세데라를 제지하듯 말하고 요시무라를 봤다.

팔짱을 끼고 있던 요시무라가 "그렇지" 하고 생각에 잠긴 얼굴 로 말을 이었다.

"다들 너무 앞서 나가지 마. 일단 보도기관으로서 어떤 자세를 취할지가 먼저야. 백신은 잇폰기와 대결하기를 바라고 있어. 덧 붙여 놈은 성명문과 잇폰기의 반론을 싣지 않으면 또다시 살인 을 저지르겠다고 했어. 하지만 모조리 범인이 요구하는 대로 실을 수는 없지. 잔인한 묘사는 삭제해야 하고, 무엇보다 범인의 속셈에 이용당해서는 안 돼. 경찰과도 적당한 거리를 유지하자고. 모든 정보를 국가권력에 제공할 필요는 없어. 우리가 주도권을 잡고 범인과 맞서면서 조사보도가 나아가야 할 바른길을 보여주는 거야."

너무 앞서 나가지 말라는 요시무라의 목소리에도 실은 기운이 넘쳤다. 결국 협박에 굴복해 게재하는 게 아니라, 사회에 알려야 할 소식임을 자각하고 1면 톱기사로 다루기로 했다. 다만 유족의 마음을 최대한 배려하고, 다음 범행을 막을 수단도 강구한다. 내가 백신에게 질문을 던져 수사에 도움이 될 정보를 끌어내기로 했다.

다음으로 무라오카 편집부장을 회의실로 불렀다. 오랜만의 1면 특종이다.

"지면에서 범인과 대화를 나눈다고요?" 무라오카 편집부장은 놀란 직후에 지면을 어떻게 배치할지 궁리하는 눈치였다. "마침 '범죄 보도·가족 시리즈' 최종회가 끝났으니, 지면 콘텐츠에도 일관성이 생기겠군요. 공통 문패 컷을 달아서 성대하게 갈까요?" 지면 제작이라는 점에서는 확실히 '마침가락'이었다. 지금부터는 나와 백신이 지면에서 펼치는 토론을 호평받았던 시리즈의 연장선상에서 다루어 독자의 시선을 붙잡을 수 있다.

"됐다, 됐어!"

무라오카 편집부장이 당장 가와모토 디자인부장에게도 전달하러 갔다. 편집부 데스크에도 들러 지면에서 사용할 1단 6행, 2단

6행, 3단 8행 분량의 변형 문패 컷을 발주했다. '문패 컷'이란 주제가 동일한 기사의 첫머리에 다는 테마 컷으로, 작은 로고 마크 같은 디자인이다. 지금까지 '범죄 보도 시리즈'에서 사용한 문패 컷을 원형 삼아 뉴스 기사용으로 수정해, 다음 살인사건이나 수사 정보를 알리는 기사의 첫머리에 달아서 시선을 끈다. 그러면 독자도 백신 관련 기사를 금방 찾을 수 있다.

신문사에는 각각의 직책이 있다. 설령 흉악한 연쇄살인사건일지라도 많은 독자가 읽도록 '좋은 지면'을 독자적으로 만들어내는 것이 지상과제다. 불경스럽기는 하지만 독자를 강렬하게 사로잡을 특종이나 큰 뉴스가 터져 평소와 달리 지면을 화려하게 제작할 수 있다면, 지면 레이아웃을 담당하는 편집 담당도 피가 끓는다.

디자인부에 제출해둔 원화를 바탕으로 '공통 문패 컷'이 완성됐다. 표제는 'VS 백신'. 위쪽에 '범죄 보도 시리즈'라는 글씨도 작게 곁들였다. 〈다이요 신문〉이 앞으로 이 주제로 상세히 보도해나가겠다는 결의 표명이다. 이렇게 큰 사건이니만큼 범인 체포 후 사건을 되짚어볼 때나 공판 기사를 낼 때도 이 문패 컷을 사용한다. 기사의 크기에 맞춰 첫머리의 문패 컷도 사이즈를 바꾼다. 한편 이 특종을 언제 어떻게 내보내는지도 중요했다.

뉴스 보도는 속보가 생명이다. 이제는 '디지털 신문 우선'이다. 그러나 다른 회사가 보도할 수 없는 독자적인 소식은 '특종', '디지털 공개 불가'로 지정해 종이 신문 발행과 타이밍을 맞춘다. 조간이라면 배달이 이미 끝났을 오전 6시를 기준으로 디지털 신문에도 공개한다. 디지털 신문이 앞서 발행되면 종이 신문 판매부수에 영향을 주기 때문이다.

백신의 범행 성명은 백 퍼센트 독점 기사다. 판매국에서도 '신문이 배달되기 전에 보도하지 말라'는 요청이 들어왔다. 결국 디지털판에는 조간이 각 가정에 배달된 후, 역 앞 매점에서도 신문이 어느 정도 팔리는 오전 7시에 공개하기로 결정했다.

이렇듯 열의는 사내에 금방 퍼져 나갔다. 지면 구성 계획은 즉시 세워졌다.

3

한편 경찰 수사에 협력하기 위해 백신의 범행 성명문과 봉투를 감정하기로 했다. 〈다이요 신문〉 경시청 담당 기자가 형사부 수사1과와 접촉했다. 즉시 경시청 시오도메주오 서에서 '실물을 맡겨달라'는 요청이 들어왔고, 시오도메주오 서의 수사1과원이 〈다이요 신문〉 도쿄 본사로 받으러 왔다.

백신이 보낸 봉투에는 '신주쿠니시'라는 소인이 찍혀 있었고 수신인은 '도쿄 시오도메 우체국 사서함 400호 〈다이요 신문〉 도쿄 본사 잇폰기 도루 기자'로 되어 있었다. 우표가 붙어 있지 않아 '부족 요금 82엔 신주쿠니시 우체국'이라는 도장이 찍혀 있었다. 소인으로는 범인의 생활권을 짐작할 수 있다.

스티커와 편지 본문의 글씨는 컴퓨터 문서 프로그램으로 타이

핑했다. 사용된 프린터와 컴퓨터, 문서 프로그램, 용지와 봉투의 종류, 와인색 봉랍 등은 각각 제조사를 알아내는 것까지는 가능하리라. 봉투와 문서에 남은 지문과 장문(掌紋)도 경찰에서 확인할 것이다.

종이에 남은 지문과 장문은 일단 경시청 및 각 현경에서 감식하고, 분석할 수 없는 것은 각각의 과학수사연구소와 경찰청 과학경찰연구소에서 감정한다. 종이에서 지문을 검출할 때는 인간 분비물인 아미노산에 반응하는 '닌하이드린과 아세톤 혼합액'을 사용한다. 만약 범인이 주도면밀한 인물이라면 잠재지문도 남지 않도록 장갑을 꼈든지, 편지지를 세심하게 닦아냈으리라. 범행에 사용한 컴퓨터도 오래된 기종이거나, 제조사나 판매처에 정식으로 사용자 등록을 하지 않았다면 수사는 쉽지 않다. 덧붙여 소인 역시 일부러 꼬리가 잡히지 않을 지역에서 우체통에 넣었을 가능성도 있다.

범행 성명을 적은 종이를 구입하고 사용한 개인까지 알아내기는 공권력을 지닌 수사기관이라도 어렵다. 또한 이러한 과학수사의 분석 결과는 원래 용의자가 추려진 후, 압수한 기기나 용지를 조사해서 범인을 확인하기 위한 '방증'으로 사용하는 것이 일반적이다. 특징적인 와인색 봉랍도 제조 및 판매원이 국내라면 알아낼 수 있겠지만 국외에서 구입했다면 꼬리를 잡기 힘들다.

한편 활자라 해도 문체와 문자 조합법, 한자 사용법에서 '버릇'이 나온다. 백신의 이 떠버리 같은 글에서 특정한 사상과 사고, 지능지수를 추측할 수 있을지도 모른다.

우리도 시오도메주오 서의 요청에 응해 지문 채취에 협력했다. 이번에 백신이 보낸 봉투를 만진 사람은 나 외에 우체국의 여러 직원과 편집국 아르바이트생, 1층 문서 접수실 직원 등이다. 한편 봉투에 든 A4용지를 만진 사람은 나뿐이다. 경찰은 소거법으로 범인의 지문을 알아낼 수 있을지도 모른다.

　시오도메주오 서에서는 경시청 감식과에 우리의 지문 정보를 넘기겠다고 했다. 특히 A4용지에서 내 것 말고 다른 지문이 검출되면 즉시 전과자의 지문 및 장문과 조회하는 작업에 들어간다.

　하지만 백신이 보낸 편지를 무조건적으로 경찰에 제공하는 건 아니다. 소유권은 〈다이요 신문〉에 있다. 흉악 범죄가 발생했을 경우, 수사 당국과 언론은 보통 협력 태세에 나서지만 국가권력의 입맛대로 정보를 제공해서는 안 된다. 타이밍이 중요하다. 편지를 경찰에 넘기면 당장 발표돼서 다른 회사도 보도한다. 그래서 앞으로는 경찰에 '백신이 폭로한 비밀'을 확인하고 보도한 후, 하루가 지나 차용증을 받고 넘겨주기로 했다. 동시에 경시청 기자실을 통해 수사 정보와 교환하는 조건으로도 이용할 방침이다.

　〈다이요 신문〉 보도로 언론의 취재 경쟁이 시작되리라. 우리는 언제나 한발 앞서 나갈 수 있다. 그러나 독자적인 취재를 통해 조금이라도 범인과 결부되는 단서를 찾아내서 범행을 저지해야 한다. 피해자의 공통점에서 '살해당한 이유'를 찾아 범인상을 그려낸다. 사건 현장을 관할하는 각 총국과도 제휴해 현장 부근에서 탐문도 벌인다.

　조사보도의 근본정신을 관철해 이번 흉악 범죄에 맞서자─.

편집국은 그런 마음가짐으로 들끓고 있었다.

　사내 관련부서의 대표가 도쿄 본사에 모여 회의를 열었다.
　가나가와와 사이타마 총국에서는 총국장과 데스크, 경찰 캡. 본사에서는 구보하라 편집국장 보좌, 하세데라 사회부장, 마유즈미 데스크, 경시청 캡, 바이스 캡, 경찰청 담당과 법조반장. 본사 사회부 보충병 중에서는 나를 비롯한 네 명, 총 열일곱 명이 참석했다.
　그중에 20여 년간 알고 지낸 사람이 있었다. 경시청 바이스 캡은 군마 현 마에바시 지국 시절의 후배이기도 한 오쿠마 료타였다.

　일단은 경시청 기자실과 각 총국에서 피해자의 신변 조사 결과를 제공했다. 정보는 사내 서버의 폴더로 전달하고 공유했다. 수사 관계자의 이야기와 현장 부근의 탐문 결과 등 취재로 얻은 내용이 시간 순서에 따라 파일명으로 나열됐다. 사내에서도 지정된 컴퓨터 말고는 접속을 제한했고, 암호도 설정했다.

　가나가와 현, 시청 직원 무라타 마사토시(45) / 귀가하던 도중 어둠 속에서 둔기에 맞아 사망 / 처자식 있음 : 요코하마 총국 관할
　사이타마 현, IT 관련 회사 사원 혼고 마사키(29) / 점심시간에 건물에서 떨어져 사망 / 처자식 있음 : 사이타마 총국 관할
　도쿄 도, 운송회사 사원 고바야시 요지로(42) / 통근 시간대에

전철역에서 칼에 찔려 사망 / 처자식 있음 : 경시청 기자실 관할

피해자의 특징을 정리해봤다. 공통점은 전부 남성이고 금품을 빼앗기지 않았다는 점이다. 셋 다 처자식은 있지만 이혼 직전이거나 별거 중이라 가정생활이 원만하다고는 할 수 없었다. 한편 직업에 공통점은 없었다.

경찰 조사에 따르면 거액의 보험을 들지도 않았다. 또한 피해자들 모두 주변 평판이 좋지 못해 동기가 원한일 가능성도 버릴 수 없었다. 묻지 마 범죄라면 겉모습이 거만해 보이는 남자를 노렸다고도 볼 수 있다. 또한 백신은 '누구라도 상관없다'면서 현재까지 여성과 아이, 고령자는 습격하지 않았다.

앞으로 사건과 취재가 도쿄 도와 두 현에서 어떻게 연결되어갈지는 모른다. 경시청 기자실과 사회부 보충병은 각 총국과도 연락을 주고받으며 도쿄 도와 두 현을 종횡으로 취재하기로 했다. 경찰조직에서는 도도부현 등의 행정 구분이 광역수사의 벽이 될 때가 많다. 백신이 그런 약점을 고려했을 가능성도 있다.

그날 밤 5층 편집국 출입구에 '12판▲*에서 13판은 반금입니다'라는 팻말이 등장했다. '반금'은 사내용어로 발행 전 사내에 먼저 배포하는 신문을 밖으로 반출하지 말라는 경고다. 어디에서 정보가 샐지 모른다. 밖으로 새면 특종도 물거품이 된다. 사원은 이 팻말을 보고 득종이 있음을 알아차렸다. 하기야 이번만

*통합판을 가리킨다.

큼은 뒤쫓을 방도가 없는 '독점 보도'가 분명했다.

4

다음 날 조간 1면 톱기사. 검은 바탕에 흰 글씨로 '사건 헤드라인'이 큼지막하게 박혔다.

〔수도권 연쇄살인사건 / 진범이 본지 기자에게 범행 성명을 보내다〕

기사의 리드(첫머리)는 다음과 같았다.

지난 10일, 수도권 세 지역에 걸친 연쇄살인사건의 범인이 본지의 잇폰기 도루 기자 앞으로 범행 성명문을 보냈다. 범인은 스스로를 '백신'이라 칭하고 희생자는 '누구라도 상관없다'고 했으며, 성명문에는 진범밖에 알 수 없는 범행 현장의 상세한 정보가 포함되어 있었다. 〈다이요 신문〉에서 정보를 제공받은 경찰청과 각 현경은 성명문에 '폭로한 비밀'을 보건대 범인이 보낸 것이라고 단정했다. 범인 백신이 잇폰기 기자와 신문 지면에서 대결할 것을 요구했기에 〈다이요 신문〉은 백신과 대화를 시도해보기로 했다.

범행 성명문의 전문은 1면 톱기사로 게재됐다.

사회면은 마주 보는 양면 두 페이지다. 왼쪽 제1사회면 톱기사에는 '누구라도 상관없었다 / 진정한 동기는 아직 불명', 오른쪽 제2사회면에는 '범인, 인터넷을 불신 / 〈다이요 신문〉을 선택한 이유는?'이라는 헤드라인을 달았다.

다만 기사에서는 범행 성명 속의 '돼지새끼'라는 표현을 '희생자', '그' 등으로 바꾸었고, 잔인한 범행 묘사는 삭제하지 않을 수 없었다. 따라서 기사 끝에는 '일부 부적절한 부분은 싣지 않거나 표현을 수정했습니다'와 '양해 바랍니다'를 덧붙였다.

범인에게 보내는 답변으로 '잇폰기 도루'라는 실명을 기명한 서명기사를 1면 어깨에 게재했다. 위기관리 안건팀을 이룬 여덟 명이 협의를 거듭했다. 이건 범인에게 보내는 답변인 동시에 〈다이요 신문〉의 '기사'이며, 본지의 주장이기도 하다. 나가미네 편집국장은 "이성과 격조를 지녀라"라고 지시했다. 또한 답변에 질문을 많이 포함시켜 대화가 이어지도록 했다.

기사 오른쪽 위에 'VS 백신 / 범죄 보도 시리즈'라는 문패 컷이 달렸다.

백신에게,

지명을 받은 잇폰기 도루야. 편지 잘 받았어. 흉악범에게 편지를 받다니 처음에는 당황스러웠지. 토론 상대로 날 골랐더군. 영광이라고는 할 수 없지만, 나도 당신과 대화할 필요가 있어. 당신에게 알리고 싶어. 어떠한 이유로도 살인은 정당화될 수 없다는 걸. 우리는 폭력을 일절 부정해. 희생자는 '누구라도 상관 없다'고 당신은 말했지. 그런 무책임하고 어린애 같은 주장에 누가 공감할 수 있을까.

당신은 인간을 바이러스라 정의했어. 그렇다면 왜 당신만 백 신일까. 당신 자신도 바이러스 아닐까. 살인자 중에 성자는 없 어. '살인 철학' 운운하려면 그 사상이 뭔지 분명하게 설명해주 길 바라. 세상 사람들과 윤리관이 다르다면, 논리적으로 정정당 당하게 말해보는 게 어떨까. 그렇지 않다면 나와 당신이 대화를 나눌 의미는 없어. 역사에 새길 가치도 없고.

'범죄 보도·가족 시리즈'에 내가 담은 메시지 중 하나는 개인 의 '선과 정의'가 때로 사회의 '악과 범죄'가 된다는 거야. 누군 가의 정의는 누군가가 믿는 다른 정의와 대립하기도 해. 당신의 살인도 똑같을 것 같은 예감이 드는군. 당신은 '죄상은 인간'이 라고 외쳤지. 그렇다면 당신에게도 죄가 있을 거야. 다시 묻지. 인간이라는 존재 자체가 '죄'고 일련의 살인이 '벌'이라면 피해 자와 유족도 이해할 수 있도록 그 죄상을 관념의 유희가 아니라 말로 똑똑히 설명해줘.

논쟁을 벌이자고 청한 건 당신이야. 당당하게 응하겠어. 그러 니 당신도 도망치지 말고 대답해. 성의 있는 회답을 기다릴게.

잇폰기 도루

이 기사를 게재한 날, 홍보부는 언론에 대응하기 위해 이른 아 침부터 대기했다. 또한 독자의 반응에 대응하기 위해 독자 센터에서 60명이 전화를 받았다. 백신에게 편지가 온 경위와 게재하기로 결정한 이유 등을 A4용지 한 장에 응답용으로 정리했고, 그 외의 질문에는 "신문을 봐주십시오"라고 답했다.

다른 미디어의 취재에는 〈다이요 신문〉의 기사를 그대로 소개하는 형태를 취했다. 백신은 〈다이요 신문〉에만 범행 성명을 보냈다고 선언했다. 다른 미디어에서도 보도하지 않았는지 사내 기사 심사실이 확인했지만, 백신에 대한 기사를 게재한 곳은 〈다이요 신문〉뿐이었다.

왜 백신은 〈다이요 신문〉의 나만 대화 상대로 지명했을까. 우리는 고개를 갸웃했다. 한편으로 미디어가 범람하는 현재, 백신의 말처럼 발신자의 원문을 고스란히 활자로 남기기에는 신문이 적합했다.

인터넷 사회에서 정보 활용 능력이 얼마나 중요한가. 백신은 그걸 알고 걱정하는 세대일까. 진의는 파악할 수 없었다. 백신은 신문이 길러온 신뢰와 격조를 발언의 담보로 삼겠다는 식으로 말했다. 묘하게도 그것은 〈다이요 신문〉이 대중에게 호소하고자 하는 신문의 존재가치였다.

매스미디어에 범행 성명을 보내 대중의 이목을 모으는 수법을 '극장형 범죄'라 부른다.

미국에서는 1968년에 일어난 미제 연쇄살인사건 '조디악 킬러 사건'이 유명하다. 자칭 조디악이라는 범인이 신문사에 보낸 범행 성명의 말미에는 범인이 습격했다고 주장하는 희생자 숫자가 적혀 있었는데, 최종적으로는 37명에 달했다고 한다. 백신과 마찬가지로 '신문에 싣지 않으면 살인을 저지르겠다'는 취지의 성명문과 기묘한 그림 및 암호문을 보냈고, 신문사도 시키는 대로 응했다.

일본에서는 글리코 모리나가 사건의 '괴인 21면상'이 유명하다. 고베 시 스마 구에서 발생한 초등학생 살해사건에서도 범인인 중학생은 범행 성명문에 '9'라는 글씨를 적었다. 기묘한 암호를 덧붙이는 등 조디악 킬러 사건을 흉내 냈다고도 진술했다. 내 기사에 맞춰 '극장형 범죄의 역사' 연표를 사회부 야근조 여섯 명이 벼락치기로 작성했다. 범죄심리학 권위자의 분석도 곁들였다.

기사가 나자마자 인터넷에서는 다양한 억측이 오갔다.

살인 동기에 대해서는 '백신은 피해자가 시청의 과장임을 알고 덮친 것 아니냐'는 견해가 있었다. 시청 내부인 범행설도 나왔다. '갑질 과장이었다', '후배 직원에게 돈을 꾸었다', '과장 보좌가 수상하다' 등의 소문도 돌았다. 피해자 무라타 마사토시가 토킹바에서 양옆에 여자를 끼고 있는 사진이 인터넷에 공개됐고, '불륜남이다'는 댓글도 달렸다. 피해자일지라도 점점 사생활이 까발려진다.

5

세 건의 사건이 발생한 후, 경시청 출입기자와 각 총국의 사건

기자가 피해자의 집을 방문해 유족에게 이야기를 듣고자 했지만 모두 취재를 거부했다.

　나와 오쿠마는 백신의 범행 성명이 게재된 날, 첫 번째 피해자 무라타 마사토시의 집을 방문했다. 여자가 인터폰을 받았다. 분명 아내이리라.

　"이제 취재 좀 그만 오면 안 될까요." 자다 깬 목소리였다.

　저녁이 되기까지 기다렸다가 다시 찾아갔다. 현관문을 열고 나온 여자는 마침 외출하던 참이었다. 짙은 속눈썹에 입술을 빨갛게 칠한 것이 물장사라도 하는 인상이었다. 현관문을 잠그고 몸을 돌린 여자는 남편의 죽음을 애도하는 것처럼은 보이지 않았다. 여자는 귀찮은 듯한 표정으로 우리를 봤다. 2층 방에는 불이 켜져 있었다. 여자는 우리의 시선을 따라간 후 말했다.

　"중학교에 다니는 아들도 이제야 집에 돌아왔어요. 그러니까 이제 좀 내버려둬요."

　"돌아왔다고요? 지금까지는 다른 곳에 있었습니까?"

　"그래요. 마침 제 아빠가 죽었기에 망정이지."

　나와 오쿠마는 얼굴을 마주 봤다.

　"어디에 있었는데요?"

　여자가 눈치를 채고 우리를 노려봤다.

　"우리 아들은 범인이 아니에요. 나도 아들도 그 인간이 죽어서 다행이라 생각하지만. 술에, 여자에, 폭언과 폭력……. 집에서나 직장에서나 분명 똑같이 굴었겠죠. 사건이 일어난 날도 도내의 멋진 호텔에서 여자와 밥을 먹은 모양이고요. 밥만 먹었을 리는 없겠지만."

요코하마 총국에서 시청 직원 명부를 빌려 무라타의 동료 집을 방문했다. 무라타는 이혼하기 직전이었고, 불륜을 저지른다는 소문도 사실인 듯했다.

"백신이 범행 성명에서 무라타 씨의 베르사체 넥타이를 언급했잖아. 그거 애인한테 받은 거라고 자랑했었어요. 모두에게 사진을 보여주면서요. 자랑하고 싶었던 거겠죠. 젊고 예쁜 여자였으니까." "갑질도 많았죠. 자주 부하의 의자를 걷어찼다니까요." "노게 골목에 있는 '나쓰코'라는 가게에 자주 갔어요. 우리에게 늘 술값을 떠넘겼죠. 가게에 외상도 많았을걸요."

오후 8시가 지나 오쿠마와 사쿠라기초 역 근처 노게 골목에 있는 '나쓰코'를 방문했다. 여섯 명이 들어가면 꽉 찰 정도로 작은 가게였다. 카운터 너머에 마담이 있었다.

"무라타 씨요? 아, 뭇 짱 말이구나. 사흘에 한 번은 왔죠. 저기, 저게 키핑해둔 술." 검은색 위스키병에 하얀 유성 매직으로 '뭇 짱'이라고 써놓았다.

"꽤 오래전에 경찰도 와서 이것저것 물어보고 갔어요."

마담의 말에 따르면 무라타의 외상값은 십수만 엔이라고 한다. 그리고 자기 부인을 '할망구', 중학생 아들을 '등신'이라고 자주 욕했다.

"술이 들어가면 난폭해졌어요. 자기가 응원하는 야구팀이 졌다고 술잔을 벽에 내던진 적도 있다니까요." 마담도 그를 싫어했던 모양이다.

"부인과 아들을 때리다 손가락이 부러져서 오른손에 깁스를 한 적도 있었고요. 불륜 상대요? 아, 분명 토킹바에 다니는 여자일 거예요. 뭇 쨩이 자주 '이제 아가씨와 만날 예정'이라면서 좋아하며 나갔죠."

토킹바에는 늘 가게에서 택시를 불러서 갔다고 한다. 무라타는 그 여대생에게 돈을 많이 퍼부은 모양이다. '레이코'라는 그 여자를 한 번 이 가게에 데려온 적도 있었다고 한다. 마담이 말을 이었다.

"누가 봐도 미인인데 결혼하지 않는 여자 있잖아요. 그거 다들 중년 남자와 불륜을 하느라 그래요. 중년 남자가 그저 재미 삼아 즐기는 줄도 모르고, 성적으로도 금전적으로도 부족함이 없으니까 혼기를 놓치는 거라고요. 미녀의 숙명이죠. 나를 보면 알잖아요. 정보방송에서 화제가 되고 있는 게가사와 교수의 상대도 분명 그런 아가씨일걸요. 뭇 쨩이 살해당한 것도 가지고 놀던 젊은 아가씨에게 원한을 샀기 때문이 아니려나."

"백신이 여자라는 주장이신가요? 그러고 보니 남자라고 확인된 건 아니군요." 나는 고개를 끄덕였다.

마담이 불러준 택시를 타고 '레이코'가 일하는 가게에 가보기로 했다. 택시 안에서 오쿠마가 말했다.

"피해자 무라타 씨가 인터넷에서 그리 비난당할 만도 하네요."

"살해당할 이유가 너무 많아."

토킹바까지는 택시로 10분도 걸리지 않았다. JR요코하마 역 서쪽 출입구 앞의 상가빌딩 4층에 있었다. 종업원의 말에 따르면 사건이 발생한 후 '레이코'는 가게를 그만두었다. 그 후로는 깜깜무소식이라고 한다.

6

내가 백신에게 쓴 답변이 게재된 다음 날, 백신의 두 번째 편지가 배달됐다. 이번 우체국 소인은 '이케부쿠로히가시'였다.

잇폰기 도루에게,

오늘 조간을 읽었어. 지면을 크게 할애했더군. 뭐야, 그 'VS 백신' 마크는. 웃기더라. 〈다이요 신문〉의 기사는 분명 주목을 받았겠지. 경찰도 허둥지둥 움직인 것 같고.

네가 쓴 답변을 읽었어. 날 꽤나 만만하게 보던데. 알아. 독자 앞이니 강한 태도를 취할 수밖에 없겠지. 신문은 철저한 위선자라니까.

폭력을 부정한다고? 예상대로 우등생 같은 대답이었어. 착한 척하기에는 가장 안정된 주장이지. 살인의 진정한 동기라고? 다시 말할게. 내 살인에 이유는 없어. 희생자는 누구라도 상관없다고. 심판의 죄상은 '인간'이니까. 그게 전부야.

이유가 있을 것이다—신문은 언제나 그렇게 만사를 정의하고 해석하지. 모든 것에 이유를 달아서 세상은 이렇다고 단정해. 이유가 없는 걸 용납하지 않아. 그건 말로 진실을 능욕하는 짓이야. 이 얼마나 불손한지. 너희야말로 역사의 진실을 독점하고 판가름하는 '독재자' 아닐까.

진실은 과연 그렇게 단순할까. 이치와 논리를 내세워 따지고 들어도 말이 진실을 파악하지 못할 때도 있어.

그렇게까지 살인의 이유가 궁금해? 알았어. 이제부터 몇 번에 걸쳐 내 '살인 철학'을 말해줄게. 다 말했을 때쯤 독자의 가슴 속에서 백신이 슬슬 효과를 나타내겠지. 지금 이걸 읽는 놈들도 자기 마음에 물어봐. 자신에게 죄는 없는지. 어떤 인간이든 자신의 '죄'와는 영원히 화해 못 해. '범죄 보도·가족 시리즈'에서 잇폰기가 한 말을 빌리자면 '죄는 사람의 수만큼 존재한다'겠지.

네게 실망했어. 그런 표층적인 신문 언어로는 내가 연쇄살인을 저지른 진정한 이유를 분석할 수 없어. 인간의 바이러스성은 너희도 이미 목격했잖아. 세 희생자가 보도되고 나서 대중이 뭘 했지?

인터넷 게시판과 SNS 등에서 희생자 주변의 사생활을 폭로했지. '죽어도 싸다', '사라져서 기뻐하는 사람이 많아', '백신 고마워'라는 반응도 봤다니까. 인터넷에 올라오는 글들은 희생자를 애도하는 내용이 아니었어. 증오하고 비웃는 내용이었지.

희생자들은 그렇게나 미움을 받고 있었던 거야. 그들은 역시 바이러스였다는 확신이 들더군. 하지만 대중도 사건에 편승해 죽은 사람을 멸시하고, 신나게 채찍질했어. 희생자를 해치운 건 나지만 그들의 존엄성을 죽인 건 누굴까. 대중과 나 사이에 얼마나 큰 차이가 있을까. 개인의 사생활을 까발리는 이상한 사회. 컴퓨터나 스마트폰이 바이러스에 감염된 게 아니야. 화면을 들여다보는 개개인이야말로 바이러스지. 이런 시스템을 구축하고 이용하고 즐기는 게 인간사회라는 바이러스의 소굴인 거라고.

재미있는 생각이 났어. 다음 회부터는 두 번째 사건의 '비밀 폭로'에 덧붙여 '인간=바이러스론'을 들려주지. 지면을 비워놓고 기다려. 잇폰기의 반론도 기대할게.

당신에게도 죄가 있을 거라고? 좋은 지적이야. 분명 나도 인간인 이상 죄 많은 바이러스지. 바로 그렇기에 일개 바이러스가 백신으로 변혁해 전체를 각성시키려는 거야.

난 아들이 태어나고 얼마 지나지 않아 처자식을 버렸어. 그녀석도 지금쯤은 다 컸겠지. 아들이 태어났을 때 내가 무슨 감정을 맛봤는지 말해줄게. 아이는 필요 없었어. 귀찮았지. 애정 따위는 없었어. 대신에 다른 감정이 싹트더군. 죄의식이야. 이런 세상에 낳아버렸다. 아들에게 '삶'이라는 고통을 줬다. 인간의 목숨을 빼앗는 것이 죄라면, 인간에게 목숨을 멋대로 주는 것도 죄일 테지. 그게 내 죄야. 백신인 나도 바이러스를 증식시킨 바이러스인 거야.

자, 〈다이요 신문〉의 독자 여러분에게 알릴게.

나, 백신이 인간의 죄를 해설하는 '인간=바이러스론·살인 철학 강좌'는 다음 회부터 시작돼. 수강료는 〈다이요 신문〉 구독료야. 한 부에 150엔. 다달이 결제하면 4,037엔. 그럼 기대해줘.

이 강좌의 마크도 만들어주겠어? 자칫하면 사람이 더 죽을

148

거야. 잇폰기는 이 강좌의 특별 게스트로 참가시키겠어.

백신

언론과 경찰은 백신이 '처자식이 있다(있었다)'고 밝힌 점에 주목했다. 덧붙여 아들은 장성했을 것이라고 한다. 그러나 자신의 정보를 자진해서 밝히다니 수상하다. 수사를 교란시키기 위해 위장했을 가능성도 있다.

우리와 독자를 비웃는 듯한 백신의 글에 사내에서도 놈의 수작에 놀아나는 것 아니냐는 걱정이 고개를 쳐들기 시작했다. 하지만 요구대로 범행 성명과 반론을 싣지 않으면 '희생자가 또 늘어난다'고 한다. 그와 대화를 하는 가장 큰 목적은 이 흉악 범죄를 멈추는 것이다.

요시무라가 15층 이사실에서 나와 마유즈미 데스크, 하세데라 사회부장을 호출했다. 논설 주간도 함께 있었다. "백신과 대화를 계속할 거야. 잇폰기는 글에서 힘을 빼지 마. 조만간 사설에서도 〈다이요 신문〉 입장을 다시금 독자에게 제시할 거야" 하고 요시무라는 말했다. 백신의 지시에 따라 다음 반론을 게재했다.

백신에게,

일단 답장해줘서 고마워. 거두절미하고 본론으로 들어갈게.

당신이 내세우는 '이유 없는 살인'은 논리적으로 불완전해. 살인은 '철학' 같은 고상한 게 아니야. 폭력을 방치하면 법치국가고 민주주의고 다 붕괴되겠지. 당신도 알 텐데.

인간이 '죄 많은 바이러스'라는 의견에는 일부 동의해. 그렇기에 지혜를 모아 그런 점을 극복하고자 노력하는 수밖에 없겠지. 육체를 가지고 태어나는 한, 누구도 에고에서 벗어날 수는 없어. 육체라는 존재 자체가 에고니까. 결국 인간은 육체와 정신의 대립, 이상과 현실의 모순을 극복하며 살아가는 수밖에 없겠지. 사회의 모순은 따지고 들면 인간이라는 존재의 모순 아닐까. 그러나 육체의 에고를 스스로 억제할 수 있는 게 정신이야. 그게 바로 다른 동물에게는 없는 인간 특유의 존재의의이자, 지혜의 기능이라고 믿어.

당신은 예전에 '버렸다'는 아들이 태어났을 때, '삶이라는 고통을 줬다'는 죄의식을 품었다고 했어. 확실히 살다 보면 가끔 괴롭기도 하지. 다만 인간이라는 존재와 삶을 나는 부정하지 않아. 당신은 '죄는 사람의 수만큼 존재한다'는 내 말도 인용했지. 그렇다면 '행복도 사람의 수만큼 존재한다'고 할 수는 없을까. 그게 내가 전에 덧붙이지 못했던 말이야. 위선을 떠는 게 아니야. 삶을 부여받은 이상 그렇게 살아가는 게 제일 현명하고, 그래야 스스로 삶의 가치를 높여서 삶을 제대로 누릴 수 있다고 믿어.

당신이 그 이치를 깨닫고 자신의 영혼을 구원하도록 돕는 것, 우리가 할 수 있는 일은 그것뿐이야. 당신의 생각을 좀 더 들려줘. 당신은 왜 인간을 '바이러스'로 정의하는 거지? 그건 '강좌'가 아니야. 당신은 사회에 그 이유를 설명할 책임이 있어.

잇폰기 도루

요시무라가 지시한 대로 강경하게 적었지만 허울만 좋은 필치를 백신이 지적할 것 같은 기분도 들었다. 하지만 요시무라를 비롯한 위기관리 안건팀 회의에서도 일단은 백신이 최대한 속내를 털어놓도록 질문을 계속하자는 의견에 모두가 동의했다.

7

석간이 강판된 후, 나는 평소처럼 편집국의 소파에 드러누워 팔베개를 한 채 텔레비전을 보고 있었다.

오후 2시가 지나자 정보방송에서 각 신문을 소개하는 코너가 시작됐다. 일단은 〈다이요 신문〉 1면이다. 백신의 성명문에 빨간 선을 그은 부분을 캐스터가 읽었다. 패널로 나온 범죄심리학자가 "전국지 1면에 났으니까 백신도 마약을 한 듯 뿅 가는 느낌이었겠죠" 하고 견해를 내놓았다.

이어서 스포츠신문 1면. 이쪽은 게가사와 교수 소식이다.

〔본지 기자의 카메라를 부수다 / 기물손괴죄로 고소〕

스포츠신문의 취재에 발끈한 게가사와 교수가 기자의 카메라를 빼앗아 땅에 내팽개쳤다고 한다. 불륜을 저지르는 현장을 포착당한 모양이다. 필름은 무사해서 신문에는 모텔 앞에서 게가사와 교수와 팔짱을 낀 여자의 사진이 실렸다. 여자의 눈에는 검은색 선을 넣었다. 스포츠신문 측에서는 변호사를 선임해 교수를 기물손괴죄로 형사 고소한다는 이야기다.

기사에 따르면 게가사와의 행적을 쫓기 위해 기자들이 연일 뒤를 밟고 있다고 한다. 게가사와는 택시를 갈아타거나 지하철에 탔다가 출발하기 직전에 내리는 등 애써 미행을 뿌리치고 있다고 한다.

마유즈미 데스크가 다가왔다. 무슨 일이 있었는지 어이없다는 표정이었다.

"석간 데스크 회의에서 과학부 데스크가 백신 사건에 게가사와 교수의 견해를 더하면 독자들의 반응이 좋을지도 모르겠다고 제안했어. '인간=바이러스론'을 펼치는 백신에게 생물학적인 '유전자의 명령'론을 던져줘서 논쟁을 격화시키면 어떻겠느냐는 거지. 옆에서 그거 재미있겠다고 찬성하는 사람도 있었다니까. 결국 농담으로 마무리됐지만, 흉악 범죄잖아. 그런 화제를 꺼내는 것 자체가 좀 아닌 것 같다고 못을 박아뒀어."

걱정한 대로였다. 분위기가 느슨해졌다. 연쇄살인사건과 불륜 및 사생아 소동. 백신과 게가사와 교수를 접목시키면 재미있으리라.

편집 현장에는 이런 분위기가 불쑥 흘러들 때가 있다. 직장 특성상 날마다 긴장해야 하기 때문인지, 엉뚱한 농담이 분위기를 누그러뜨린다. 웃음은 필요하다. 그러나 여기는 언론기관이다. 나와 마유즈미 데스크가 지면을 이용한 백신과의 대화에 과민해진 탓일까. 백신이 말하는 '바이러스'가 사내에도 만연하기 시작한 것 같은 기분이 들었다.

"잇폰기 씨, 백신의 편지입니다."

원고 섹션에서 우편물 구분을 마친 아르바이트생이 얼굴을 상기시키며 내 자리로 봉투를 가져왔다. 뒤편을 봉한 와인색 봉랍에 V 자가 찍혀 있었다. 백신이 보낸 것이다. 우체국 소인은 '신오쿠보'. 이전 두 통과 또 달랐다.

장갑을 낀 후 봉투 윗부분에서 1밀리미터 아래를 가위로 잘라 내용물을 꺼냈다. A4용지로 세 장. 두 번째 피해자를 살해한 상황을 언급했다. 건물 옥상에서 떨어진 남자다. 이번에도 백신은 말이 많았다. 지면을 상당히 할애해야 할 듯했다.

잇폰기에게,

요전에는 훌륭하신 말씀을 들려줘서 고마워. 고대하던 두 번째 희생자에 대한 비밀 폭로와 '인간＝바이러스론·살인 철학 강좌' 시간이야. 기왕 이렇게 된 거 오늘은 이 사건을 사례로 강좌를 시작하지. 수사와 취재의 힌트로 삼도록 해.

6월 17일 사이타마 현에서 회사원을 떨어뜨려 죽였지.

희생자는 점심시간에 도심의 14층 건물 옥상에서 발견했어. 흡연 구역이라 나도 거기서 한 대 피웠지. 구석에 30대로 보이는 회사원이 있었어. 놈은 안경테 아랫부분만 빨간색인 안경을 꼈고, 머리는 왁스로 세웠더군. 파란색 와이셔츠의 팔뚝을 걷고, 단추를 두 개 풀어서 가슴께를 약간 드러냈지. 다른 회사원들은 갔는데도 혼자 남아 스마트폰을 들여다보며 담배를 피웠어.

놈이 전화를 걸었어. "프레젠테이션은 오후 2시부터입니다.

12층 B회의실요. 파워포인트 자료가 열다섯 장 있습니다"라고 했어. 짧은 통화를 끝내자 다른 사람에게 전화를 걸었지. 이번에는 고압적이더군. "모리구치, 오후 2시부터 프레젠테이션인 거 알지? 내 책상에 있는 파워포인트 자료, 빨리 스무 부 복사해서 10분 전에 각 자리 위에 갖다놔. 늦으면 각오해." 통화는 두 번. 통화 이력과 통화 상대를 조사하면 금방 알 수 있을 거야.

오후 1시 30분경. 옥상에는 나와 그놈만 남았어. 난 말투가 거만한 그놈을 두 번째 희생자로 결정했지.

놈에게 다가가 "죄송합니다. 콘택트렌즈가 빠졌는데 철책 너머에 떨어져서요. 앞이 잘 안 보여서 그러는데 좀 찾아주시면 안 되겠습니까" 하고 부탁했지. 말을 걸기 직전에 렌즈를 철책 너머에 던져놓았어. 남자는 마지못한 표정으로 철책을 넘어갔지. 철책 바깥쪽은 건물 가장자리까지 폭이 1미터쯤 되고, 건물 가장자리에는 높이가 30센티미터쯤 되는 턱이 있었어. 그 너머에는 아무것도 없었지. 땅까지 40미터는 됐을 거야.

놈은 철책 너머에 섰어. "죄송합니다" 하고 나도 철책을 사이에 두고 놈과 나란히 걸었지. 몇 미터 걷다가 놈이 렌즈를 발견했어. "아, 찾았다" 하며 남자의 얼굴이 환해졌고, 나도 철책으로 달려가 몸을 내밀었어.

다음 순간 놈을 힘껏 떠밀었지. 놈은 뒤로 떨어지며 "앗" 하고 소리쳤어. 그 놀란 얼굴을 잊을 수가 없네.

몇 초 후에 철책 너머에서 쿵, 하고 커다란 골판지박스가 떨어진 것 같은 소리가 났어. 비명이 울려 퍼졌지. 난 철책을 넘어가서 몸을 내밀어 아래를 봤어. 놈은 인도에 충돌해서 즉사했어. 위에서 보니 마치 바닥에 떨어져서 깨진 꽃병처럼 약해 보이더군. 추락한 지점을 중심으로 선혈이 둥그렇게 퍼져 나갔지. 그건 정말로 인간이었을까. 피와 내장을 채운 자루가 터진 것 같더라고. 구경꾼들이 금방 모여들었어. 죽은 벌레에 개미가 꾀는 것처럼, 사람들의 관심이 죽음의 점에 빨려들었지.

몇 명이 이쪽을 올려다보고 손가락으로 가리켰어. 난 해를 등지고 있었으니 그들에게는 얼굴이 잘 보이지 않았을 거야. 난 냉큼 몸을 뒤로 물렸지. 그리고 계단으로 내려와 천연덕스러운 얼굴로 현장을 멀찍이서 지켜봤어.

난 남의 죽음을 대하는 주변인들의 반응에 놀랐어. 오후의 도심, 나른한 일상에 끼어든 자극적인 이벤트는 그들에게 딱 알맞은 화제를 안겨준 모양이야. 시체를 둘러싼 자들은 스마트폰을 꺼내 신나게 사진을 찍어대기 시작했지.

10분도 지나지 않아 구급차와 경찰차가 도착했어. 소방관과 경찰의 행동을 하나도 빠짐없이 동영상으로 촬영하는 자도 있더군. 건물 뒤편에서 주변에 등을 돌리고 스마트폰을 손으로 감싼 채 "나 지금 엄청난 광경을 봤어. 나중에 사진 보낼게" 하고 전화하는 놈도 있었고.

팔다리가 말도 안 되게 구부러진 시체는 마치 인형 같았어. 그 비일상적인 광경을 즐기는 기이한 시선과 들뜬 목소리. 그들 앞에는 찌부러진 얼굴도, 도로를 물들인 피도, 성게 속살처럼 튀어나온 뇌도, 누군가에게 전달할 '충격 영상'인 거야.

죽음을 애도하는 마음도 동정심도 없었지. 오히려 현장에 모인 자들끼리 눈빛을 교환하며 놀라움과 흥미를 함께 나누는, 기묘한 화합마저 생겨났어.

이 광경 속에 살인사건과는 또 다른 죄와 광기가 숨어 있지 않을까. 그건 보호색을 가진 것처럼 일상에 녹아들어 있다가 예상치 못한 순간에 드러나. 현장에는 썩는 냄새가 감돌았지. 희생자에게서 나는 냄새가 아니야. 놈의 시신을 둘러싸고 있던 건 '윤리의 주검'이었어.

자, 그 무리 속에 이 글을 읽고 있는 너는 없었을까. 실제로 사건 현장에 있었는지는 상관없어. 너도 같은 행동을 취하는 군상이 아니냐고 묻는 거야. 물론 살인을 저지른 건 나지. 그런데 혹시 넌 그걸 안전한 곳에서 남의 일로 받아들이며 즐기고 있진 않았어?

이게 인간사회야. 난 이 병소가 우려돼. 바이러스는 스스로를 바이러스라고 자각하지 않지. 미친 자는 자신이 미쳤다는 걸 모르는 시점에 이미 광기에 사로잡혀 있어. 누가 제정신이고 누가 미쳤는가. 누가 바이러스고 누가 백신인가.

〈다이요 신문〉의 독자도 나와 잇폰기의 대화를 기대하고 있겠지. 그거야말로 인간의 정체야. 악성 종양이 세상을 은밀하게, 깊숙이 침공하고 있어. 지상에 자리 잡은 바이러스 군체지. 자, 이걸 용납해서 되겠나. 조금이라도 저지하고 심판해서 증식을 막아야 해. 난 '인간이라는 죄'에 계속 벌을 내리겠어.

백신

156

백신의 범행 성명을 받은 후 검색해보자 인터넷 동영상 사이트에 '충격 영상! 연쇄살인범 백신의 살인사건 현장(시청 주의)' 영상이 올라와 있었다. 동영상 자체는 예전부터 올라와 있었던 모양이지만 나중에 '백신이 범행을 저지른 현장'임을 알고 제목을 수정한 듯했다. 조회 수는 5만을 넘었다.

재생해봤다. 스마트폰을 켜든 사람들이 나왔다. 현장을 보존하려는 경찰에게 제지를 당하면서도 몇몇은 스마트폰 화면에 시선을 고정한 채 하얀 이를 드러냈다. 동영상을 올린 사람이 현장을 둘러싼 사람들 사이로 파고들어가 부근의 영상과 음성을 잡았다. "진짜? 나 시체 처음 봤어!" 회사원풍의 젊은 여자가 유명인이라도 보듯이 발돋움을 하고 머리를 좌우로 움직이며 말했다. "으웩", "역겨워", "쩐다" 하고 떠드는 구경꾼들. 동영상에는 백신이 말한 '바이러스 군체'가 고스란히 찍혀 있었다. 윤리 규정에 저촉된 것이리라. 동영상 사이트의 운영진이 나중에 그 동영상을 삭제했다.

8

나와 오쿠마는 두 번째 피해자, 혼고 마사키가 다니던 회사를 방문했다.

혼고가 추락한 지점에는 완전히 씻어내지 못했는지 거무스름한 핏자국이 남아 있었다. 옥상에도 올라가봤지만, 지금도 현장 보존 중인지 출입금지를 알리는 노란색 테이프가 붙어 있어 들어갈 수 없었다. 근처에 제복을 입은 경찰관이 뒷짐을 진 채 서 있었다.

피해자가 다녔던 '사이타마 테크노 서비스'에서는 경찰이 수사 중이라는 이유로 취재를 거부당했다. 하는 수 없이 건물 1층 정문에서 '테크노 서비스'의 사원이 드나들기를 기다렸다. 가까이에 잠복하고 있던 형사가 금세 우리를 불심검문했다. 〈다이요 신문〉의 명함을 내밀자 머쓱한 얼굴로 쓴웃음을 지었다.

정오가 좀 지났다. 넥타이를 맨 남자 두 명이 건물 정문으로 왔다. 형사는 움직이지 않았다. 이 건물에 있는 회사의 사원이었다. 점심을 먹고 사무실로 돌아가는 모양이었다. 그들은 담소를 나누며 '테크노 서비스'의 우편함으로 가서 다이얼을 돌리고 우편물을 꺼냈다. 냉큼 오쿠마와 함께 말을 걸고 〈다이요 신문〉의 명함을 건넸다. 두 사람은 순순히 취재에 응했다.

그들은 혼고가 속해 있던 영업추진부의 후배 사원이었다. 혼고와 셋이서 자주 소개팅을 했다고 한다. 혼고는 '잘생기고 말도 잘해서 여자에게 인기가 많았다'는 모양이다. 트럼프 더미에서 무슨 카드를 뽑았는지 맞히는 카드 마술이 특기로, 여자들의 환성에 휩싸여 '의기양양한 표정'을 짓고는 했다고 한다.

백신의 첫 번째 피해자 무라타와 마찬가지로 역시 여성과 관련된 소문이 끊이지 않았던 듯하다. 키가 작은 젊은 후배 사원이 이야기해줬다.

"혼고 씨는 메신저를 하느라 늘 스마트폰을 붙잡고 살았지만,

정말이지 어디에 여자가 있는지 알 수가 없었어요. 부인은 고등학교 동창생이죠. 둘이 스무 살 때 속도위반으로 결혼을 해서 여덟 살짜리 아들이 하나 있고요. 혼고 씨는 부인이 아직 젊고 예쁜데도 더 이상 여자가 아니라고 투덜대며 이제부터 진정한 연애를 즐길 거라고 했어요. 저한테도 '너무 일찍 결혼하면 후회해. 애는 성가시지, 하고 싶은 일 천지인데 청춘을 홀랑 빼앗긴다니까. 남자는 30대 후반까지 실컷 놀아놔야 해'라고 충고했죠. 하기야 이제는 혼고 씨가 없으니까 찜해둔 여사원이 제게 관심을 좀 보이지 않을까 싶기도 해요. 아, 그렇다고 제가 사건과 관계 있다는 건 아니고요. 저는 사건이 발생했을 때 혼고 씨 부탁으로 자료를 복사하고 있었으니까요."

그가 백신이 혼고를 떨어뜨리기 직전에 스마트폰으로 통화한 후배 사원 모리구치 씨였다.

"통화했을 때 혼고 씨와 마지막으로 어떤 이야기를 하셨나요? 지금 누구랑 함께 있다든가."

"신문에 나온 그대로예요. 백신의 기억력이 참 대단하다 싶었다니까요."

키가 큰 젊은 사원이 입을 열었다.

"우리 사원 중에 범인은 없습니다. 혼고 씨 말고는 전부 사무실이나 회의실에 있었으니까요."

나는 만약을 위해 물어봤다.

"혼고 씨가 여사원과 사귀고 있었을 가능성은 없습니까?"

두 사람은 얼굴을 마주 봤다.

"음, 글쎄요." "그게 혼고 씨의 재주였죠. 아무도 모르게 여자를 후린다니까요." "여자에게 원한을 샀느냐고요? 아, 그럴지도 모르겠네요. 부인을 포함해 버림받은 여자가 수두룩할 테니까."

다음으로 나와 오쿠마는 혼고의 집을 찾아갔다.

가족 구성은 스물아홉 살 된 아내와 여덟 살짜리 외아들. 첫 번째 피해자 무라타처럼 가정환경은 좋지 않은 듯했다. 역시 혼고도 붐류을 저지르고 있었던 걸까.

집은 오토록이 설치된 맨션이었다. 인터폰에 카메라가 달려 있었다. 초인종을 누르자 "네" 하고 부인 같은 여자가 받았다. 거실에 있는 화면에 나와 오쿠마의 모습이 비칠 것이다. 우리는 서둘러 성실한 표정을 지었다.

"신문기자죠? 우리를 그냥 좀 놔둬요."

범인에 대해 짚이는 점이 없느냐고 물어도 부인은 전혀 없다고 쌀쌀맞게 대꾸했다.

"애당초 남편은 출장이니, 야근이니, 회식이니 하면서 집에 거의 들어오지 않았다고요."

부인도 혼고가 여자의 집에서 죽치고 지냈음을 눈치챘던 모양이다.

"아마도 여자를 두고 다른 남자와 싸운 게 아닐까 싶어요. 그러고 보니 이상한 전화가 한 번 왔네요. 네 남편은 바람을 피우고 있다, 내 여자를 건들면 죽는다고 전하라고 했죠. 하지만 전하려 해도 남편이 집에 들어와야 말이죠. 그리고 바람을 피우거나 말거나 내 알 바도 아니었고요."

"사건이 발생하기 전에 남편께 협박 전화가 왔었다고요?" 나는 목소리를 높였다. 화면에 비치지 않는 위치에서 오쿠마에게 메모를 하라고 눈짓을 보냈다. 오쿠마가 인터폰 옆에 숨어서 메모장을 꺼냈다.

"네. 스마트폰 같은 걸로 글씨를 낭독시킨 듯한 남자 목소리였어요. 왜, 그런 음성 기능 있잖아요. 한 글자씩 띄엄띄엄 말해서 억양과 문맥에 위화감이 있는 기계음성."

새로운 정보였다. 부인은 경찰에 이 사실을 말하지 않았다고 한다. 협박 전화는 월요일 오후 4시 반경에 왔다는 모양이다. 오쿠마가 받아 적었다.

이처럼 경찰이 탐문을 끝낸 후에 찾아가서 취재하면 예상치 못한 수확을 올릴 때가 있다. 질문을 받는 쪽도 경찰이 찾아왔을 때는 긴장하는 법이다. 범인과 관련해 짚이는 점을 물어도 금방은 생각나지 않는다. 그러나 시간이 조금 지나면 "그러고 보니……" 하고 떠오르기도 한다.

우리는 경찰이 무슨 질문을 했는지도 물어본다. 사람들은 의외로 잘 알려준다. 그때 경찰이 파악한 용의자의 주변 정보가 툭 튀어나오기도 한다. 형사가 얼굴 사진이나 몽타주를 보여주거나, 아무개와 연락하지 않았느냐는 식으로 물어볼 때도 있다. 한편 혼고의 아내를 찾아온 두 형사는 범인에 관한 정보를 딱히 말하지 않았다고 한다.

협박 전화가 왔었다는 정보는 우리가 경찰에게 전달하겠다고 말했다. 정보가 다른 쪽으로 새어 나가는 것을 막고, 비밀리에 독자적으로 취재하기 위해서다. 전화는 한 번만 왔지만, 기계음성이 협박문을 두 번 반복해서 말했다고 한다. 우리는 혼고의 집을 뒤로했다.

"첫 번째 피해자 무라타 씨에게도 협박 전화가 왔는지 확인해볼까."

"네. 제가 다시 가보겠습니다."

오쿠마가 무라타의 집으로 가고, 나는 세 번째 피해자를 찾아가보려고 했다. 그때 마유즈미 데스크에게 전화가 왔다. 백신에게 보낼 답신을 빨리 쓰라는 재촉이었다. 나는 회사로 돌아가 다음과 같이 썼다.

백신에게,

영국의 시인 에이브러햄 카울리는 '인생은 불치병'이라고 했어. 인간을 바이러스에 비유한 학자도 많고. 사용하는 단어를 보니 당신도 제법 학자 기질이 있는 것 같군.

난 인간이 바이러스라고는 생각지 않아. 다시 물을게. 당신은 왜 사람을 죽이는 거지? 본래 멀쩡한 인간은 이유가 없으면 인간을 죽이지 않아.

난 가족을 만들지 못했어. 사랑하는 사람을 지키지 못했지. 나 자신이 '죄'를 짓고 살아왔어. 지금도 배 속에 유리 조각이 든 것처럼 씻을 수 없는 죄가 나를 괴롭히고 있지.

누구나 마음속 깊은 곳에 죄를 품고 있어. 당신의 고발을 인

162

정할게. 인간의 본질을 꿰뚫어 본 당신의 지적은 독자에게 전해져서 효과를 발휘했을 거야.

하지만 그건 당신 자신에게도 내재돼 있는, 인간의 연약함과 미숙함에 지나지 않아. 그게 살해당할 이유일 수는 없어. 개개인의 죄를 자각하는 것과 당신에게 목숨을 빼앗기는 것, 둘 사이에는 어떤 관계성도 없지.

당신의 살인에는 분명한 이유가 있다고 난 확신해.

당신은 '누구라도 상관없다'고 공언하면서 실로 용의주도하게 살인을 계획하고 있기 때문이야. 당신은 달아나고 있어. 뭘 두려워하는 걸까. 논쟁을 벌이자면서 모호하고 추상적인 말로 얼버무리지. 수다스러운 말 속에 진짜 동기를 숨기려 할 뿐이야. 난 당신 내면에서 인간의 연약함을 봤어.

독자의 오해를 무릅쓰고 말할게. 한편으로 당신의 이야기에서 인간에게 동등하게 움튼 건전한 이성의 싹도 어렴풋이 보였지. 내면의 양심에 등 돌리고 있는 건 당신 자신이 아닐까. 당신은 살인으로 뭘 얻었을까. 잃었을 뿐이야. 이성을 갖춘 까닭에 죄의식에 시달리고 상실감이 더해졌겠지.

만약 당신이 다음에 뭔가 얻는다면, 그건 자신의 죄와 똑바로 마주했을 때일 거야. 당신이 살인을 저지르는 진정한 동기. 그걸 해석하고 선후책을 강구하는 것이야말로 당신도 바라듯이 사회를 각성시키는 계기가 되겠지.

당신의 진짜 죄가 뭔지 말할게.

살인을 거듭한 것만이 아니야. 자식을 버린 것도 아니지. 당

신은 자신에게 주어진 삶의 존엄성을 스스로 버렸어. 인생에 성
실하게 임하지 않고 삶을 함부로 내팽개쳤지. 그것이야말로 가
장 무겁게 '심판받아 마땅한 죄'야.

　자신도 바이러스로 정의한 당신의 죄는 무겁고, 구슬프고, 비
참해.

잇폰기 도루

9

　시오도메의 식당가에 가서 점심을 먹고 본사로 돌아왔다. 출
입구에서 ID카드를 대고 1층에서 엘리베이터를 탔다. 안내데스
크가 있는 2층에서 사람이 우르르 올라탔다.

　게가사와 교수가 들어왔다. 요시무라와 함께였다. 요시무라
가 나를 보고 알은척했다. 사코타 정치부장, 구와하라 과학부장,
오하라 CSR 사업본부장이 뒤를 이었다. 게가사와 교수는 '〈다이
요 신문〉 CSR 독자 대상'의 심사위원이다. 매달 한 번, 두 번째
월요일에 심사가 있으며 다음 날 조간 3사회면에 심사 결과와
게가사와 교수의 강평이 실린다.

　이제 그는 연예인으로 활동하는 교수다. 언론 전체가 그를 그
런 범주에서 허용하고 있다. 엘리베이터 안에서 게가사와 교수
가 입을 열었다.

　"여기 올 때도 주간지 기자 같은 녀석이 따라붙었어. 불륜도

편하지는 않다니까. 이제는 내년도 참의원 선거 출마에도 대비해야지. 가지고 싶은 건 여자보다도 돈이지만. 방송과 책으로 벌어야지. 선거자금이고 불륜 위자료고 장난 아니거든. 여자는 무서워. 자기한테는 나밖에 없다면서 화를 내다가 결국은 돈을 내놓으라고 떽떽거리잖아. 마누라도 다수의 불륜 의혹이 있다는 주간지 기사를 보고 위자료 액수를 올리려나 봐. 하지만 증거는 남기지 않는다는 말씀이지. 그런 실수는 안 해. 아무튼 그런 고로 선거 비용도 없습니다." 게가사와 교수는 그렇게 말하고 소리 높여 웃었다. 사코타 정치부장이 "그야 오사와 대표가 어떻게든 하겠죠" 하고 대꾸했다. 구와하라 과학부장과 오하라 CSR 사업본부장도 동조하듯 웃었다.

게가사와 교수는 불륜 소동으로 NHK 경영위원직에서 물러났지만, 우리 회사에서는 여전히 CSR 사업본부 심사위원이다. '바이오의 빛'이라는 칼럼도 일주일에 한 번 과학면에 연재를 시작했다. 그 외에 바이오 연구와 관련된 뉴스의 해설도 집필해달라고 의뢰했다.

정치부는 게가사와가 내년도 참의원 선거에 입후보하면 인기 때문에 확실히 당선되는 것은 물론, 훗날 민정당 간부까지 올라갈 거라 예측하고 지금부터 가까이 지내려는 속셈이다. 예전에 편집회의에서 논쟁을 벌였을 때도 그런 속내가 보였다. 요시무라도 저명인에게 불륜 소동은 으레 따르는 법이라며 그냥 우스 갯감 정도로 여기고 있으리라.

게가사와 교수가 물었다.

"오늘 독자 대상 심사는 두세 시간 정도면 충분하겠지. 오늘도 바빠서 말이야. 이다음에 방송국 두 곳, 후생노동성이 주최하는 세포과학회 분과회에도 얼굴을 내비쳐야 하거든. 불륜은 그 짬짬이. 어휴, 바쁘다, 바빠."

엘리베이터가 다시 웃음으로 차올랐다. 자신을 깎아내려 웃음을 만드는 부류다. 한 공간에 있으면서 좋은 인상은 받지 못했다.

게가사와 교수의 말에 따르면 주간지에서 백신을 끌어내기 위해 백신과 교수의 지면상 토론을 제안했다고 한다. 출판사 편집자는 교수와 살인귀의 지적이고 위험한 논쟁을 머릿속에 그렸으리라. 얼마 지나지 않아 전철의 천장걸이형 광고판에 주간지의 헤드라인이 큼지막하게 실렸다.

〔생물학 권위자 게가사와 교수가 도전장을 내밀다 / 백신에게 묻는다. 생명이란 무엇인가〕

나와 백신은 기묘한 규칙을 지키고 있었다. 백신은 다른 매체가 꼬드겨도 일절 응하지 않았다. 나도 신문 지면에서 토론하는 형식으로만 대응했다. 트위터나 블로그 등 다른 공간에는 글을 올리지 않고 어디까지나 신문 지면이 우선이었다.

5층 편집국을 거니는데 마유즈미 데스크가 멀리서 외쳤다.

"백신이 또 편지를 보냈어."

우체국 소인은 첫 번째 편지와 똑같은 '신주쿠니시'였다. 바로 받아서 봉투를 뜯었다. 세 번째 피해자, 도내의 운송회사 사원 고바야시 요지로를 살해했을 당시 상황과 '강좌'가 적혀 있었다.

잇폰기 도루에게,

요전의 기사 잘 읽었어. 또 거창한 설교를 해주셔서 고마워. 참 잘나신 양반이라니까. 여론을 이끌고 있는 기분이 들고 막 그래? 까불지 마.

넌 폭력과 살인을 부정하지. 그렇다면 그게 뭔지 정확하게 정의해본 적은 있나? 주먹을 휘두르거나 무기로 사람을 살상하는 행위인가? 안이하군.

나라면 이렇게 정의하겠어.

'약자에게 행사하는 부당한 힘'이라고. 폭력 행위의 주체는 사회, 조직, 전체, 집단, 국가 권력······. 아직 더 있어. 바로 언론이지. 이것들은 극히 주도면밀하고 교활하게 '폭력'으로 보이지 않게끔, 힘없는 대중을 억압해왔지. 절대적인 힘으로. 그것이야말로 인류라는 바이러스가 쌓아 올린 정교하고도 치밀한 사회 시스템이야.

너희들이 저널리즘을 자임한다면 그런 비인간적인 '폭력 구조'를 지적하고 비판해야 마땅하지 않을까. 그건 주먹이나 무기를 내보이지 않고 증거도 남기지 않지. 고발도 당하지 않고 뿌리도 뽑을 수 없어. 참으로 간교하게 생겨먹었다니까.

진정한 '폭력'은 사회적, 구조적인 '약자'에게 행사하는 힘이라고 바꿔 말할 수 있어. 이 '잠재 폭력'은 입증이 불가능해. 왜냐하면 본디 개개인의 내면에 잠재돼 있는 데다 강자야말로 그 차이를 원해서 손에서 놓지 않거든. 이 '내면의 죄'는 폭력을 지성으로 부정하는 엘리트 신문이야말로 잘 알고 있어. 지성 또한 형태를 바꾼 폭력이거든. 인간이라는 바이러스 군체가 눈에 보이지 않는 근원에 자리 잡고 있지.

넌 살인을 부정했어. 애당초 살인이란 뭘까. 내가 저지르는 살인과 국가가 집행하는 사형, 외교 정치와 경제 정책이기조차 한 '전쟁'은 뭐가 다르지? 사람의 생명에 경중이 없듯이 살인에도 아무 차이가 없을 거야. 그런데도 국가에만 '정당한 살인'이 허용되지. 생각해봐. 정치적, 경제적 제도에 의한 대량 살육과 사적인 살인은 어느 쪽이 더 인류에 어긋날까. 전자가 인류 역사에 길이 남을 대죄일걸.

폭력과 살인을 부정한다면 그 대죄를 묵과해온 너희 미디어야말로 중대한 범죄자야. 국가의 횡포를 추궁하는 것이 너희 역할 아니었나. 거대 미디어의 꼬락서니하고는. 그 배경에는 〈다이요 신문〉의 경영 악화가 얽혀 있지. 그래서 권력과 인터넷 여론에 영합하는 거고. 불륜 교수에 관한 기사가 1면이라니. 지면에서 '저널리즘이 썩는 냄새'가 풍겨.

자, 많이 기다렸지. 본론으로 들어갈게. '살인 철학 강좌'야.

세 번째 희생자다. 아침에 많은 인파 속에서 발생한 살인사건이지. 이 상황이 바로 '누구라도 상관없었다'는 증거야.

범행 현장은 출근 전쟁이 시작된 JR게이요 선 핫초보리 역. 사람으로 가득한 전철에서 양복 차림의 남자가 등을 찔렸어. CCTV 카메라의 사각지대였어. 이 범행이 제일 스릴 넘쳤지. 가슴이 두근거렸다니까. 철학자 니체가 '이 세상에서 가장 큰 만족과 기쁨을 얻는 비결은 위험하게 사는 것이다'라고 했던가.

난 신키바 역 플랫폼에서 도쿄 역으로 향하는 전철을 기다리는 수많은 사람들의 제일 뒤에 섰어. 누굴 쩌를지 물색했지. 접은 신문을 들고 주식란을 읽는 남자가 보이더군. 이번에는 그녀석으로 정했어. 별다른 이유는 없었어. 그냥 노리기 쉬울 것 같더라고. 8량으로 편성된 무사시노 선 직통 전철이 도착했어. 혼잡한 시간대야. 문이 열리자 사람들 틈에 끼여 탔지. 몸도 제대로 못 움직일 지경이더군.

핫초보리 역에 도착했어. 내리는 사람, 안 내리는 사람 가릴 것 없이 우르르 밀려 나갔지. 그 순간 난 손가방에서 식칼을 꺼내 남자의 등을 쩔렀어. 갈비뼈 사이로 들어가도록 식칼을 옆으로 돌려서. 날이 살을 파고들며 상당히 깊이 박혔지. 한 번이면 족했어. 내장을 꿰뚫었을 거야. 살을 끊어내는 감촉이 손에 묵직하게 남더군. 칼날 길이는 15센티미터. 시신 부검 결과와 일치할 거야. 식칼은 바로 손가방에 넣었어. 몇 번이나 연습해서 익숙한 동작이었지.

그 후에 난 재빨리 플랫폼에 있는 사람들 물결 속에 섞여들어 전철 문이 닫힐 때까지 남자의 상태를 살폈어. 남자는 무너지듯 전철 옆에 쓰러졌지. "문이 닫힙니다"라는 안내방송이 울려 퍼졌어. 승객 두세 명이 쓰러진 남자를 거들떠보지도 않고 전철에 몸을 욱여넣더군.

눈앞에서 사람이 쓰러졌는네 아무도 도우려 하지 않았어. 전철에 타는 사람, 플랫폼에서 출구로 향하는 사람. 사람들의 흐름이 부딪치고 엇갈리며 계속 움직였지. 멀리 떨어진 역무원은 아직 알아차리지 못했고.

　문이 닫히고 전철이 출발하자 남자가 한 명 쓰러져 있는 기이한 광경이 펼쳐졌지. 드디어 역무원이 알아차리고 달려왔어. 역 구내에 안내방송이 흘러나왔어. 플랫폼은 다음 전철을 기다리는 사람들로 북적거리기 시작했어.

　"업무방송입니다. 업무방송입니다. 부상자가 발생했습니다. 구급팀이 지금 2번 플랫폼으로 향하고 있습니다. 2번 플랫폼 승객 정리 부탁드립니다."

　자, 이때 현장에 있던 사람들 중 몇 명이나 쓰러진 남자를 돌봐주려 했을까.

　전에도 언급했었어. 범죄 당사자로서 현장에 있으면 인간의 본질이 엿보인다고. 인간은 매일 연기를 하고 있지. 누구나 경험해봤을 거야. 불편한 상대나 장면과 맞닥뜨리면 손에 든 스마트폰을 내려다보지. 참 흔한 광경이야. 다들 타고난 연기자라니까.

　그때 모두가 모르는 척했어. 자발적 무관심이야. 연관되면 책임이 생기니까 순식간에 손해와 이득을 계산한 거지. 둔감한 게 아니라 둔감한 척하는 거야. 참 잽싸다니까. 이게 바로 인간의 행동 본능일까.

　그럼 묻겠어. 이 기사를 읽고 있는 넌 어떻게 행동하겠어? 아침에 바삐 출근하는데 역에서 피투성이가 된 사람을 봤어. 마침 전철이 왔지. 오늘은 중요한 회의가 있고 거래처와 약속도 잡아놓았어. 쓰러진 사람은 모르는 사람이야. 너한테는 아무 책임도 없어. 역무원이 할 일이야. 누군가는 돕겠지. 그럼 어떻게 하겠어?

못 본 척한다. 이게 정답이야. 변명으로 스스로를 정당화하는 거지. 이 얼마나 성실하고 올바른 처세법이람. 소속된 조직, 집단, 전체가 더 중요하거든. 불필요한 관계는 철저하게 피해버리는 합리주의, 떠넘기기, 무사안일주의. 무관심은 의지의 부재가 아니야. 그러기로 확고부동하게 결심한 시점에서 엄연한 '주장'이지.

이건 현장에서 발생한 또 하나의 사건이야. 자, 살인을 저지른 장본인인 나와, 조직에 충성을 다하고자 보고도 못 본 척한 그들은 도덕적으로 얼마나 차이가 날까. 조직과 전체를 성실하게 떠받들려는 마음이 때로 윤리와 인륜을 넘어서지. 그게 어느덧 죄나 광기로 이어지지 않을까. 거기에 꺼림칙한 병리는 없을까.

그날 아침, 처참한 살인사건이 발생한 현장은 '평온한 일상'의 가면을 썼어. 얼음같이 차가운 계산 아래. 모두가 북새통을 틈타 전철을 타고 사라졌어.

즉, 어차피 남의 일인 거야. 그래서 온갖 불상사가 발생하는 거지. 부실공사, 기업의 분식 결산, 자동차 부품의 결함과 검사 데이터 날조, 폐기식품 불법 유통……. 인간은 가면을 쓴 참으로 교활한 동물이야. 코끼리 같은 고등동물도 이익에 따라 집단 행동을 취해. 인간은 어떨까. 양복 차림의 군체는 일제히 같은 방향으로 달아났어. 모두가 개인의 '양심'을 죽인 채 살아가고 있지.

지금 이 글을 읽은 독자는 웃겠지. 살인귀 주제에 입만 살았다면서. 알았어. 그럼 다음번엔 널 죽이러 갈게. 난 네 뒤에 있을 거야. 너 스스로 확인해봐. 죽어가고 있건만 아무도 도와주지 않을걸. 생명이 끊기기 직전에 환영처럼 인간의 정체를 보겠지. 무수히 많은 바이러스 군체가 지나갈 거야.

'아무것도 하지 않는' 폭력. 저널리즘에는 그 깊은 죄가 보일까. 이 실태를 파악하고 분석할 시력이 있을까. 눈에 띄지 않고 심판할 수 없는 '죄악'이 있어. 잇폰기가 뭐라고 떠들었더라. 그 하찮은 '폭력'과 '살인'의 정의야말로 실소를 자아내. 네 고매하신 반론을 기다릴게.

백신

10

백신이 보낸 세 번째 편지도 조간 1면에 게재됐다. 폭력에 대한 혐오감. 국가 시스템이 행하는 살인. 제대로 된 논점이기는 했다. 하지만 '이유 없는 살인'에 대해서는 여전히 모호한 궤변으로 일관했다. 논쟁을 하려 해도 서로 이야기가 맞물리지 않았다. 오히려 진정한 동기를 숨기려 하는 것처럼 보였다.

수사도 취재도 '현장 백 번'이다. 발로 정보로 모은다는 기본은 똑같다. 힌트는 분명 현장에 있다. 나와 오쿠마는 이어서 세 번째 피해자 고바야시의 주변을 찾아다녔다.

이 사건은 너무나 대담했다. 현장은 출근 전쟁 시간대의 역구내. 전철이 도착했을 때 칼로 찔러 죽였다고 했다. 백신의 범행치고는 확실히 조심성이 없었다. 역구내에는 CCTV 카메라가 많이 설치돼 있다. 범행 현장이 사각이었다고 해도, 다른 카메라의 기록으로 '앞발'과 '뒷발'이라고 부르는 범인의 범행 전후 행동을 알 수 있다. 영상은 경찰청 과학경찰연구소와 경시청 과학수사연구소에서 분석하는 중이다. 사건이 발생하기 전후에 현장 부근을 지나간 사람을 모두 확인하고 있을 것이다.

우리는 고바야시가 살해된 현장을 확인했다. JR게이요 신키바 역에서 핫초보리 역까지 매일 아침 지옥철을 타고 회사에 다녔다고 했다. 경시청 철도경찰대를 취재한 결과 고바야시는 신키바 역에서 세 번째 차량의 네 번째 문으로 탑승했고, 핫초보리 역에 도착할 때까지 거의 동일한 위치에 있었던 모양이다. 백신은 그의 뒤에 바짝 붙어 선 채 손가방에서 식칼을 꺼냈고, 핫초보리 역에서 문이 열리고 승객이 일제히 내릴 때 등을 찌른 것으로 추정되었다.

오쿠마와 함께 같은 시간, 같은 차량에 타봤다. 확실히 옴짝달싹도 할 수 없었다. 역에 도착할 때까지 생판 모르는 남과 딱 붙어 있어야 했다. 오쿠마는 웬 남자의 화장품 냄새가 몸에 배어서 콱 죽여버리고 싶었다고 했지만, 그 남자에게도 오쿠마의 체취가 배었으리라.

이 상태라면 문이 열린 순간에 찔러도 범행 자체는 탄로 나지 않을지도 모르겠다. 문이 열리면 사람들이 우르르 몰려나간다.

내린 승객은 일제히 올라가는 에스컬레이터로 뛰어간다.

우리는 사건이 발생한 시간에 맞춰 현장인 핫초보리 역 2번선 플랫폼, 세 번째 차량이 정차하는 부근에서 탐문을 했다. 경찰이 정보 제공을 요청하는 간판을 세워놓았다. 오쿠마가 에스컬레이터를 타려고 길게 줄을 선 사람들에게 "사건 당시 상황을 아시는 분 안 계세요?" 하고 물어봤지만 모두 시선을 돌렸다. 표정에는 미동도 없었다.

백신이 말한 대로일지도 모른다. 그들이 '못 본 척' 한 사람들일까. 다음 전철을 기다리는 사람이 이미 플랫폼에 줄을 서 있었다. 둘이서 물어보며 돌아다녔지만 역시 대다수가 스마트폰을 내려다볼 뿐이었다. 연관되면 손해를 본다고 확신하는 얼굴이었다. 물론 너무 바빠서 다른 일에 신경 쓸 겨를이 없는 사람도 있었으리라. 현장 상황은 확인했지만 수확은 그뿐이었다.

그 후 핫초보리 역 근처, 고바야시가 일했던 운송회사를 방문했다. 그는 영업주임이었다. 그러나 영업소장은 경찰이 수사 중이니 취재는 거절하겠다고 했다. 헛걸음했다고 한탄만 해서는 취재를 못 한다. 바로 마음을 가다듬고 고토 구 다쓰미 2번지에 있는 고바야시의 집으로 향했다.

고바야시네 집은 신키바 역에서 걸어서 20분 거리에 있는 연립주택 3층이었다. 초인종을 누르자 중년 여자가 문을 열었다. 고바야시의 아내라고 했다.

"언론사분이시죠? 경찰에 전부 말했어요."

이 사람도 제일 먼저 의심받은 것이리라. 즉시 부정부터 했다.

"저나 딸은 범인이 아니에요. 사건과는 아무 상관도 없어요."

집 안에서 인기 남자 아이돌 그룹의 노래가 들렸다. 딸은 중학생이라고 했다. 평일인데 학교는 어쩠을까. 부인이 문을 닫으려 했다. 고바야시가 어떤 인물이었는지 재빨리 알아내야 한다. 이제 한마디 들을 수 있을까 말까.

"돌아가신 남편분의 인품을 알 수 있을 법한, 훈훈한 일화가 있다면……."

"그따위 인간한테 그런 게 있겠어요?" 문이 닫혔다. 덜컥, 덜컥, 하고 자물쇠 두 개가 잠겼다. 협박 전화에 대해서는 묻지 못했다.

시간이 좀 흐른 후 오쿠마가 목소리를 바꿔 스마트폰으로 전화를 걸었다.

술자리에서 오쿠마가 보여주곤 했던 개인기였다. 검지 옆면을 목울대에 대고 '기계음성' 같은 목소리를 내는 것이다. 말을 부자연스러운 부분에서 끊고, 억양을 없애 아주 딱딱하게 말하는 것이 비결이라고 했다.

"네. 고바야시입니다." 부인이 받았다.

"부인. 남편, 에게 주의, 를주지 않아서 죽였어."

"아." 한순간 부인의 말문이 막혔다.

"당신, 한테 주의줬는데. 이제 늦었어. 뉴스, 를봤나. 죽였어."

"잠깐만요. 요전에 전화하신 분이군요. 당신이 범인이죠? 내가 의심을 받아서 골치가 아파요. 목적이 뭐죠?"

그걸로 충분했다. 오쿠마는 전화를 끊었다. 역시 여기에도 같은 협박 전화가 왔었다.

11

나는 5층 편집국에서 컴퓨터 앞에 앉아 백신에게 반론할 글을 준비하는 중이었다. 마유즈미 데스크가 "잇폰기, 잠깐 나 좀 보자" 하고 야마하나 오피니언부장을 데려왔다. 오피니언면에 백신 사건과 관련해 대규모 특집을 꾸미는 모양이었다. 야마하나 부장은 알찬 토론을 싣고 싶다고 했다. 요전번에도 지면에서 백신에게 보내는 '한마디'를 모집했다. 이쯤에서 일반 대중의 목소리를 듣고, 지식인의 담화도 실어보자고 제안했다.

그래서 내가 백신에게 보내는 답장은 분량을 줄이기로 했다. 1면에는 백신에게 보내는 메시지를, 사회면에 '거리의 목소리'와 '지식인의 분석'을 싣고, 마주 보는 오피니언면 두 페이지에는 '쾌도난마, 백신의 말, 말, 말'이라는 제목의 특집을 꾸미기로 했다. 1면 오른쪽 아래의 색인란에는 'VS 백신' 마크를 작게 곁들였고, 눈에 잘 띄도록 관련 기사 항목을 괘선으로 둘러쳤다. 1면에는 다음과 같은 반론을 실었다.

백신에게,
지난번 당신 편지에서 사적인 살인을 국가가 행하는 살인과

176

비교해서 설명한 부분 말인데, 언변은 뛰어났어. 하지만 단순비교로 '그러니 개인적인 살인죄가 더 가볍다'고 주장하는 건 이치에 어긋나. 당신도 그런 치졸한 논법을 사용한 걸 후회했을 거야.

당신은 '이유 없는 살인'에 대해 여전히 모호한 설명으로 일관하고 있어. 한편으로 당신은 대중들이 행동하는 원리의 측면을 날카롭게 지적했지. '측면'이라고 한 건 인간에게는 그렇지 않은 면도 많기 때문이야.

오늘 지면에서는 다른 각도에서 당신에게 묻고 싶어. 이 흉악한 연쇄살인사건에 대한 대중과 지식인의 반응을 실어봤어. 내 '고매한' 논평 말고 수많은 분들의 목소리에 귀를 기울여줘. 당신이 말한 '바이러스 군체'와는 달리 양식 있는 사람도 많다는 걸 알 수 있겠지. 오늘 당신에게 보내는 반론은 지면을 대폭 확충했어. 이걸 계기로 경직된 토론이 발전적인 방향으로 나아가리라고 믿어. 지면 내용에 대한 감상을 기다릴게.

잇폰기 도루

1면에 이 글을 실었고, 1사회면의 '거리의 목소리'는 전국의 총국에 협력을 요청해 거리에서 모은 시민들의 한마디로 구성했다. "당신은 남을 사랑해본 적 없어?", "살인에 철학이 어디 있나", "당신 자신도 바이러스라면 당신은 어떻게 할 건데?" 등등. 내게 보내는 격려도 있었다. "어떻게든 다음 살인을 막아요", "이론으로 박살 내" 등등.

2사회면의 '지식인 분석'에는 고세이 대학교 사회심리학 교수
의 논고를 실었다.

　범인은 자신의 정체성에 집착하고 있다. 자기현시욕이 강해
극장형 범죄를 즐기는 유형이다. 범죄를 즐기면서 메시지 발
신자라는 위치에 연연한다. 말투와 문장을 보건대 40대 이상
의 지식인 계층으로, 인터넷 사회를 혐오하며 신문의 권위를 믿
는 세대라고 추정된다. 국가와 자본주의를 회의하는 등 전공투*
세대의 사상을 간직한 고령층일 가능성도 있다.

오피니언면의 '쾌도난마, 백신의 말, 말, 말'에서는 '이의·지론
/ 멋대로 토크' 코너를 마련해 백신의 '인간=바이러스론'에 대한
찬성과 반대 글을 게재했다. 평론가와 연예인 등이 등장했다.
　찬성파는 "지금 정치가 어떻게 돌아가는지 봐라. 무작정 권력
에 따르는 인간의 바이러스 같은 성질이 엿보인다", "백신이 인
간을 바이러스에 비유한 건 시대의 명령이다", "백신은 살인범이
라고는 하나 상당한 지식계층일 것이다. 그의 발언은 인간에 대
한 관찰력이 뛰어나며 철학적인 암시로 가득하다", "출근 시간에
희생자를 보면 나는 어떻게 할까. 솔직히 망설일지도 모른다" 등
의 의견이 게재됐다.

---

*전학공투회의의 줄임말. 1960년대 후반에 결성된 대학생 운동권 단체들의 연합
조직.

반대파는 "토론의 논점을 흐리는 살인귀의 어리석음이 드러난다", "모습을 감춘 채 사람을 비웃는 그야말로 진짜 바이러스다", "인간을 증오하는 백신은 누구에게도 사랑받아본 적이 없지 않을까" 외에 "이렇게 신문에 실리는 것에 백신이 맛 들이면 또 살인을 저지를 것이다", "〈다이요 신문〉이 자진해서 백신을 치켜세우고 있다"라는 쓴소리도 있었다.

이 대대적인 지면 구성에 백신이 금방 반응했다. 이틀 후에 다음 편지가 배달됐다. 이번 우체국 소인은 '다카다노바바'였다. 글에서 분노가 배어났다.

잇폰기 도루에게,

날 깔보지 마. 스스로 대답하기를 포기하고 대중의 목소리를 들으라고? 논쟁을 포기하지 말라고 설교한 건 너잖아. 오피니언면은 정말 어처구니가 없더군. 내게 반론하는 건 당연해. 그런데 흉악한 연쇄살인범의 주장에 대해서도 찬성과 반대 의견을 모두 같이 싣는 거야? 신문의 특기인 '균형 감각', '중립주의', '편향 보도 탈피'인가. 왜 그래? 살인범을 용서하지 마. '절대 악'은 확실하게 단죄하란 말이야. 부당한 폭력을 규탄하는 데 중립적이고 공평한 의견은 필요하지 않다고. 균형은 진실의 적이야. '흉악범'에게 지적받다니 부끄러운 줄 알라고. 실속과 현장감을 중시한 건가. 적을 만들고 싶지 않은 거야? 너희들의 상상속에는 질렸어.

하기야 세상에서 '악'이 사라지면 저널리즘은 필요 없겠지.

장사를 접어야 할 거야. 돈벌이에 빼놓을 수 없는 게 '악'의 존재거든. 너희는 온갖 방법을 동원해서 살인범의 말조차 상품으로 만들어. 인터넷 전성시대야. 미디어는 선택받고 그렇지 못하면 도태되지. 너희는 한쪽 의견만 옹호하는 '편협한 미디어'라는 낙인이 찍힐까 봐 두려운 거야. 미디어 환경은 저널리즘까지 변질시켰어. 권력 비판을 피하고 모조리 대중에 영합하는 방향으로 기울었지.

오피니언리더 행세를 하고 싶으면 마지막 양심은 지켜. 살인이야말로 '절대 악'이야. 따지고 자실 것도 없어. 내 모든 주장을 부정해.

너희 신문 지면은 한정된 공간에서 세상을 요리해 호화롭게 담아내는 편의점 도시락이야. 독자들이 입맛을 다시도록 뉴스를 조리하지. 사실의 단편을 긁어모으고, '지성'을 과시하듯 현란한 글솜씨를 첨가해서 맛을 내. 맛있어 보이도록 꾸미려는 속셈이 뚜껑 밖에서도 훤히 보여.

도시락 제작은 다른 회사와의 차별화, 즉 경쟁이기도 해. 때로는 사실에 과도한 양념을 할 필요도 있겠지. 하지만 신문이 대중에게 논점을 제시해 언론활동을 이끌어나갈 수도 있는 거 아닌가? 살인범인 내가 훈계를 하게 될 줄이야. 웃기기 짝이 없어.

진정한 사회악은 사회의 목탁이어야 하지만 비즈니스에 혼을 빼앗긴 너희들 아닐까. 절대 악과 절대적인 폭력을 허용하지 마. 그게 신문의 역할이야.

뭐, 됐어. 나도 너희를 이용하고 있으니까. 상부상조하자고. 너희도 독자도 슬슬 다음 살인이 일어나길 기다리고 있잖아.

백신

　백신의 지적 중 일부는 정곡을 찔렀다. 하지만 오해도 있었다. 오피니언면에서는 살인 자체에 대해 찬성과 반대를 물은 것이 아니었다. 독자가 이대로 백신의 말에 수긍해서는 곤란했다. 다만 지면의 구성과 형식에서 오해를 낳을 수도 있겠다고 반성할 만한 측면도 있었다. 당장 다음 반론을 실었다.

　백신에게,

　당신은 절대 악인 살인귀의 주장을 모조리 부정하라고 했어. 그런 한편으로 당신의 '인간＝바이러스론'에는 대중에게 상실돼가는 인간성의 회복을 촉구하는 대목도 있어서 약간의 진리를 본 기분이었지. 살인사건 현장에서 오히려 윤리성이 결여된다는 것 또한 재조명했잖아. 당신 자신도 공감을 얻으리라 확신하고 쓴 거 아니었나.

　다시 한 번 독자의 오해를 무릅쓰고 말할게. 살인 행위는 '절대 악'이지만 나는 살인범의 주장이라고 무작정 부정하지는 않아. 의문을 제기해 논쟁할 가치가 있는 시각을 제시한다면 신문은 도론할 자리를 마련할 거야. 발언자의 출신이나 경력을 먼저 따져서 주장을 배제한다면, 오히려 자유로운 언론 공간이라고 할 수 없겠지. 당신이라면 이해할 거야. 물론 신문이 정의만 말한다고는 하지 않겠어. 나는 신문의 '깊은 포용력'을 알리고 싶을 뿐이야.

내가 당신에게 새로이 궁금해진 건 '거리의 목소리'에 실린 "당신은 남을 사랑해본 적 없어?"라는 질문의 답이야. 당신은 예전에 "아들이 태어나고 얼마 지나지 않아 처자식을 버렸어"라고 고백했지. 아들에게 "삶이라는 고통을 줬다"라고 후회했어. 그건 당신 자신이 안아 든 생명을 한 번은 아꼈다는 증거 아닐까. 사랑하려다가 그만둔 것을 단 한 번이나마 뉘우쳤기 때문에 나온 반응 아니었을까. 그 죄악감의 원천은 생명에 품은 외경심과 사랑이었을 거야.

난 '절대 악'이 존재하는지 의심스러워. '범죄 보도·가족 시리즈'에서도 언급했듯이 사람은 선과 악이 모호한 영역에 있다고 확신해. 약하고 미성숙한 선이 어느새 악으로 변모하지. 당신은 어때? 당신이 두 번째 희생자를 묘사할 때 사용한 표현을 빌리자면 '꽃병처럼' 깨지기 쉬운 인간의 연약함을 기록하지 않는 한, 역사를 진실의 교과서로는 삼을 수 없어.

오피니언면은 당신의 내면에도 존재할 인간성에 희망을 걸고, 흉악 범죄를 저지할 실마리를 찾을 수 있으리라 믿고서 그렇게 구성한 거야. 그렇지 않다면 당신과 이렇게 이야기를 나누는 의미도 없겠지. 지루한 탁상공론도, 개념 놀이도 불필요해. 다시 물을게. 일찍이 사랑한 사람이나 믿었던 말은 없나? 들려줬으면 해.

살인범인 당신의 글에서는 차분한 지성과 희미한 윤리가 보여. 정신을 통제하는 의지마저 느껴지지. 바로 그래서 의문이야. 당신에게 희생자는 정말로 '누구라도' 상관없었을까. '누군가'여야 했을 거야. 나는 당신 내면에 있는 참된 당신과 마주하고 싶어. 당신과 사람을 '죽일 수 없는' 쪽의 이유를 토론하고 싶어. 그 이유에 다다를 때까지 몇 번이고 계속 물을 거야.

잇폰기 도루

12

이 무렵부터다.

회사에서 나와 마유즈미 데스크에게 아는 척을 하는 사람이 늘어났다. 미증유의 극장형 범죄에 회사가 들떴다. 편집, 광고, 판매, 디지털⋯⋯. 15층(경영진)도 마찬가지였다. 모두 활기차게 움직였다. 신문이 팔리고, 광고가 들어왔다. 신문 비즈니스가 궤도에 올랐다. 백신의 성명문은 〈다이요 신문〉의 독점 수기였다. 틀림없이 독자들의 관심을 끌었다.

수도권의 〈다이요 신문〉 판매점에서는 '〈다이요 신문〉 VS 백신'이라는 제목으로 해당 기사를 모은 홍보책자를 판매에 사용하기 시작했다. 구독 신청용 무료 전화도 게재해서 도내 맨션들의 우편함에 넣었다. 이걸 보고 다른 신문을 구독하다가 〈다이요 신문〉으로 바꾸는 가정도 많았다. 물론 살해 현장 부근과 유족이 사는 지역은 피했다.

저널리즘을 표방하는 신문사의 경영 철학은 무엇일까. 내 가슴속에는 내내 찜찜함이 맺혀 있었다. 회사 사람들의 관심사는 오로지 백신의 범행 성명이 언제 배달되고 내 반론이 언제 실리느냐였다. 백신이 지정한 규칙에 따르자면 범행 성명은 배달된 다음 날 지면에 게재하고, 이틀 이내에 지면을 통해 내가 반론해야 한다. 필연적으로 이 타이밍이 광고로 장사를 할 기회였다.

8층 사원 식당에서 우동을 먹고 있을 때 스마트폰이 울렸다. 상대의 내선번호가 떴다. 지금까지 한 번도 통화해본 적 없는 사원이었다. 전화를 받자 쨍쨍거리는 높은 목소리가 귀를 때렸다.

"잇폰기? 광고국의 세리자와야."

세리자와……? 누군지 짐작이 가지 않았다.

"왜, 사내 부국 간 비즈니스 간담회 때 함께했던 동기 세리자와, 모르겠어?"

생각났다. 예전에 회의에서 한 번 동석한 광고국 동기로, 뿔테 안경을 쓴 뚱뚱한 남자다. 하지만 그와 대화를 나눈 적은 거의 없었다.

"지금 잠깐 통화 괜찮을까."

사내 회의실인지 뒤에서 말소리가 들렸다. 친근한 말투는 주변 사람들에게 들으라고 그러는 걸까. 상사가 떠보라고 지시라도 한 거겠지.

"잇폰기, 미안한데 오늘 백신에게 편지는 왔어?"

"그건 말 못 해."

"어, 내일 지면에 실릴지 말지 정도면 되는데. 응? 잇폰기, 부탁 좀 하자. 살짝 귀띔해주면 안 될까."

"웃기고 있네." 나는 바로 전화를 끊었다.

범행 성명이 실리는 날과 그다음 날쯤이 고객에게 광고 지면이 잘 팔린다. 중개하는 대형 광고대행사 '덴호도'의 영업사원이 우리 광고국에 정보를 달라고 청탁한 모양이었다. 신문 광고에는 게재일이 지정되지 않아 출고에 여유가 있는 것도 있다. 광고 단수의 크기만 맞으면 융통성 있게 교체도 가능하다. 그런 부분을 교묘하게 조정해서 조금이라도 비싼 값에 지면을 팔겠다는 것이겠지.

"괘씸한⋯⋯." 그런 말이 절로 나왔다. 비슷한 문의를 받은 마유즈미 데스크도 의문을 느꼈다. 하지만 신문 비즈니스는 우리의 마음과는 다른 차원에서 단숨에 내달리고 있었다.

아침에 맨션 우편함에서 〈다이요 신문〉을 꺼냈다. 나는 신문 1면 오른쪽 아랫부분의 색인란을 보고 두 눈을 의심했다.

'토론 / 백신 VS 잇폰기 기자의 전문을 〈다이요 신문〉 디지털판에서 보실 수 있습니다. 인터넷 주소는⋯⋯'이라는 고지문이 작은 박스 안에 실려 있었다. 인터넷 주소로 들어가면 나오는 곳은 〈다이요 신문〉 디지털판의 '유료 회원 페이지'였다.

이러면 안 되는 것 아닌가. 살인사건을 비즈니스에 이용하고 있었다. 나와 마유즈미 데스크에게는 사전에 아무 설명도 없었다. 본사에 도착하자마자 편집부 데스크에게 따졌다. 편집국장실의 지시로 강판 직전에 실었다고 했다. 나와 마유즈미 데스크는 '어항'이라 불리는 편집국장실로 향했다. 5미터 앞에서 투명 아크릴판 문 너머로 "어떻게 된 겁니까!" 하고 고함을 질렀다.

'어항' 안에서 우리를 알아차린 나가미네 편집국장이 인상을 찌푸리며 가죽의자에서 일어섰다. 달래듯이 한 손을 들고 "알아" 하고 말했다. 우리는 문을 밀고 들어갔다. 나가미네 국장이 먼저 입을 열었다.

"디지털판으로 유도한 것 때문이지?"

"왜 이런 걸 허락하신 겁니까?" 내가 따지고 들었다.

"독자의 요청이 있었어. 각 언론도 그렇고. 지금까지는 대화를 나눈 날짜도 기사 위치도 제각각이지만, 디지털로 깔끔하게 정리해두면 읽기 편하잖아. 유료 페이지이긴 하지만 다른 기사 콘텐츠도 전부 볼 수 있어."

그 외에도 지금까지 이해할 수 없는 일이 있었다. 백신의 성명문이 실린 1면 아래 좌우측의 '돌출 광고'*와 관련 기사가 실린 사회면의 아래쪽 3분의 1을 차지하는 광고란에 출판사의 추리소설 라인업과 장난감 회사의 탐정 관련 애플리케이션, 격투 게임 광고가 실려 있었다.

"언론기관이 살인사건으로 장사를 하다니요. 백신은 그걸 꿰뚫어보고 있습니다."

마유즈미 데스크도 따끔하게 말했다.

"잇폰기 말이 맞습니다. 게다가 디지털로 유도하는 문구가 1면

---

*기사란에 실리는 광고.

색인란에 담긴 초고를 저희에게 보여주지 않고 강판하셨더군요."

나가미네 국장이 머쓱한 표정을 지었다.

그것도 마침 디지털 유료회원 확대 캠페인이 한창인 때였다. 게다가 디지털판에 생긴 '사회에 제안하다' 코너에는 '백신에게 보내는 편지' 항목도 신설됐다.

디지털 유료회원이 되면 100자 이내로 발언을 올릴 수 있었다. '사회에 제안하다' 코너는 즉시 인기를 끌었다. 범위를 크게 잡아 '백신에게 보내는 편지'를 포함시킨 것이 주효했다. 다른 항목으로 '연금 문제에 고하다', '파견사원의 한마디', '육아남에게 보내는 편지' 등등이 있었다.

즉, 이 코너는 어디까지나 사회 전반의 문제에 의견을 게재하는 공간이고, 주요 항목 중에 '백신에게 보내는 편지'가 있는 것이었다. 그러나 '백신에게 보내는 편지' 항목에만 게시글이 넘쳐났다. 이 페이지에는 광고가 오른쪽에 세로로, 화면을 밑으로 내려야 다 보일 정도로 빽빽하게 달려 있었다. 표면적으로는 '독자 참가'를 앞세우지만, 명백하게 백신 소동을 비즈니스에 이용하고 있었다.

"이사회의 판단입니까?"

나가미네 국장이 난처해하던 얼굴을 살짝 풀고 1센티미터쯤 고개를 끄덕였다.

"진부 편집 담당인 요시무라 이사님의 요청이야. 디지털 담당, 광고 담당, 판매 담당도 얽혀 있어."

편집국은 경영진의 영향력을 받지 않는 독립 부서다. 다만 '경영을 좌우하는 위기관리 안건'에는 예외적으로 이사회가 판단에 개입한다. 'VS 백신' 보도와 관련해서도 우리 회사의 기본자세, 보도의 영향, 앞으로의 편집 방침에 대해 이사회에서 토론을 되풀이하고 있다고 들었다.

하지만 흉악범과 대화를 나누는 문제와 회사 경영의 재정비 전략을 합쳐서 '위기관리 안건'으로 묶어버리는 건 이상하지 않은가. 확실히 신문은 '단일 상품'이고 판매와 광고가 수입의 80~90퍼센트를 차지한다. 지면을 어떻게 만드느냐에 따라 경영 기반이 크게 흔들릴지도 모른다. 많은 부문에 영향을 주면 '위기관리 안건'이라는 건가. 하물며 창업 이래 최대의 경영 위기다. 그 결과 나와 백신이 나누는 대화의 교정지도 전부 이사진이 열람한다고 한다.

그렇다고 해서 살인범과 대화하는 지면에 광고가 높은 가격으로 달려도 되는 건가. 이것이야말로 들키면 부끄러워해야 할 사내정보 아닐까. 살인사건과 결부시켜 판매부수와 광고 수입 증가를 검토하는 '위기관리'가 어디 있단 말인가. 자신들의 사정에 맞춰 말을 달리 해석한다. 이렇듯 사내에서는 '위기관리'를 특례로 해석하는 분위기가 형성됐다.

요시무라에게 전화했다.

"잇폰기입니다. 잠깐 시간 있으세요?"

"아, 마침 잘됐군. 백신의 편지, 오늘은 왔나?"

"아니요, 아직인데요."

"오면 알려줘. 원고를 확인해야 하니까."

회의 중일까. 바쁜 모양이다.

"지금 정신없이 바쁘니까 시간이 생기면 내가 전화할게. 요즘은 밥 먹을 틈도 없다니까." 요시무라가 전화를 끊었다.

이번에는 사회부 선배이자, 현재 출판 담당 이사인 아카기가 다가와서 내 맞은편 의자를 끌어당겨 앉았다. 그리고 얼굴을 가까이 대고 농담처럼 속삭였다.

"잇폰기, 백신과 대화를…… 언제까지 할 수 있을 것 같아? 기왕이면 책으로 낼 수 있을 만큼 끌 수 없으려나."

13

이 일로 편집국에서도 갈등이 생겨났다.

백신의 범인 성명을 이대로 계속 기사화해도 되느냐는 것이었다. 살인사건이 또 일어날지도 모르는 타이밍이기도 했다.

급히 출고부서의 '특별 부장회의'가 소집됐다. 호출한 사람은 요시무라였다. 〈다이요 신문〉은 살인사건으로 장사를 하고 있다'는 주간지와 독자의 비판에 대해 의견을 듣고 싶다고 했다. 요시무라는 나와 마유즈미 데스크를 옵서버로 참석시켜줬다.

요시무라와 나가미네 편집국장이 지켜보는 가운데 구보하라 편집국장 보좌의 사회로 회의가 시작됐다. 결과적으로 범행 성명문 게재에는 대체로 이의가 없었지만, 한동안 뜨거운 논쟁이 이어졌다. 신중론은 이랬다.

"지금까지 범행 성명을 1면에 실었지만, 1사회면으로 격하시키는 게 어떨까." "이대로 계속 기사를 실으면 놈은 더더욱 기고만장해질 거야. 결과적으로 다음 범죄를 유발하지는 않을까." "싣지 않으면 사람을 죽이겠다는데, 한번 시험해보면 어떨까."

현상유지론은 다음과 같았다.

"이건 특종이야. 경찰 권력에 조력하지 않는 지면수사, 조사보도라고. 신문의 독자적인 자세를 관철하자." "범인의 생생한 목소리를 게재할 수 있는 건 우리뿐이야. 백신의 사고방식과 인물상을 보여주는 게 보도의 사명이겠지." "잇폰기의 서명기사로 잇달아 질문을 해서 주도권을 잡자."

현실적인 의견도 나왔다.

"우리가 싣지 않으면 다른 미디어가 백신과의 대화를 시작할 거야."

결국 싣는다면 범인과 어떻게 거리를 유지할 것인가, 어떻게 재범을 하지 않도록 유도할 것인가를 두고 토론을 벌였다. '특별부장회의'에는 논설위원실에서도 논설주간과 부주간이 참석해 메모를 했다.

주장과 주장이 격렬하게 부딪친 끝에, 이번 토론에 입각한 〈다이요 신문〉의 자세를 논설주간 명의의 '확대사설'에 담아 1면에 싣기로 했다.

내용은 다음과 같다.

백신에게 이렇게 대처한다

〈다이요 신문〉 논설주간 네기 히로토

우리는 사내에서 격렬한 토론을 수없이 거듭했다. 다시금 이 흉악 범죄에 정면으로 맞설 것을 선언한다. 왜 보도하는가. 결코 독자의 호기심을 충족시키기 위해서가 아니다. 사건의 진상을 밝힐 책무가 있기 때문이다. 지금까지의 사건 취재를 돌이켜보면 범인은 체포된 후 발언할 기회가 거의 없었고, 언론도 접촉하지 못해 진상이 어둠에 묻혀왔다. 용의자와 대화가 가능한 건 체포되기 전이다. 이는 수사기관의 발표를 곧이곧대로 받아들이기만 한 언론의 반성이기도 하다. '리스크 커뮤니케이션'이라는 말이 있다. 정보를 공유해 위험을 회피하고 경감한다는 사고방식이다. 범죄와 사고를 개인과 사회가 공유해야 할 '리스크'로 간주하고 힘을 합쳐 같은 유의 사건이 다시 발생하는 걸 막는다. 이는 국민의 '알 권리'의 실현이기도 하다. 그러려면 사건이 왜 발생하고, 범인이 어떻게 심판받았는지를 추적해 전달할 필요가 있다. 이번 사건을 전혀 보도하지 않았을 경우를 상상해보기 바란다. 세상에 발생한 이변을 전달하지 않으면 대응할 방법도, 재발을 방지할 방책도 강구할 수 없다. '공공의 관심사', '공공의 이해'와 관련된 문제로서 정보를 공유하는 것이 민주주의 사회의 기반이다. 그리고 경찰 발표에 의존하지 않고 '조사보도'로 진실을 추구하는 것이야말로 신문의 사회적 사명이다. 다만 피해자와 그 가족의 감정을 신중하게 배려할 필요가 있다. 이에 우리는 범인과의 대화를 낱낱이 국민에게 알리고 사회에 정보를 제공하기로 했다. 범인에게 이용당하지 않도록 유의하고 또 유의하겠다. 무엇보다 돌아가신 분들을 애도하고, 그 희생을 헛되이 하지 않기 위해서라도.

'알 권리', '공공의 이해', '희생을 헛되이 하지 않는다'는 신문 비즈니스에서 최강의 무기로 이용하는 표현이다. 이번 '확대사설'에서는 사내에서 거듭 토론했음을 언급해 〈다이요 신문〉의 대응은 최종적인 판단이었다는 점을 강조했다. 범죄 보도가 '장삿속'이 아님을 밝히는 절실하면서도 신중한 해설이다.

이 사설을 보고 생각했다.

모든 것은 시나리오대로라고. 사내에서 열심히 의견을 나눴다. 논쟁은 열기를 띠었다. 개개인의 진지한 태도는 연기가 아니었다. 언론기관으로서 언론의 자유를 존중했고, 민주적인 절차를 밟아 결론을 도출했다……. 다만 요시무라를 포함한 간부들은 이 논의가 어떻게 흘러가고 결과를 어떤 식으로 공표할지까지 계산하고 있었음이 틀림없다.

이렇듯 사내에서 논의를 거침으로써 범인과의 대화를 비즈니스로 삼는 것에 대해 사내 합의를 이루어냈고, 외부에 내세울 대의명분도 갖추었다. 논쟁의 경과마저 연출에 써먹는다. 나는 그러한 '약삭빠름'을 백신도 꿰뚫어보고 있을 것 같은 기분이 들었다.

백신과 지면상 토론을 시작한 후 〈다이요 신문〉의 판매부수는 급증했고, 광고 출고도 궤도에 올랐다. 경영 상태는 상반기에 이미 V 자 회복을 이루었고, 연간 전망에서는 다음 회기에 주주총회에서 흑자 회복을 보고할 수 있을 것으로 예상돼 임원은 퇴진을 면하게 됐다. 이를 진두지휘한 사람이 편집 담당 겸 영업총괄 이사 요시무라다. 변함없이 바쁘리라. 내선전화는 금방 자동응답 기능으로 넘어갔다.

14

한편 수사 상황에도 눈을 뗄 수 없다.

경시청은 오쿠마에게 맡긴다 해도, 합동수사본부를 총괄하는 곳은 경찰청이다. 경찰청을 담당하는 베테랑 기자도 새로운 정보를 건지지 못하는 상태였다.

나는 '디프 스로트(Deep throat)'에게 연락해보기로 했다. 신문업계에서는 독자적인 인맥으로 구축한 '내통자'와 '정보 제공자'를 이렇게 부른다.

우시지마 마사유키.

20여 년 전, '범죄 보도·가족 시리즈' 3부에 등장한 당시 군마 현경 수사2과장이다. 얼마 전에 그에게 연락이 왔다. 현재는 경찰청 장관관방 심의관(형사국 담당)이라고 한다. 계급은 경시감.*
9단계 계급 중 최고인 경시총감 다음가는 계급으로, 실질적으로는 형사국의 차장에 싱딩한다. 10년쯤 전에 그가 경찰청으로 돌아

---

*우리나라의 치안감이나 치안정감에 해당한다.

왔을 때 다시 만났지만, 그 후로는 연하장만 주고받는 사이였다.

백신 사건은 형사국 수사1과에서 다루는 안건이지만, 우시지마는 형사국 내부의 모든 사안을 총괄하는 입장이다. 경찰청 광역 중요 사건이니만큼 그도 수사 지휘의 중추에 있을 것이다. 이런 연줄은 잘 활용해야 한다. 그와는 속을 터놓고 이야기를 나눌 수 있다. 경찰과 신문기자. 지방에서 쌓아 올린 인맥이 이렇게 중앙에서 다시 살아날 때도 있다.

20여 년 전, 우시지마는 술자리에서 만난 마루산 백화점의 여직원과 결혼했다. 나중에 밝혀졌는데, 그녀의 아버지는 나카무라 지사 쪽에 붙은 건설회사의 간부였다. 좁은 지방도시의 인맥이다. 즉, 그 사건으로 그녀의 아버지가 다니던 회사는 '역적'으로 전락했다. 그녀와 우시지마는 금방 아이를 얻었지만, 우시지마와 장인의 관계가 삐걱거린 탓도 있어 얼마 지나지 않아 이혼했다. 부인이 돌쟁이 아들의 친권을 얻어 아버지와 함께 살기로 했다고 한다.

그 뒤로 우시지마는 인생의 쓴맛을 에너지 삼아 일에 몰두했으리라. 두 곳에서 현경 본부장을 지낸 후 도쿄로 전근을 와서 출세가도를 달렸다. 나처럼 일벌레였다. 그러다 전처가 교통사고로 세상을 떠났다고 들었다. 우시지마는 어린 아들이 걱정됐지만 지금은 어디서 어떻게 지내는지도 모른다고 한다. 가족을 희생하며 일을 우선시한 남자의 전말이었다.

경찰청 청사에서 그리 멀지 않은 히비야 공원 근처 카페에서 차나 한잔하자고 우시지마를 불러냈다.

경찰청에서는 걸어서 10분도 걸리지 않는다. 관청가를 조금 벗어나자 도심의 빌딩 사이에 멋들어진 가게가 있었다. 중이층의 테라스다. 주변을 나무 화단으로 꾸몄고 잎사귀 틈새로 둥근 테이블에 햇빛이 비쳤다. 테이블은 예약해두었다. 웨이터가 물 두 잔을 가져다줬다. 키가 크고 세련된 양복 차림의 남자가 오른편 위쪽에 있는 계단을 내려오는 모습이 보였다. 체형은 변하지 않았지만 흰머리가 늘었다.

"와, 오랜만이야."

상대도 계단을 내려오다 나를 알아보고 손을 들었다.

"둘 다 늙었군." 우시지마가 불쑥 말했다.

함께 술을 마시며 놀던 나날과 군마 현에서 있었던 독직사건 이야기를 하며 추억을 되살렸다. 그때 〈다이요 신문〉의 보도가 없었다면 현경 상층부는 움직이지 않았을 거라고 했다. 지방도시에서는 현경이든 현청이든 사회적으로 지위가 있는 사람들은 죽마고우나 동창생, 혈연관계인 경우가 많으리라. 도쿄에서 온 나와 우시지마가 불을 붙이지 않았다면 그 독직사건은 건지지 못했을지도 모른다.

세월이 흘렀다. 우시지마의 올백 스타일도 머리숱이 많이 줄어서 흰머리 사이로 두피가 보였다. 그야말로 경찰청 커리어 관료다운 풍격이 느껴졌다.

백신 사건에 대해 우시지마가 물었다.

"〈다이요 신문〉은 잘 읽고 있어. 백신과의 대화 재미있던데. 그

나저나 취재하면서 뭐 좀 알아냈어?"

우시지마도 알다시피 내 앞으로 온 범행 성명문의 현물은 경찰청 시오도메주오 서가 맡아서 경찰청 과학경찰연구소와 경시청 과학수사연구소에 넘겨줬다.

우시지마의 말에 따르면 어느 편지든 봉투와 안쪽 종이에서 범인의 것으로 추정되는 지문은 검출되지 않았다. 덧붙여 봉투, 종이, 인쇄된 글자, 잉크 등의 제조원은 각각 판명됐지만, 사용한 기기와 종이 등은 제조된 지가 원체 오래되어 추적이 불가능했다고 한다. 와인색 봉랍도 외국에서 구입한 모양이다.

즉, 여러 가지 물증을 가지고도 구매자를 알아내기는 불가능했다.

또한 범행 현장이 경찰의 관할 구역을 고의로 어지럽히고 있는 점과 용의주도한 범행 성명, 그 내용과 필치 등으로 보건대 백신은 아주 지능지수가 높은 인물로 이른바 '화이트칼라' 부류에 속할 것이라고 한다. 한편 범행 성명을 투함한 지역은 신주쿠, 이케부쿠로, 신오쿠보, 다카다노바바……. 각각 다르지만 도쿄 23구의 서쪽 지역에 집중되어 있었다. 이는 범인의 생활권을 추정할 단서라고 한다.

백신에게 편지가 오면 우시지마에게 상세하게 전달하는 대신에, 수사 정보를 제공받기로 했다.

"잇폰기, 백신은 첫 번째 범행 성명에서 한 글자 한 구절이 얼마나 무서운지 가르쳐주겠다고 했어. 혹시 백신이 군마 현 독직 사건 시리즈를 읽은 당시의 관계자일 가능성은 없을까. 시기상

196

으로도 수상해. 실은 이미 군마 현경과도 연대해서 수사망을 펼쳐놓았어. 나카무라 지사파였던 현청 직원과 현 의원, 당시 뇌물을 제공하고 단물을 빨았던 업자, 시라이시 출납장과 나카무라 지사의 친족관계…… 어때, 당시 관계자 중에 백신 같다고 짐작 가는 사람 없어?"

없었다. 그렇다기보다 우리의 보도 때문에 인생이 망가진 사람들은 수없이 많다. 사건에 불을 붙인 건 분명 〈다이요 신문〉이다. 그 후로 군마 현에서는 현정을 쇄신했지만, '패자'로 전락해 지금도 우리에게 원한을 품고 있는 관계자는 적지 않을 것이다.

"한 글자 한 구절의 원한이라……. 그래서 제게 복수를 한다고요?"

"그런 의미에서는 나도 당사자야. 〈다이요 신문〉과 함께 건진 사건인걸. 결혼이 결정되기까지 전처 아버지가 지사와 어떤 관계인지 눈치채지 못했어. 전처도 잠자코 있었으니까. 특별히 그 것만이 원인은 아니었지만 결국 처자식과 헤어졌어. 전처의 집안이 지금도 원한을 품고 있을 가능성은 있지. 오히려 자넨 가정을 꾸리지 않아서 뒤탈이 없을지도 모르겠군. 경찰청 인사는 신문에도 실리니까 나도 신변에 주의할 필요가 있겠지."

"하지만 이번에 살해당한 사람들은 옛날 그 사건과 접점이 없는 것 같은데요. 우리에게 복수할 작정이라면 다른 방법이 있을 것도 같고요."

"그건 그래. 다만 이번 사건으로 너와 내가 다시 만났다는 게 어쩐지 운명 같지 않아?"

"그렇군요. 무슨 조화일까요. 어딘가 그 사건의 여파가 남아서 만들어진 필연일까요?"

사건이 발생하기 전에 피해자의 집에 협박 전화가 온 일에 대해서는 우시지마에게 물어보지 않았다. 오쿠마와 함께 조사보도를 하기로 결정했기 때문이다.

그 후로 우리의 대화는, 중대사건 수사는 '일단 돈의 움직임을 쫓는다'는 일반론으로 흘러갔다. 사건이 발생해 이득을 보는 사람은 누구인가. 생명보험과 금전 문제가 흔한 패턴이다.

하기야 '이득'에는 다양한 형태가 있지만.

커피가 왔다. 우시지마는 크림을 넣지만 스푼으로 젓지 않고 컵을 둥글게 흔든다. 20년 전과 똑같다. 우시지마 말로는 보험회사에 조회해보니 피해자들은 생명보험에 가입했지만 가족이 수령하는 금액은 극히 일반적인 수준이라 수상한 점은 없었다고 한다. 돈의 흐름에서는 세 피해자를 연결하는 선이 보이지 않는다.

우시지마가 커피를 한 모금 마신 후에 의미심장하게 웃었다.

"그런데 이번 사건으로 제일 이득을 많이 본 건 〈다이요 신문〉 아닌가?"

"옳으신 말씀입니다."

"즉……." 우시지마가 드라마 속에서 연기하는 형사 캐릭터처럼 입을 열었다. 커피를 한 모금 더 마셨다. 시선을 손으로 내리고 커피잔을 잔 받침에 달칵 내려놓았다. "범인은……." 갑자기 고개를 들고 나를 날카롭게 쏘아봤다.

"너야."

"어떻게 아셨습니까!"

둘이 함께 웃었다. 화창한 오후였다. 잎사귀 틈새로 햇빛이 커피에도 떨어져 내렸다.

우시지마는 재혼했다. 두 번째 부인과는 중매결혼이다. 궁내청* 간부의 소개라고 한다. 여자에게 써먹었던 '권총 쥐는 법'은 현재 두 번째 아내와의 사이에서 태어난 중학생 아들에게 가르치고 있다고 한다. 하지만 엘리트 고위관료가 흔히 그렇듯, 여자와 못 놀았던 과거를 되찾기라도 하려는 듯 최근에도 토킹바에 드나든다고 한다. 긴자와 롯폰기 등 도내의 여러 클럽에도 외상값이 꽤 많은 모양이다.

그날 밤엔 우시지마가 유라쿠 초에 있는 룸살롱에 나를 데려갔다. 그 옛날 술자리에서처럼 권총 쥐는 법으로 분위기를 띄웠다. 우시지마는 적극적으로 여자를 데리고 나와, 팔짱을 끼고 유흥가로 사라졌다.

13

스마트폰이 울렸다. 오쿠마의 전화였다.

"잇폰기 씨, 첫 번째 피해자, 비 오는 날 길에서 습격당한 무라

---

*일본 황실과 관련된 사무를 맡는 행정기관.

타 씨 집도 똑같았습니다. 부인에게 다시 물어보니 역시 남편에게 협박 전화가 왔더라고요. 대사도 완전히 똑같고요. 요일과 시간도 거의 일치했습니다. 두 번째 월요일 오후 4시 반. 목소리는 역시 기계음성이었고요."

"내 여자를 건들면 죽는다……라. 세 피해자 모두 백신과 불륜 상대가 겹쳤다는 뜻일까?"

"그렇겠죠. 백신은 인기가 끝내주네요. 그렇게 여자를 많이 거느리려면 사회적으로 상당히 신분이 높은 인물이겠죠. 저도 그런 대사를 해보고 싶네요."

이 협박 전화에 대해 우시지마에게 말하기로 했다. 통화기록을 확인하기 위해서다. 역시 조사보도에도 한계는 있다. 수사권을 행사하지 않고서는 통신사에서 정보를 얻기가 불가능하다. 여기서부터는 국가권력에 의존하는 수밖에 없다. 가는 게 없으면 오는 것도 없다.

"알았어, 오쿠마. 내가 경찰에 요청해서 발신자를 알아낼게. 피해자가 셋 다 불륜을 저질렀다는 건 확실해. 각각 사랑의 라이벌이 우연히 비슷한 전화를 했을 가능성도 없지는 않겠지. 하지만 만약 동일인물이 사전에 예고했다면, 설령 협박이나 위장 공작이었다고 해도 중요한 수사 정보야."

"알겠습니다. 부탁드립니다."

출근하는 도중에 전철 천장에 걸린 주간 분초의 광고가 눈에 들어왔다. '백신 사건 대특집!'이라고 되어 있었다. '백신 VS 잇폰기 기자의 대화 전문' 외에 "백신은 사이비 지식계층 / 자기현시욕의 덩어리인가", "백신은 이런 성격! AB형의 범인상", "V 자 봉랍으로 V 자 회복! 〈다이요 신문〉 내부 범행설", "왜 〈다이요 신문〉에만? 전국지 네 곳에서 원성이 자자" 같은 문구도 보였다.

피해자 가족을 전혀 신경 쓰지 않는 헤드라인과 경찰을 야유하는 문구도 나열됐다.

〔남편이 죽었는데도 슬퍼하지 않는 아내들 / 거액의 보험금?〕, 〔남편의 죽음으로 해결된 것, 이것과 저것〕, 〔각 도경과 현경, 광역수사의 맹점을 짚다〕, 〔세 현장에 '입간판'의 정보 부족〕, 〔시험받는 세 지역 경찰의 수사 능력〕.

그 옆에는 또 게가사와 교수의 불륜 소동이 실려 있었다. 전철의 천장걸이형 광고는 시대를 비추는 거울이다. 지금 대중이 관심을 보이는 화제는 오직 이 두 가지였다.

'게가사와 교수, 불륜녀의 아이에게 입시문제 가르쳐주다?', '긴자의 마담이 폭로하다, 게가사와의 추잡한 불륜 인생', '유전자의 명령으로 생긴 사생아가 총 아홉 명?'

다른 대형 출판사 하루타쇼텐은 이 소동을 역이용해 게가사와 교수의 신간 《유전자의 구조와 역할》을 출간했다. 표지에는 장난스러운 표정으로 혀를 쭉 내밀고 있는 게가사와의 사진을 넣었다. 유명한 아인슈타인 사진을 흉내 낸 모양이다. 연출치고는 도가 지나쳤다. 그러나 바로 베스트셀러에 올라 서점 매대에 전시됐다. 띠지에는 이런 문구가 들어갔다. "반골 생물학 교수 게가사와 다쓰야 / 백신 '인간=바이러스론'에 반박! / 증식이 아니라 번영이다!"

내 머리에는 내내 '측'이라는 말이 들러붙어 떨어지지 않았다.

경영 측, 보도 측……. 편집 담당이자 영업총괄 이사인 요시무라에게는 두 가지 얼굴이 있다. 경영진 중 하나이자 기자의 정점이기도 하다. 내가 기자로서 존경해온 요시무라는 지금 어느 측일까. 나와 백신의 대화 덕분에 광고가 붙는다. 신문이 팔린다. 요시무라도 경영진이다. 하지만 꿍꿍이속은 없다고 믿고 싶다.

석간이 강판된 후 오후 3시경. 나는 지하 2층 인쇄공장이 보이는 유리창 앞에 있었다. 지금은 윤전기도 멈췄다. 주위에는 아무도 없었다. 여기서 만나기로 약속했다. 복도를 오른쪽으로 꺾으면 나오는 엘리베이터 홀에서 발소리가 다가왔다. 모퉁이를 돌았다. 요시무라였다.

"오, 잇폰기, 많이 기다렸나."

오전에 시작된 경영회의가 길어져 점심도 제대로 못 먹었다는 모양이다. 언제나 석간이 강판된 후 이 시간이 되어서야 짬이 난다고 했다.

내가 품은 의혹을 꿰뚫어본 것처럼 요시무라가 먼저 입을 열었다.

"백신으로 돈벌이……. 자네 기분이 상했다는 건 알아. 하지만 대화를 나누다 보면 놈은 반드시 허점을 드러낼 거야. 이야기가 모순돼 결국에는 뭔가 힌트를 흘리겠지. 그걸 기다리는 거야.

우리는 이용당하는 게 아니야. 놈은 언젠가 반드시 진실을 말한다. 경찰도 그걸 바라고 있고. 그게 놈과 유일하게 대화할 수 있는 우리의…… 아니, 자네의 사명이야." 진지한 얼굴이었다.

나는 단도직입적으로 물었다.

"한 독자가 '범죄 보도·가족 시리즈'를 보고 편지를 보내 '기자의 통곡'을 쓸 수 있겠느냐고 책망했죠. 그 편지를 계기로 제가 연재를 했고요. 그 편지…… 혹시 이사님이 쓰신 거 아닙니까?"

요시무라가 인쇄공장 창문으로 몸을 돌렸다. 양복바지 호주머니에 손을 넣은 채 잠시 아무 말도 없었다. 눈을 마주치려 하지 않았다. 윤전기를 바라보며 입술을 일그러뜨렸다.

"역시 잇폰기답군. 기자의 후각은 둔해지지 않았어."

"왜 그런 술수를?"

"자네가 글을 쓰게 하려고. 어중간한 기획기사로 우리 신문은 변하지 않아. 자네밖에 없다고 직감했지. 잠깐 즉효약으로 쓴 거야."

"역시 그랬군요. 하지만 그래도 판매부수는 변함없었죠."

이제 그건 됐다. 문제는 그다음이다. 그 편지를 계기로 연재를 시작했다. 연재기사에 영향을 받은 백신이 나를 지명해 지면에서 대화를 시작했다. 그 결과 〈다이요 신문〉은 잘 팔렸고, 광고가 붙었으며, 디지털 회원도 늘었다. 경영 상태는 V 자 회복을 달성했고 금닌도 선방에서 이미 흑자 전환이 확실해져 임원들은 퇴진 위기를 면했다. 편집 담당 겸 영업총괄 이사 요시무라야말로 백신의 가장 큰 수혜자인 셈이다. 그 사실에 대해 아무 거리낌도 없는지 물어보고 싶었다.

"이사님께는 그야말로 '마침맞은' 타이밍이었는데요."

"결과적으로는 그렇지."

"너무 착착 들어맞는 시나리오 같아서요."

"확실히 백신 덕분일지도 모르겠군."

"백신은 왜 제게 도전한 걸까요? 다른 미디어는 거들떠보지도 않고 왜 〈다이요 신문〉에만 성명을?"

"그건 모르겠어." 요시무라는 내게 몸을 돌리고 말을 이었다. "상상컨대 놈은 겨룰 가치가 있는 상대가 필요했던 거겠지. 내가 자네에게 그 연재를 맡기려고 했던 것처럼 말이야. 경찰에 일방적으로 도전장이나 범행 성명을 보내는 게 아니라, 토론 형식으로 세상에 대화를 공개하는 게 놈의 목적이야. 사칭이 쉽고 발신자가 모호해지는 인터넷 사회에 대한 불신감도 엿보이고. 〈다이요 신문〉의 권위도 이용하면서 진짜 본인임을 보증하고 싶었던 거겠지."

"이사님은 백신이 이렇게까지 이론가일 줄 상상하셨습니까?"

"첫 번째 범행 성명을 보고 직감했어. 자네에게 도전할 정도야. 상당한 책략가겠지."

"지면상 토론이 결과적으로 오락거리가 돼버린 것에 저는 양심의 가책을 느끼는데요."

"놈과 접점을 유지할 수 있는 건 자네뿐이야."

"그렇다고 그걸 상품 취급하는 건 아무래도……."

"놈은 자신의 글을 실은 후에 자네의 반론이 없으면 살인을 저지르겠다고 예고했어. 1968년에 미국을 발칵 뒤집은 조디악 킬러 사건을 흉내 내는 거겠지. 잘 들어, 잇폰기. 지금은 놈이 입을 놀리도록 유도해야 해. 놈은 자네가 물어보면 반드시 응할 거야. 이용당하는 것도, 경영만 우선시하려는 것도 아니야. 저널리즘의 역할을 잊지 마. 아무튼 대화를 끌도록 해."

나는 비꼬듯이 물었다.

"대화를 끌어라……. 책으로 낼 수 있을 정도로 말입니까."

"내키지 않는다면 출판 담당 이사에게 말해서 중지시켜도 상관없어."

"그런 이야기가 정말로 진행되고 있었던 겁니까?"

요시무라가 겸연쩍은 표정으로 잠시 입을 다물었다.

"이사님, 광고와 판매, 디지털 담당 이사와는 무슨 이야기를 하는 겁니까. 기사가 언제 실리는지 전달하고 계신 건가요?"

요시무라는 말을 골라 차분하게 입을 열었다.

"저널리즘과 커머셜리즘……. 본래 물과 기름의 관계지. 이봐, 잇폰기. 내 입장이 돼보면 알 거야. 보도기관도 결국은 기업이라고. 모순이 없는 건 아니지. 경영 기반이 탄탄하지 못하면 사회정의도 실현 못 해. 계산기를 전혀 두드리지 않는다고 하면 거짓말이겠지. 자네라면 말하지 않아도 잘 알 텐데."

수긍할 수 없다. 내가 노려보자 요시무라가 작게 말했다.

"우리 월급을 누가 벌어다주는지 아나? 광고와 판매, 디지털과 사업…… 수익 부문이 얼마나 고생하는지 편집국 출신은 몰라. 나도 그랬어." 하지만 바로 장난기 어린 목소리로 덧붙였다.

"난 상여금이 삭감돼서 죽을 맛이야. 긴자의 바 마담에게 외상값도 갚아야 하는데 말이지."

그러고는 옆에서 내 어깨를 탁 두드렸다.

15층으로 돌아가는 요시무라와 함께 엘리베이터를 탔다. 나는 5층 편집국으로 돌아갔다. 문이 열리고 나만 내렸다. 몸을 돌려 물었다.

"이사님도 네 번째 피해자가 나오길 기대하십니까?"

"무슨 헛소리야. 그럴 리가 없잖나." 요시무라의 얼굴이 일그러졌다. 엘리베이터 문이 닫혔다. 혼자 남은 요시무라는 지금 어떤 표정일까.

16

편집국의 내 자리로 돌아갔다. 마유즈미 데스크가 "백신한테 편지가 왔어" 하고 속삭이며 봉투를 건넸다. 이번에 찍힌 우체국 소인은 '메지로니시'. 역시 도쿄 23구의 서쪽 지역이다. 나는 바로 봉투를 뜯었다.

잇폰기에게,

실력 좋은 기자님, 오랜만이야. 드디어 재미있어졌군. 아직 끝나려면 멀었어. 어때, 이 대화를 나와 공저로 내지 않겠어? 나도 바라는 바야. 분명 잘 팔릴걸. 다만 나는 인세를 받을 수 없겠지.

그러니 제안할게. 미국의 '샘의 아들 법'*이라고 알지? 범죄 피해자를 구제하고 악행으로 이득을 얻는 걸 용납하지 않겠다는 취지로 1970년대에 제정됐고, 미국의 많은 주에서 같은 목적으로 법을 정비했어. 그러니 너희가 기금을 만들어서 이번 사건의 유족을 위해 5년간 공탁해. 유족들이 기금에서 구제금을 받는 거야. 너희는 이미 돈을 많이 벌었잖아. 난 내 주장을 역사에 남길 수 있으면 그만이야. 이건 너희의 '장삿속'을 훈계하는 의미이기도 해. 자선활동이라면 저널리즘 앞에서도 부끄럽지 않겠지.

거창하신 사설도 잘 읽었어. '공공의 이해'라. 그렇다면 게가사와 교수의 불륜도 그런가? 어느 틈에 '언론의 자유'가 '언론의 방종'으로 변질돼 독자의 엿보기 취미에 부응하게 된 거지?

그만 본론으로 들어갈게.

내가 남을 사랑해본 적이 없느냐고? 도발하면 내가 출신이나 경력을 밝힐 거라고 생각했나? 속내가 훤히 들여다보여.

사랑이라……. 내가 제일 의심스러워하는 말을 사용했어.

아이는 남녀가 사랑을 나눈 결과인가? 아니, 성욕의 산물이야. 나는 그렇듯 불순한 산물인 아이를 버렸어. 거추장스러웠거든. 남녀의 사랑은 바이러스가 증식하기 위한 프로그램 기능에

---

*범죄자가 책이나 영화 등으로 벌어들인 수익을 국가가 압수해 피해자들에게 보상한다는 내용의 법.

지나지 않아. 인간은 성행위로 전염되는 병원체야. 남녀의 사랑이란 성욕을 미화하기 위해 꺼내드는 순진한 소녀의 철학이지. 애정은 곧 욕정이야.

물론 사랑에도 종류는 있어. 부모 자식의 사랑? 오직 자신의 유전자를 남기기 위한 집착, 보존을 우선시하는 이기심이지. 우애? 그건 세상살이를 위한 처세술이고. 육체의 에고는 원래 개체를 방어하기 위해 존재해. 먹고 싶다, 자고 싶다, 번식하고 싶다. 그렇게 끝없이 증식한 에고는 이제 인류 차원에서 보정할 필요가 생겼어. 원래는 자신을 보호하기 위한 체내 장치가 '자유'라는 이름으로 향락을 인정하는 '방약무인'한 시스템으로 변모했거든. 이제는 어린아이를 가르치고 깨우치는 것처럼 보호와 지도가 필요해졌어. 참 얄궂지 않아?

이리하여 인간은 욕망을 뒤쫓는 자기중심적인 개체의 집합으로 변질됐어. 그래서 '보이지 않는 폭력'의 모습도 판별할 수 없는 거고.

자, 독자와 너희도 슬슬 네 번째 희생자를 기대하고 있겠지. 빨리 죽였으면 할 거야. 많이 따분했지? 알았어. '인간=바이러스론 강좌'도 다시 시작할게. 다음 강좌에서는 네 번째 희생자의 상세한 정보를 알리고 '세상에서 가장 소중한 것'을 죽여대는 무시무시한 흉악범을 고발하겠어. 즐거운 마음으로 기다리도록.

백신

백신이 마침내 네 번째 살인을 예고했다. 나는 즉시 같은 지면상에 짧은 답장을 싣기로 했다.

　백신에게,

　지금까지 이야기를 나누며 확신했어. 당신은 살인 동기에 대해 진실을 말하지 않아. 계속 숨기고만 있어. 그리고 자기 자신에게 끌려다니는 약한 인간이야. 스스로를 인정할 수 없으니까 남을 죽이는 약자지. 자신의 약한 면을 이기지 못하는 자에게 인간의 마음을 논할 자격은 없어. 잘난 척 사람들을 깨우치는 말을 늘어놓는 당신은 이론가도, 사상가도, 철학자도 아니야. 스스로를 통제하지 못하는 애처로운 패배자지.

　세상 돌아가는 형편이 위태로운 건 인정할게. 하지만 사람들은 그런 '취약점'에 맞설 용기를 적어도 당신보다는 많이 지니고 있어. 사람을 죽이지는 않아. 이런 세상이기에 많은 사람들이 이성을 채찍질하며 살아가지.

　당신은 사람을 죽이지 않고는 못 배기지. 죽이지 않을 용기가 없는 거야. 그게 남을 미워하고 무서워하는 '약자'라는 증거지. 그렇지 않다면 사람을 죽일 필요가 없는걸. 아니라면 죽이지 않음으로써 증명해봐. 흉악한 연쇄살인범이 살인을 멈추고 뉘우치는 순간에야말로 이 세상에 존재하는 '이치' 속에서 인간을 인간이게 하는 숭고한 이성과 지혜가 찾아든다고 나는 믿어. 그 과정에서 참된 인간성을 찾아낼 수 있을 거야. 살인을 단념해야만 당신 자신이 구원받을 수 있어.

잇폰기 도루

다음 날 조간에 이 기사를 실었을 때, 지바 총국의 데스크가 내 스마트폰으로 전화를 걸어왔다. 몹시 다급한 목소리였다.

"잇폰기 씨, 오늘 아침 우라야스 시의 해안에서 묻지 마 살인이 발생했습니다. 백신의 범행 성명은 아직 안 왔습니까? 각 신문사에서 지금 속보를 내고 있어요. 우리도 〈다이요 신문〉 디지털판에 기사를 올리려는 참입니다."

곧이어 우시지마에게도 전화가 왔다. 아니나 다를까, 백신의 범행인지 알고 싶다고 했다. 범행 성명이 오면 바로 연락하겠다고 답했다. 보도는 다음과 같은 내용이었다.

〈다이요 신문〉 20××년 10월 28일 석간 사회면

이른 아침 호안지대에서 남성이 흉기에 찔려 사망 / 지바 현 우라야스 시

28일 오전 6시 20분경, 지바 현 우라야스 시 히노데 8번지의 방재호안 앞 아스팔트길에 남성이 쓰러져 있는 것을 산책 중인 여성이 발견하고 경찰에 신고했다.

지바 현경 우라야스미나미 서가 조사한 바에 따르면, 남성은 우라야스 시 아케미 5번지에 거주하는 회사원 사와다 노리오 씨(38)로 확인됐다. 사와다 씨는 이른 아침에 조깅을 하다 뒤에서 예리한 흉기에 찔린 것으로 추정된다. 현장에 흉기는 남아 있지 않았으며, 사와다 씨가 허리에 찬 작은 가방 속의 현금과 소지품은 고스란히 남아 있었다.

현장은 도쿄 만에 면한 방재호안 앞의 아스팔트길로, JR게이요 선의 신우라야스 역에서 버스로 15분 거리다. 사와다 씨는 매일 아침 출근하기 전에 이 길을 혼자 달렸으며, 목격자는 아직 찾지 못했다고 한다. 우라야스미나미 서는 사와다 씨가 무슨 사건에 휘말렸을 것으로 보고 조사를 진행 중이다.

17

백신의 소행일까. 아직 모르겠다. 나는 서둘러 본사 편집국으로 갔다.

범행 성명문이 든 봉투는 언제나 아르바이트생이 나나 마유즈미 데스크에게 가져다준다. 아르바이트생들이 우편물을 분류하는 편집국의 원고 섹션부터 가봤다. 오늘은 아직 오지 않았다는 대답을 듣자마자 1층 문서 접수실로 내려갔다.

시오도메 우체국의 사서함에서 배달된 대량의 우편물을 담당 세 명이서 부서별로 선반에 넣는 중이었다. 나도 끼어들어 바닥이 깊은 옷상자 같은 정리함을 헤집었다. 이날은 없었다. 다음 날 또 우편물 더미를 헤집었다. 무너져 내리는 우편물 속에서 눈에 익은 와인색 봉랍으로 봉한 봉투를 발견했다. V 자가 찍힌 봉랍. 백신의 편지였다. 이번 우체국 소인은 언젠가 한 번 왔었던 '다카다노바바'였다.

잇폰기에게,

잘 지냈나. 뉴스는 봤겠지. 또 한 명을 죽였어. 네 번째 희생
자야. 그럼 '비밀 폭로'에 들어가지. 그 후에 재미있는 고찰을
덧붙일게. 지난번에 언급했듯이 무시무시한 '흉악범'을 고발할
거야.

그날도 하늘이 높았지. 가을 아침은 서늘해. 지금 같은 시기
에는 해변을 달리는 사람도 얼마 없지. 살인사건 현장으로 안성
맞춤이야. 네 번째 희생자는 조깅하는 남자였어. 해는 6시가 되
기 전에 떴어. 나도 어둑할 무렵에 일어나서 조깅하는 흉내를
내봤지. 주변에는 아무도 없었어. CCTV 카메라도 말이야. 지
금까지 중에 가장 조건이 잘 갖춰진 살해 현장이었어.

난 벤치에 앉아 사냥감을 기다렸지. 이번 바이러스는 어디의
어떤 놈이었을까. 신문 지면으로 또 알려줘. 아무튼 그날 아침
엔 간밤에 내리던 비도 그치고 바다도 잔잔했어. 해가 뜨자 구
름이 발갛게 물들었지. 방재호안 옆의 아스팔트길에 물웅덩이
가 생겼어. 아침노을이 비쳐서 예쁘더군. 바닷새 무리가 하나둘
씩 바다 위를 이리저리 날아다녔어. 평화로운 아침이었지.

난 배낭에 식칼을 넣어 왔어. 세 번째 희생자를 죽일 때 사용
했던 것과 같은 물건이야. 경시청과 지바 현경에 협력을 요청
해. 검시를 하면 금방 판명될 거야. 2킬로미터쯤 되는 호안지대
는 시민의 달리기 코스지. 벤치에 앉아 있는데 멀리서 통통한
남자가 달려와서 내 앞을 지나쳤어. 남자는 발이 느렸어. 위아
래로 하늘색 운동복 차림이더군. 배가 나왔고.

난 배낭에서 식칼을 꺼내 바로 뒤쫓았지. 놈은 니트모자를 귀

212

까지 푹 눌러쓰고 이어폰을 낀 채 달리고 있었어. 음악을 듣는 거였겠지. 아침 해를 향해 사뿐사뿐 리듬을 타듯이 천천히 달렸어. 놈은 뒤로 길게 뻗은 그림자를 따라 내가 쫓아오는 줄 전혀 몰랐을걸.

양손으로 식칼을 거머쥐고 달음박질해서 왼쪽 옆구리 뒤쪽을 푹 찔렀지. 그 순간 난 사극 속 정의의 무사라도 된 것처럼 소리를 질렀어. 칼날이 하늘색 운동복을 파고들었지. 그대로 달리면서 식칼을 뽑으려고 했어. 악당을 멋지게 베어 넘긴 기분으로.

하지만 칼날이 바로 쑥 뽑히지는 않더라고. 운동복의 섬유가 걸렸어. 실이 엉켜서 달라붙었지. 칼날은 간신히 살을 찢으면서 옆구리에서 빠졌어. 세 번째처럼 수월하지는 않더군. 많이 떠들 필요는 없겠어. 어차피 이렇게 잔혹하고 생생한 묘사는 삭제할 테니까. "일부 부적절한……"하며 절묘한 칼질로 잘라내라고. 이번에도 그러겠지.

자, 이 정도면 범인밖에 모르는 정보라고 할 수 있겠지? 놈은 즉시 쓰러졌어. 시계를 봤어. 오전 6시 10분. 저 멀리 빨간색과 흰색의 조합이 잘 어울리는 거대한 유조선이 왼쪽 뒤편에서 항구를 향해 가고 있었어. 1킬로미터쯤 앞쪽에는 오렌지색 구명조끼를 입은 낚시꾼이 한 명 있었고. 경찰과 함께 확인해봐. 시간이 일치할 거야.

그럼 오늘의 강좌를 시작할게.

의제는 '진실'이야. 지난번에 내게 반론할 때 "당신은 진실을 말하지 않는다"라고 했지? 그 말을 그대로 돌려주지. 이번에 새로운 희생자를 추가한 건 너희를 징계하기 위함이야.

내가 처음에 했던 경고를 잊었나. 한 글자 한 구절이 얼마나 무서운지 가르쳐주겠다고 했을 텐데.

너희는 내가 지금까지 써서 보낸 살해 방법과 시신에 대한 묘사를 '일부 부적절한······'이라는 '양해'를 구하며 깡그리 삭제했어. '진실'을 은폐해서 나를 화나게 한 대가는 커. 네 번째 희생자는 너희가 잘라낸 '진실'일지도 몰라.

신문 지면에 올라오는 '사망' 기사는 과연 진실을 얼마나 생략해서 보도했을까. '사람이 죽었다'고 알리지만 시신의 겉모습도 냄새도 느껴지지 않아. 피가 흩날리고, 팔이 빠지고, 내장이 튀어나오고, 머리가 굴러다니는 참상을 묘사하지 않는다고.

그래서 뭐가 전달되는데?

내가 '누구라도 상관없었다'고 말하는 것처럼 너희도 '모처에 사는 아무개'의 '아무래도 상관없는 죽음'으로 변환해서 전달하고 있지는 않나. '죽음'은 개념의 표기이자 기호에 불과해. 그런 식으로 완성된 기사는 무난한 사실의 표층, 대용품으로 나열된 말, 규격화된 추상과 상상을 기워낸 누더기야. 희생자가 죽음에 품은 공포와 처참한 실상은 전혀 전달되지 않지. 독자의 뇌리에 떠오르는 풍경을 한정하고 단순화시키고 강요해. 세상만사는 너희의 잣대로 재단하는 기성품이 아니야. '사실의 가공업자'라니 불손하기 짝이 없어.

난 두 번째 희생자를 언급하면서 흥미 위주로 '충격 영상'을 찍는 자들을 비판했어. 넌 왜 모순된 말을 하느냐고 반론하겠지. 그게 아니야. 내 말은 시체를 진지하게 대하며 사실을 전달하는 태도가 중요하다는 거야. 요컨대 그저 흥미를 충족시키기 위해 시체를 자극적으로 다루지 말라는 거지. 아주 엄숙하게 피 냄새와 살점의 감촉을 전달해. 참상을 글자로 정확하게 묘사하라고.

잔혹한 장면은 묘사하지 않는다는 게 신문 특유의 윤리, 유족 감정의 배려, 도덕심, 절도, 격조, 품위인가?

너희는 전쟁도, 대재해도, 살인사건도, 아니, 교통사고마저도 피와 살을 묘사하지 않아. 그래놓고 '희생을 헛되이 하지 않는' 리스크 커뮤니케이션이라 할 수 있나. 너희는 사실주의를 표방하는 척할 뿐 사실을 전달하지 않아. 그것이야말로 써야 할 것을 쓰지 않는 작위적인 집필, 아니, 악의적인 집필이라고 해야겠지.

그래서는 위험을 공유하지도 회피하지도 못해.

왜냐하면 진정한 위험은 '혐오'와 함께하기 때문이야. 독자를 피비린내 나는 현장에 세워서 혐오감을 맛보여줘. 육체가 어떻게 파괴됐는지 구체적으로 보여주지 않는데, 절실하지도 않은 비극을 어떻게 제 것처럼 받아들이겠나. 그래서야 '진실'의 진면모는 언제나 현장에 덩그러니 남겨질 뿐이야.

너희는 피를 묘사할 수 없어. 즉, 진정한 위험과 재앙의 실상을 애초에, 그리고 영원히 독사에게 전달할 수 없다는 뜻이지. 이 역설적인 논리는 너희가 잘 알 거야. 따라서 너희는 폭력도, 살인도, 전쟁도 멈출 수 없어.

침묵할 수밖에 없는 절대적인 폭력에서 초래된 비극에 말을 부여해서, 압제받는 모든 것들을 시대와 사회조직이 항거할 수 없는 고통에서 구해내는 것이 너희의 역할 아닌가. 그런데 내가 전달하려 해도 보여주지 않으려 들지. 그런 너희가 바로 말을 죽이고 배워야 할 역사의 과오를 봉인해온 거야.

너희 언론사들은 만사를 꿰뚫어보는 심판자 같은 낯짝으로 불손하게 사이비 '진실'을 양산하는 병마야. 지혜로운 자인 척하는 암세포라고. 기성복을 억지로 입히듯 너희가 정의한 의미와 해석을 잣대로 비판하고, 대중의 입맛에 맞게끔 '기사화된' 사람이 얼마나 많을까.

난 네 번의 범행 성명을 내면서 인간의 죄에 대해 중요한 경고를 거듭해왔어. 하지만 뭐가 전해졌을까. 너희에게 실망했어. 사실의 규격화, 관념의 합리화, 진리를 핑계로 한 배덕, 써야 할 것을 쓰지 않는 작위적인 집필…… 그럼 독자들에게 질문해볼게. '진실'을 죽인 범인은 누구일까.

자, 지금까지 희생자 네 명을 소개하면서 '인간=바이러스론 및 살인 철학 강좌'를 진행해왔어. 틀림없이 독자들도 나와 잇폰기의 대화를 즐겼겠지. 분명 더 큰 자극을 원하고 있을 거야.

이쯤에서 취향을 바꿔보자고. 상황을 더욱 스릴 있게 전개시켜볼게. 수사는 지지부진하고 잇폰기도 궁지에 몰렸어. 그러니 이번에는 내 정체에 다가설지도 모를 커다란 힌트와 기회를 주겠어.

2주쯤 전부터 수도권에서 무작위로 '살인 예고장'을 배달했어. 봉투에는 '인과응보'라는 글자만 들어 있지. 우편이 아니야. 내가 직접 각 가정의 우편함에 넣었어. 주소, 성명, 소인도 없는 그냥 새하얀 봉투야. 다만 뒤편엔 〈다이요 신문〉에 보낸 것과 마찬가지로 와인색 봉랍에 V 자를 찍어서 봉해놓았어. 지역은 도쿄 도내, 사이타마 현, 가나가와 현이야. 한적한 주택가를 골라 광고지를 돌리는 척하며 무작위로 넣어놓았지. 그중에서 세대주 한 명을 골라 죽이겠어. 봉투를 받은 가정은 부디 조심하도록.

짓궂은 장난도 횡행하겠지. 불확실한 경우에는 〈다이요 신문〉의 잇폰기 기자나 경찰에 알아봐. 협박장을 받은 집의 가장은 '인과응보'라는 말을 곱씹으며 신변 보호에 힘쓰도록 하라고. 다만 협박장을 몇 통이나 배달했는지는 덮어두겠어.

자, 독자 여러분, 우편함을 확인해보시지. 벌써 배달했으니까. 난 너희 집을 알아. 네 뒤에 있어. 네가 다섯 번째 희생자야. 어때, 스릴이 넘치지? 범행을 마친 후 다시 잇폰기 기자에게 보고할게. 기대해줘.

백신

18

새로운 살인 예고다.

지금까지는 사건이 발생한 후에 범행 성명을 보냈는데, 확실히 스릴 있는 전개다. 게다가 살인 예고장은 이제부터 보내는 게 아니라 직접 각 가정의 우편함에 넣어놓았다고 한다. 그런데 백신은 왜 일부러 그렇듯 꼬리가 잡힐 법한 짓을 한 걸까. 어떤 의도가 있는 걸까.

일단 이 글을 신문 지면에 실을지 말지를 요시무라를 포함한 위기관리 안건팀 여덟 명이 상의했다. 백신은 자신이 봉투를 넣은 가정의 세대주 한 명을 골라서 죽이겠다고 예고했다. 그렇다고 이 살인 예고를 신문 지면에 실으면 백신의 의도에 휘말려 완전히 이용당하는 셈이다. 우리를 비웃는 듯한 글을 실으려니 거부감도 들었다.

하지만 만약 백신이 예고대로 살인을 실행한다면 당장 보도해 위험을 알려야 한다. 아니면 누군가가 무방비하게 살해당하고 만다.

즉, 백신은 게임에 나선 것이다. 우리는 이용당하는 줄 알면서도 역시 보도하지 않을 수가 없다. 놈은 그걸 즐기는 것이 틀림없다.

"이건 중요한 리스크 커뮤니케이션이야."

회의는 역시 이 말로 결론이 났다. 1면에 네 번째 피해자에 대한 범행 성명과 새로운 살인을 예고하는 글을 실었다.

'지바의 해안에서 벌어진 살인사건, 백신이 범행 성명을 보내다'가 톱기사였다. 그리고 왼쪽 어깨에 '백신, 새로운 살인 예고', '각 가정의 우편함에 흰색 봉투'라는 5단짜리 헤드라인으로 보도

했다.

이 기사 뒤에는 괘선으로 박스를 만들어 백신에게 살인 예고
장을 받은 독자들에게 정보 제공을 요청했다.

조간을 인쇄하기 시작했을 무렵, 경찰청의 우시지마에게 사태
를 알렸다. 수도권 경찰도 관할서를 통해 주민에게 정보 제공을
요청하겠다고 했다. 다른 미디어도 금방 동조하리라. 그나저나
예고대로라면 수도권에서 대체 몇 통을 우편함에 넣은 걸까. 그
리고 과연 정말로 살인을 실행할까. 오히려 수사를 교란하기 위
해 그랬을 가능성도 크다. 신중하게 대처할 필요가 있었다. 나는
즉시 다음과 같은 답장을 지면에 썼다.

백신에게,

당신과 꽤 많은 대화를 나눠왔어. 당신은 내 질문에 한 번도
답해주지 않았지. 참 아쉬워. 어떻게 해야 당신을 개심시킬 수
있을지 지금도 계속 고민 중이야. 그런데 다음 살인 예고라니.
난 지금까지 당신의 말에서 이성을 느끼기도 했어. 그런데 내가
믿었던 인물상과는 너무나 동떨어진 유치한 살인 예고에 이제
는 기가 막힐 따름이야.

'진실'을 둘러싼 대화. 당신은 분명 신문의 한계를 짚어냈어.
하지만 진실을 정확하게 표현하지 못하더라도, 진실을 찾는 여
정을 포기할 마음은 없어. 이 세상에서 가장 확실한 건 눈에 보
이지 않는다―〈뉴욕 선〉지에 게재된 사설 '산타클로스는 있나
요?'에 나오는 유명한 문구지. 말이 형상화할 수 없는 게 있어.

나도 말이 모든 것을 표현할 수 있다는 불손한 소리는 하지 않을 거야. 표현하려 해도 완벽하게 표현할 수 없는 관념의 벽이 존재하니까.

내가 취재하면서 겪은 일을 들려주지. 제2차 세계대전 중에 특공대원들을 떠나보낸 분을 취재한 적이 있어. 가고시마 현 지란여자고등학교의 학생이었던 분께 당시의 안타까운 사연을 들었지. 특공대원이 떠나기 전에 벚나무 가지를 건넸대. 그때 몸조심하라고 말할 수도 없어서 결국 아무 말도 하지 못했다고 회고하시더군.

사람이 사람에게 건넬 말이 거기에는 존재하지 않았어. 왜 아무 말도 못 했을까. 시대의 분위기가 그렇게 만든 걸까. 우리는 그녀들이 '어떤 말로 무엇을 전했는가'가 아니라 '아무 말도 하지 못했던 이유'의 정체를 규명해 언어화하는 데 도전해야 해. 그게 말을 생업으로 삼는 자들의 사명이겠지. 지금도 그렇게 확신해.

선입관과 편견을 배제하기는 어려워. 어디에 시점을 두느냐도 문제고. 예를 들어 종이에 원을 그려보자. 내 딴에는 완벽한 원을 그린다고 그렸어도, 뒤집어서 빛에 비춰보면 일그러져 있어. 세상은 이러이러하다고 모양과 형태를 제시하는 건 불손한 짓이야. 그러니 우리가 할 수 있는 일은, 세상은 '결코 이러이러하지는 않을 것이다'라는 메시지를 하나하나 확인하면서 발신하는 거겠지.

슬프게도 우리는 말로만 의사소통을 할 수 있어. 바로 그렇기에 좀 더 적확한 말을 찾아내 부조리한 현실을 조금이라도 바꿔가는 일을 포기할 수 없는 거야.

예를 들어볼까. 성희롱, 직장 내 괴롭힘, 임산부 차별, 가정폭력, 아동학대, 간접흡연…… . 이런 말이 생긴 덕분에 인권의식이 싹텄고, 사회적으로 반응을 얻어 폐해를 억제하는 작용도 생겼지. 말은 모순투성이인 인간과 사회를 성숙시키는 유일한 도구라고 할 수 있지 않을까.

그렇지만 말은 아직도 많이 모자라. 더욱 많은 부조리한 사태들을 말로 표현해야 해. 우리가 할 수 있는 건 미성숙한 세상을 '좀 더 좋게' 만드는 것뿐이지. 그렇기에 우리 대화에서도 피해자들의 죽음을 '어딘가에 사는 아무개의 아무래도 상관없는 죽음'으로 다루고 싶지는 않아.

사회가 각성해야 한다는 데는 동의해. 그렇기에 인간을 바이러스로 정의하고 사적 제재를 가하는 당신이 살인을 저지르는 진정한 이유를 알고 싶어. 거기에 당신이 바라듯 아무도 타락하지 않고 누구의 죽음도 헛되지 않은 사회로 각성하기 위한 열쇠가 있을 거야. 답장을 기다릴게.

잇폰기 도루

범인 백신이 무작위로 우편함에 넣었다는 살인 예고장. 하지만 사내 회의에서도 '너무나 대담한 이 행동은 역시 무차별성을 강조하고 수사를 교란시키려는 의도일 것'이라고 보는 사람들이 대부분이었다.

우리는 지금까지처럼 사망한 피해자들의 주변에서 눈을 떼지 않기로 했다. 피해자의 집과 이웃도 계속 찾아가 아무리 사소한 정보라도 얻을 계획이었다. 그렇게 해서 살해당한 네 사람의 공통점을 어떻게든 찾아낼 필요가 있다. 그것이 범인에게 다다를 최고의 실마리일 것이다. 동시에 백신에게 '인과응보'라는 글씨가 담긴 봉투를 받은 사람도 찾기로 했다. 만약 이것이 정말로 살인 예고장이라면, 사건이 발생하기 전에 얼른 확보해야 초동 수사에 도움이 될 테고 언론으로서도 제 역할을 다 할 수 있을 것이다.

우시지마와 연락을 취했다. 예고장에 응해 각 지역에서 경찰 인력을 늘린다고 한다. 백신의 의도대로일까, 확실히 수사에 방해를 초래했다.

제3장

죄

에바라 요이치로의 모놀로그

1

"요이치로, 이거 좀 봐봐."

아버지가 바르르 떨리는 목소리로 말하며 하얀 봉투 하나를 보여줬다. 봉투 뒷면은 V 자가 찍힌 와인색 봉랍으로 봉해져 있었고, 봉투 속에는 A4용지 크기의 종이가 접힌 채 들어 있었다. 종이를 펼치자 '인과응보'라는 네 글자가 크게 인쇄되어 있었다.

"아버지, 설마 이거."

어제 〈다이요 신문〉의 조간에서 읽었다. 백신이 2주쯤 전부터 직접 각 가정의 우편함에 넣었다는 살인 예고장 같았다.

"이거, 언제 왔어요?"

"열흘쯤 전이었을 거야. 아무것도 안 적힌 봉투가 우편함에 들어 있더구나. 처음에는 전혀 신경 쓰지 않았어. 왜, 부동산 중개업자나 자동차 딜러가 뭔지 한번 들여다보도록 고급스러운 흰색 봉투를 우편함에 넣어두곤 하잖니. 이것도 맨션이나 자동차 판매 안내장이겠거니 싶어서 뜯어보지도 않고 서재 책상 위에 놔

됐어. 너도 아버지 책상 위에 이 봉투가 있는 걸 보지 않았니?"

아버지는 내가 자주 서재에 책을 빌리러 가는 것을 알고 있었다. 열흘쯤 전에도 분명 드나들었다. 하지만 봉투가 있는 줄은 몰랐다.

"아니요, 못 봤어요."

"아버지도 어제 〈다이요 신문〉에서 백신에 대한 기사를 보고 깜짝 놀랐어. 그러고 보니 전에 하얀 봉투가 왔었다는 게 생각나더구나. 부랴부랴 책상 위를 뒤져서 이 봉투를 찾아냈어. 뒷면을 보니 와인색 봉랍에 V 자가……."

나와 아버지는 어제 자 〈다이요 신문〉을 펼쳐 다시 확인했다. 역시 백신이 보냈다는 살인 예고장의 모양새와 똑같았다. 시기도 딱 들어맞았다. 나는 당장 그 봉투를 챙겼다.

"그렇다면 지문을 남겨서는 안 돼요. 이건 내가 알아볼게요." 나는 봉투를 비닐봉지에 넣어 보관했다. 생각이 있었다.

"사실 너한테는 말 안 했는데……." 아버지가 사실을 털어놓았다. "어제 이 기사가 난 후에 아무래도 걱정이 돼서 신문이랑 이 봉투를 가지고 에도가와미나미 서에 신고하러 갔었어. 오늘 아침에 부서장의 연락을 받고 서로 갔더니 봉투를 돌려주더구나. '〈다이요 신문〉에 백신이 살인 예고장을 보냈다는 기사가 나자 어제부터 수도권에서 이런 장난질이 횡행하고 있습니다. 우리 관내에서는 선생님이 세 번째예요. 걱정하지 마세요. 대부분 장난질이니까. 그냥 훌훌 털어버리세요' 하고 웃더라. 아버지가 '이 봉투는 신문에 보도되기 전에 왔는데요'라고 말해도 믿어주지 않았어."

"경찰은 못 믿어요. 내가 〈다이요 신문〉에 가지고 갈게요."

〈다이요 신문〉도 지면에서 정보 제공을 요청했다. 분명 경찰은 장난질에 대응하느라 정신없이 바빠서, 이 봉랍과 V 자 각인이 지금까지 보도된 것과 동일한지 당장은 확인할 수 없으리라. 차라리 지금까지 백신과 대화를 나눈 잇폰기 도루라는 기자에게 보여주면 금방 판명될 것이다. 그편이 경찰보다 빠르다.

그건 그렇고 만약 이게 진짜라면 백신이 우리 집 앞까지 왔던 셈이다. 한시라도 빨리 움직여야 한다.

내가 아버지를 구할 차례가 왔다. 예전 같았으면 아버지는 내가 불안해하지 않도록 이런 편지를 받았다는 사실조차 감췄으리라. 어머니가 암에 걸린 것도 내게는 알리지 않았을 정도니까. 하지만 아버지는 달라졌다. 흰머리가 부쩍 늘었고 기운도 줄었다. 동그란 안경 속의 처진 눈도 다정하다기보다 서글퍼 보였다.

어머니를 잃은 후부터 그랬다. 아버지는 나를 조금씩 의지하게 됐다. 산카쿠 산에서 우리 가족이 다 함께 밤을 보낸 다음부터 일절 비밀을 만들지 않았다.

"뭐든지 털어놓는 게 가족이야." 아버지는 그렇게 말했다. 그래서 아버지가 이 편지를 보여줬을 때 나는 놀라움, 불안과 동시에 부모 자식 간의 강한 유대감을 느꼈다. 지금은 아버지의 불안을 조금이라도 달래주고 싶었다.

나는 텔레비전과 신문에서 화제가 된 일이 우리 일상과 이어져 있음을 피부로 느꼈다.

동시에 백신이 몹시 증오스러웠다. 내 사랑하는 가족이 아무 이유도 없이 재미 삼아 살해당한다면……. 그리고 문득 어떤 생각이 머리를 스쳤다. 어쩌면 세상 사람들도 아버지가 목숨을 빼앗기기를 기대하는 것 아닐까. 가슴이 철렁했다. 그게 백신이 일으키는 사건을 단 한 번이나마 '남의 일'로 받아들이고 추리소설처럼 기분이 들떴던 자신에 대한 '인과응보'로 느껴졌다.

백신은 〈다이요 신문〉 지면상에서 잇폰기 도루 기자와 대화를 해왔다. 얼마 전에 〈다이요 신문〉에서 잇폰기 기자가 쓴 '범죄 보도·가족 시리즈'를 읽었다. '기자의 통곡'을 다룬 내용이었다. 마침 내가 '불행 찾기'를 하던 시기이기도 했다. '사회적 사명'과 '사랑하는 사람' 중 무엇을 택할 것인가. 잇폰기 기자는 선택의 기로에 섰다. 그리고 '특종의 대가로 미래의 가족을 잃었다'라고 회고했다.

나는 잇폰기 기자의 갈등에 공감했다. 망설임 없이 정의를 관철하는 기자보다 훨씬 인간적이라 신뢰가 갔다. 그런 그가 백신과 맞서왔다. 잇폰기 기자라면 분명 '가족의 소중함'을 이해할 것이다. 그는 내가 잃어버리면 안 되는 것이 뭔지 안다.

아버지가 말했다.

"그건 그렇고 만약 이게 진짜로 백신이 보낸 살인 예고장이라 해도, 이렇게 꼬리가 잡히기 쉬운 짓을 하지는 않을 것 같은데……."

수수께끼도 많다. 나는 봉투를 들고 당장 〈다이요 신문〉을 찾아가기로 했다.

2

〈다이요 신문〉 도쿄 본사. 일본을 대표하는 전국지다. 가장 가까운 지하철역은 오에도 선 시오도메 역이다. 오에도 선은 학교에 갈 때도 탄다.

지하철에서 천장걸이형 광고판에 실린 주간지의 헤드라인을 봤다.

〔〈다이요 신문〉, 백신 독점 기사로 큰 이득 / 수단을 가리지 않는 사양산업〕

한때는 〈다이요 신문〉 사장이 사원들에게 '긴급 경영 보고'를 했다는 보도가 나왔고, 내년도 주주총회를 앞두고 임원의 목이 날아갈 거라는 소문도 돌았다. 그런데 그 후에 백신의 범행이 화제에 오른 것을 계기로 경영 상태가 단숨에 회복됐다고 한다.

시오도메 역에서 내렸다. 〈다이요 신문〉 본사 건물에는 중학생 때 한 번 견학을 갔었다. 지하의 인쇄공장에서 거대한 윤전기를 봤다. 본사 건물은 당시에 비해 꽤 작아 보였다. 그때보다 하늘이 좁아진 것처럼 느껴지는 건 고층 빌딩이 차례차례 들어선 탓이리라. 주변 건물이 내려다보고 있는 모습이 마치 시대에 뒤처지는 신문사의 비애를 상징하는 것처럼 보였다.

정면 현관에서 에스컬레이터를 타고 2층으로 올라가자 〈다이요 신문〉의 인내데스크가 나왔다. 여직원에게 잇폰기 기자와 만나고 싶다고 했다. 일단 홍보부로 연결하겠다는 말에 백신에게 받은 협박장을 가지고 왔다고 하자 여직원이 그렇게 다시 전달했다. 저쪽에서 기다려달라는 말에 등받이가 없는 긴 의자에 앉아 잠시 기다렸다.

나타난 것은 홍보부원이었다. 홍보부원은 "이쪽으로 오시죠" 하며 홀 안쪽의 간유리로 구분된 공간으로 안내했다. 우리는 테이블을 사이에 두고 마주 앉았다. 아무리 봐도 금방 돌아갈 손님을 위한 시설이었다.

봉투가 든 비닐봉지를 건넸다. 홍보부원은 "신문에서 정보 제공을 요청한 뒤로 가짜만 들어와서요" 하고 조금 당황한 눈치로 V 자가 찍힌 봉랍을 유심히 들여다봤다. 나는 "이건 백신의 새로운 살인 예고가 보도되기 열흘쯤 전에 왔던 거예요" 하고 말했다. 내 말을 믿었는지 홍보부원의 안색이 바뀌더니 당장 잇폰기 기자에게 연락하겠다고 했다.

그로부터 20분쯤 더 기다렸다. 손님용 공간 밖에 있는 긴 의자에 앉아 있자니, 경비원이 서 있는 출입구의 자동문이 열렸다. 등이 구부정한 연갈색 재킷 차림의 중년 남자가 걸어왔다. 넥타이 매듭이 느슨했다. 가슴께에 펜을 꽂았고, 노트를 둥글게 말아서 왼손에 들었다. 오른쪽 허리에는 벨트에 채운 피처폰 케이스가 보였다. 목에 건 ID카드로 그가 잇폰기 기자임을 알았다.

신문기자를 본 건 처음이다. 어쩐지 눈빛이 매섭다는 것이 첫인상이었다. 사람을 탐색하듯이 바라봤다. 이 사람은 분명 일편단심으로 일만 하며 살아온 것이 틀림없었다.

"에바라 요이치로 씨…… 맞죠?"

잇폰기 기자는 앉아 있는 내 얼굴을 들여다보듯 얼굴을 앞으로 약간 기울이고 말했다.

"네." 나는 일어나서 고개를 깊이 숙였다.

"잇폰기입니다. 백신이 보낸 협박장을 가지고 오셨다고……."

"네."

잇폰기 기자에게 봉투를 건네려고 했다. 그는 조심성 있게 비닐장갑을 끼고 나서 받았다. 잠시 V 자가 찍힌 봉랍에 시선을 떨군 후 고개를 들었다.

"너랑 또 누가 이 봉투를 만졌지?"

"저 말고는……. 아버지와 지역 경찰관, 아까 봤던 홍보부 직원 정도 되려나요."

"이건 진짜야. 이 봉랍은 내가 지금까지 받은 백신의 편지를 봉한 것과 똑같아."

잇폰기 도루의 모놀로그

1

5층 편집국. 나는 연일 계속된 백신 관련 취재와 집필로 피로가 극에 달했다. 정위치인 소파에 표면이 번들번들해진 오렌지색 이불을 덮고 드러누워 있었다.

가슴 주머니에 넣어둔 스마트폰이 진동했다. 14층 홍보부였다. "또야." 무심코 그런 말이 나왔다. 한 청년이 백신의 살인 예고장을 가지고 본관 2층 안내데스크를 찾아왔다고 했다.

신문 지면에서 정보 제공을 요청했기 때문이기도 하지만, 우리도 경찰도 가짜 정보에 휘둘리고 있었다. 봉투 뒷면에 V 자가 찍힌 와인색 봉랍, 봉투를 뜯어보니 '인과응보'라고 인쇄된 종이가 들어 있었다고 제보한 사례가 합쳐서 150건에 달했다. 그 대부분이 보낸 사람이나, 직접 들고 온 사람의 장난이었다. 한편 그중 13건은 백신이 보낸 진짜 봉투였다. 편지를 받은 가정은 도쿄 도내, 가나가와 현, 사이타마 현에 흩어져 있었고 세대주의 직업과 나이도 제각각이었다.

〈다이요 신문〉 본사에 직접 가지고 온 사람도 많았다. 진위 여부는 와인색 봉랍의 재질, V 자 각인의 크기와 형태로 판별 가능했다. 일단은 홍보부에서 만나본다. 홍보부에 미리 백신이 보낸 진짜 봉투를 보여주고, 누군가 가짜가 분명한 봉투를 가져오면 그 자리에서 정중하게 사의를 표하고 돌려보내라고 했다.

하지만 그 청년이 가져온 봉투는 달랐다. V 자가 찍힌 와인색 봉랍이 아주 흡사해서 판단이 잘 안 되니 직접 만나보라고 홍보부에서 요청해왔다.

웃옷을 걸쳤다. 지문이 묻지 않도록 비닐장갑을 챙기고, 취재 노트를 말아서 손에 들었다. 5층 편집국에서 엘리베이터로 2층까지 내려가 안내데스크로 향했다. 스무 살 정도일까. 착실해 보이는 청년이 안내데스크 앞의 긴 의자에 고개를 숙인 채 앉아 있었다. "저쪽에서 기다리고 계세요"라는 안내데스크 직원의 말에 청년에게 다가갔다. 그는 일어서서 공손하게 고개를 숙였다.

이름은 에바라 요이치로라고 했다.

봉투는 아버지가 집 우편함에서 꺼내와 잠시 보관하고 있다가, 〈다이요 신문〉의 기사를 보고 그에게 보여줬다고 한다. 봉투는 틀림없이 백신이 보낸 것이었다. 그의 아버지 성함은 에바라 시게루다. 이 봉투가 진짜임을 알리자 요이치로의 얼굴은 순식간에 창백해졌다.

"역시 그랬군요. 아버지가 경찰에 봉투를 가져가서 신고했지만, 백신이 '살인 예고장을 우편함에 넣었다'고 보도된 후라서인지 장난질일 거라며 상대해주지 않았대요."

"그래서 나를 찾아온 거로군."

"잇폰기 씨가 범인과 대화를 나눈다는 걸 알고 있었으니까요. 잇폰기 씨라면 분명 도와줄 것 같았어요. 그리고……."

"그리고?"

"최근에 어머니가 돌아가셨어요. 그래서 다시는 소중한 걸 잃지 않도록……. 후회가 없도록 행동하고 싶었어요."

"소중한 것?"

"가족이요." 요이치로는 그렇게 말하고 내 시선을 피했다.

"그렇구나……. 알았어. 이번 일은 내가 경찰에도 연락할게. 이 봉투는 우리 쪽에서 맡아둬도 되겠니?"

"네, 감사합니다." 내내 매달리는 듯한 눈빛을 던지던 요이치로가 약간 안심한 기색으로 인사했다.

"너도 아버님도 항상 조심해야 해."

나는 마음을 담아 말했다. 왜일까. 요이치로의 눈 속에 지켜주고 싶은 뭔가가 있었다.

가족. 분명 그 말이었다. 내가 잃은 것과 겹쳤다.

잠시 후 요이치로가 덧붙였다.

"저희 아버지는 친아버지가 아니지만……."

"그렇다면?"

"한 핏줄이 아니에요. 양아버지죠."

요이치로는 귀가 빨개지며 고개를 숙였다. 부끄러워할 이야기가 아니다. 그러나 그 사실이 그의 내면에 어두운 그림자를 드리우고 있다는 것이 느껴졌다.

"아버님이 너를 거둬들여서 정성껏 키워주신 게로구나."

"네."

"무례하게 느껴질지도 모르겠지만, 좀 물어봐도 될까?"

"뭔데요?"

"네 친아버지는 어디 계시니?"

"모르겠어요. 하지만……." 요이치로가 잠시 망설였다. "이제 그건 상관없어요. 지금 계신 아버지가 제 아버지니까."

양부모와 지금까지 어떻게 살아왔는지 들었다. 요이치로는 친자식이 아니라는 진실을 듣고 고뇌했다. 그러고 나서 얼마 지나지 않아 '어머니'를 잃고 뼛가루를 산 정상에 뿌렸다고 했다.

요이치로는 양아버지인 에바라 시게루 씨를 아주 자연스럽게 '아버지'라고 부르며 이야기를 이어나갔다.

"아버지는 제가 어릴 적에 개미도 죽이면 안 된다고 가르치셨어요. 제가 개미를 짓밟자 눈을 부릅뜨고 야단치셨죠. 하지만 그때 아버지는 개미 입장이 되어보라고는 하지 않으셨어요. '그 개미가 아빠나 엄마라면 어떻게 할래?'라고 물으셨죠."

"그럴듯하구나."

"자신의 입장으로 바뀌도 얼마나 고통스러운지 모른다. 하지만 자신의 소중한 사람과 바꾸면 생명의 소중함을 알 수 있다고 아버지는 말씀하셨어요."

자식을 버렸다는 백신. 한편으로 아이를 입양해서 키운 에바라 시게루 씨. 둘은 정반대의 존재다. 그런 에바라 씨가 백신의 목표물이 되었다니 이렇게 부조리한 일은 또 없을 것이다. 요이치로가 말을 이었다.

"아버지는 남을 사랑하는 것이 진정한 행복이라고 가르쳐주셨어요. 그러면 이 세상의 모든 증오도 사라질 거라고요. 그런 아버지의 목숨을 노리다니, 백신을 용서할 수 없어요. 잇폰기 씨가 백신과 내내 대화해왔다는 거 알아요. 백신은 '사랑'이라는 말을 싫어했죠. 분명 아버지와 정반대의 인간이에요. 잇폰기 씨, 백신의 주장에 '일부 동의한다', '지성이 느껴진다'고 하셨잖아요. 저는 그걸 이해할 수가 없었어요."

"기사를 읽었구나. 감상을 들려줘서 고마워."

"게다가 백신은 자식을 버렸다잖아요."

"그것도 백신을 미워하는 이유니?"

"용서할 수 없어요. 제 아버지 같은 사람이 백신에게 버림받은 아이를 키웠기를 바랄 뿐이에요."

"오히려 그 아이는 백신과 한 핏줄이라는 걸 모르는 편이 훨씬 낫겠지. 그런데 만약 범죄자의 피가 그 아이에게 이어진다면……. 넌 범죄는 혈통이라는 설을 어떻게 생각하니? 예전에 그런 취재를 한 적이 있거든."

"잇폰기 씨가 사랑한 어린이집 선생님 말씀이시군요. 그 연재 기사도 읽었어요. 뇌물수수 사건에 연루된 아버지가 딸에게 범죄는 가문이나 혈통과는 상관없다고 편지에 썼죠. 잇폰기 씨는 어떠세요. 상관있다고 생각하세요?"

"나는 상관없다고 생각해."

"저는 닮은 부분이 있어도 이상할 건 없다고 생각해요. 그야 인간은 하나하나가 모순된 생물이니까요. 그건 인간끼리 서로 닮았다는 뜻 아닐까 싶어요." 요이치로는 진지한 표정으로 말한 후 장난스럽게 덧붙였다. "이건 잇폰기 씨가 백신에게 말한 내용을 흉내 낸 거지만요."

처음으로 요이치로가 웃었다. 분위기가 누그러졌다.

머나먼 옛날이 내 머릿속을 스쳤다. 아버지를 미워하면서도 결국은 아버지의 죄를 용서한 고토미. 고토미는 그때 떨리는 목소리로 이렇게 말했다.

'꼭 싫어야 해? 우리 아빠인데?'

나는 요이치로에게 물어봤다.

"만약 네 친아버지를 찾았다고 치고…… 그 사람이 범죄자라면 용서할 수 있겠니? 예를 들어 백신은 자식을 버렸다고 술회했어. 이건 순전히 가정이지만…… 만약 백신이 네 친아버지라면 넌 어떻게 생각할까."

요이치로의 표정이 다시 흐려졌다.

"용서할 수 없겠죠. 일단 아버지로 인정하지 않을 것 같아요."

요이치로는 에바라 시게루 씨에 대해 말했다.

"아버지는 제가 친자식이 아니라고 말할 때 다시는 비밀을 만들지 않겠다고 약속했어요. 그래서 지금의 아버지를 누구보다도 믿어요."

나는 요이치로에게 이 협박장을 경찰에 전달하고, 관할서에 경호를 부탁하겠다고 약속했다. '누군가 한 명을 골라 죽이겠다'는 살해 예고가 나온 이상, 에바라 시게루 씨가 습격당하거나 요이치로까지 위험할 가능성이 있다. 우리 기자도 경호를 겸해 그 인근에서 취재를 시키기로 했다.

내 명함을 요이치로에게 줬다.

"너희 아버님과도 만나보고 싶은데. 거기 스마트폰 번호가 있으니 부탁 좀 하자."

"알겠어요. 감사합니다." 요이치로는 일어서서 다시 고개를 깊이 숙였다.

"잇폰기 씨를 찾아오길 잘했어요. '범죄 보도·가족 시리즈'에서 특종의 대가로 미래의 가족을 잃었다고 하셨는데요. 지금 다시 생각해보면 여자친구의 아버지에 대해 보도하지 않는다는 선택지가 있었나요?"

'없었어' 하고 말을 꺼내려다 말았다. 왜일까. 요이치로가 아니라 고토미가 묻는 듯한 기분이 들었다.

나는 할 말을 잃었다. "모르겠어. 지금도 모르겠어."

"그렇군요. 괜한 질문을 드려서 죄송해요."

문득 마음이 통했다. 둘 다 겸연쩍게 웃었다.

요이치로와 함께 정면 현관까지 나갔다.

"제 이야기를 진지하게 들어주셔서 감사합니다."

떠날 때도 그는 고개를 깊이 숙여 인사했다.

"아버님께 말씀 좀 잘 전해줘. 연락은 언제라도 상관없어. 아, 네 스마트폰 번호도 알려줄래?"

"네." 요이치로가 꺼낸 스마트폰의 배경화면은 가족 셋이 함께 찍은 사진이었다. 부모님 사이에서 웃고 있는 요이치로가 주인

공이었다. 어머니는 이미 돌아가셨다.

"이거, 산 정상에서 바위에 놓고 찍은 거예요. 기울어진 바위라 조금 삐딱하게 찍혔죠. 그것도 우리 가족다워서 괜찮구나 싶더라고요. 여기, 저희 세 사람이 진정한 가족이 된 곳이에요."

그렇게 말하고 이를 내보이며 웃었다. 나는 지하철역 입구를 내려가는 요이치로를 배웅했다. 참 서글서글한 청년이었다.

문득 머릿속에서 뭔가가 짜맞춰졌다.

웃음 짓는 요이치로의 얼굴. 누군가와 닮았다. 아주 최근에 만난 것도 같다. 누구일까. 기억이 안 난다. 텔레비전에서 봤나, 직접 알고 있는 사람인가……. 기억을 더듬었지만 모르겠다. 최근에 이런 일이 많아졌다. 잠이 부족해서인지 기억력이 감퇴했다. 이런 머리로 지금은 아무 생각도 하고 싶지 않았다.

안내데스크 앞을 지나 경비원이 서 있는 문에 ID카드를 대고 2층에서 엘리베이터를 탔다. 1층에서 탔는지 안에 요시무라가 있었다. 엘리베이터에는 우리 둘뿐이었다. 방금 있었던 일은 이미 요시무라의 귀에도 들어간 상태였다.

"백신에게 협박장을 받은 청년이 왔다고?"

"네. 아버지가 우편함에 들어 있던 묘한 봉투를 수상쩍게 여기고 아들에게 보여줬답니다. 그런데 그게 진짜였습니다."

"정말이야?" 요시무라가 눈을 부릅떴다. "취재로 뭔가 알아낼 수 있을 것 같아?"

"이제부터 한번 해봐야죠. 에바라 요이치로라는 그 청년은 아버지와 한 핏줄이 아니랍니다. 아버지가 그를 거둬서 키웠대요.

아버지로서 백신과는 정반대죠."

거기까지 말하고 나는 무신경한 발언을 했다고 후회했다. 요시무라도 처자식을 버렸다고 말한 적이 있기 때문이다. 나는 5층에서 내렸다.

"그렇군. 그럼, 백신에게 편지가 오면 또 알려주게." 문이 요시무라의 침울한 얼굴을 가리며 닫혔다.

우시지마가 내 스마트폰으로 전화를 했다.

"잇폰기? 피해자 집으로 걸려온 협박 전화 있잖아, 세 건 다 집전화로 걸려왔지? 전부 부인이 받았고?"

"네. 그런데 전화를 건 곳은 알아내셨습니까?"

우시지마는 대답하기 난감해하는 낌새였다. 중요한 수사 정보이기 때문이리라. 하지만 망설이면서도 수화기를 손으로 감싸고 목소리를 낮췄다.

"그거, 전부 두 번째 월요일 저녁에 같은 곳에서 걸었어."

"어딘데요?"

"〈다이요 신문〉 본사 2층의 자유통로."

2

'내 여자를 건들면 죽는다'는 내용으로 피해자 집에 걸려온 협박 전화. 전부 〈다이요 신문〉 본사의 안내데스크 앞에 위치한 공중전화에서 걸었다. 여기는 외부인도 지나다닐 수 있는 자유통로로 레스토랑, 카페, 서점 등이 입점했고, 세련된 검은색 화강암의 의자도 있다. 그런 곳에서 전화를 걸면 꼬리를 잡힐 것은 백신도 예상했을 것이다. 이건 뭘 의미할까.

즉, 도발이리라. 백신은 즐기고 있는 것이다. 일부러 〈다이요 신문〉까지 와서 우리를 놀리는 것처럼 흔적을 남겼다. 요전에 몇몇 집에 넣어뒀다는 살인 예고장도 그렇다. 전부 '나는 너희들 바로 곁에 있다'라고 나와 대중을 협박하는 것이리라. 백신의 으스스한 발소리가 바로 뒤에서 들리는 것 같은 기분이었다.

그날 밤 나는 피곤해서 죽을 것 같았다. 집은 지바 현 지바 시의 미하마 구에 있다. JR게이요 선을 타고 가이힌마쿠하리 역에서 내려 맨션으로 향했다. 어두운 밤길에 접어들었다. 공원을 빠져나와 맞은편에 무리 지어 솟아 있는 맨션 단지로 걸음을 옮겼다.

시야를 가리는 나무 위쪽에서 고층맨션 꼭대기에 설치된 빨간색 항공 장애등이 깜박거렸다. 저녁녘에 비가 내려 포장도로는 젖어 있었다. 띄엄띄엄 늘어선 가로등이 아스팔트에 불빛을 비췄다. 조용했다. 가죽구두를 신고 터벅터벅 걸어가는 내 발소리만 들렸다.

길에는 '치한 주의'라는 노란색 간판이 세워져 있었다. 주변은 울창한 녹나무로 뒤덮여 있었다. 철쭉 화단이 이어져 눈에 보이지 않는 사각지대가 많았다. 불빛이 얼마 없었다. 누가 숨어 있어도 모른다. 걷고 있자니 마음이 불안해졌다.

저 멀리 앞쪽에서 가로등 불빛을 등진 채 누군가 움직였다. 이쪽으로 걸어온다. 저쪽도 조금 조심하는 눈치다. 낯선 형체와 형체끼리 가까워졌다. 나이 든 남자였다. 서로 약간 거리를 두고서 지나쳐갔다.

잠시 후 뒤에서 차락, 하고 다른 발소리가 들린 것 같았다. 나는 냉큼 몸을 휙 돌려 어둠에 시선을 모았다. 아까 마주친 남자는 이미 저 멀리까지 갔다. 그 밖에는 아무도 없었다. 누군가 숨을 죽인 채 몸을 숨기고 있는 걸까. 벌레가 울었다. 심장 박동이 빨라졌다. 기분 탓이었을까. 나는 다시 몸을 돌리고 걸어갔다. 발걸음이 빨라졌다. 무서웠다. 이따금 뒤를 돌아봤다. 이 어둠에서 달아나고 싶었다. 온 힘을 다해 달렸다.

100미터 앞 보행자전용통로에 도착했다. 밝아졌다. 통로 아래를 차가 오갔다. 차도에 걸린 육교를 건너면 맨션 단지다. 저 멀리 사람들도 보였다.

여기라면 안전하다. 숨이 턱까지 차올랐다. 무릎에 손을 짚고 숨을 가다듬었다. 어두운 공원을 돌아봤다. 짙은 어둠이 펼쳐져 있었다.

역시 아무도 없었다. 기분 탓이었을까.

나와 오쿠마는 피해자 네 명 주변을 계속해서 취재했다. 한편 '백신에게 인과응보라고 적힌 협박장을 받았다'며 본사로 제보한 사례가 300건에 달했다. 이 중 에바라 요이치로를 포함한 20건이 진짜로 판명됐다. 하지만 다섯 번째 피해자는 아직 발생하지 않았다. 일부러 본사에서 협박 전화를 건 것도 그렇고, 역시 뭔가

계략이라고 봐야 하리라.

그러나 범행 예고장을 집집마다 찾아가 우편함에 넣은 것은 사실이다. 그렇다면 지역 주민의 증언과 CCTV 카메라 화면을 바탕으로 백신이나 협력자의 '앞발'과 '뒷발' 등을 알아낼 수 있으리라. 그쪽은 각 총국의 사건기자가 취재를 진행하기로 했다.

에바라 요이치로의 아버지 시게루 씨가 내게 전화를 줬다. 요이치로에게 준 명함을 보고 연락했다고 한다. 에바라 씨는 일단 요이치로가 나를 찾아간 걸 사과했다.

"실은 저도 잇폰기 씨를 뵙고 싶었습니다. 직접 만나 말씀을 나눌 수는 없을까요? 가능하면 빨리요. 아주 중요한 일이라 요이치로에게는 비밀로 해주셨으면 합니다만⋯⋯."

에바라 시게루 씨는 분명 뭔가에 겁먹은 목소리였다. 왜 요이치로에게는 덮어두려는 걸까. 아무튼 에바라 씨와 도내에 있는 자택에서 만나기로 약속했다.

3

에바라 씨의 집은 에도가와 구 미나미카사이의 주택가에 있었다. 영국 정원풍의 공원 옆에 위치한 그 구획에는 서양식 단독주택과 현대적인 맨션이 늘어서 있었다. 주변에 CCTV 카메라는 보이지 않았다. 여기라면 백신이 직접 우편함에 협박장을 넣어도 눈치채는 사람이 없으리라.

약속 시각은 토요일 오후 4시였다. 동아리 활동으로 하이킹을 하러 나간 요이치로는 뒤풀이 때문에 늦게 들어올 거라고 했다. '에바라'라고 새긴 대리석 문패를 찾았다. 하얀색 서양식 집으로, 작은 정원에는 단풍나무와 팔손이나무를 심었고, 세로로 긴 격자 모양의 창문을 정원 쪽으로 냈다. 천장까지 닿는 책장이 보였다. 에바라 씨의 서재이리라. 초인종을 눌렀다.

에바라 씨는 쉰 살 전후로 보였다. 중간 키에 날씬한 몸, 동그란 안경을 쓴 얼굴은 호감이 가게 생겼다. 에바라 씨는 눈초리를 내리며 "기다리고 있었습니다" 하고 나를 맞이했다. 갈색 모노톤으로 꾸민 서재 겸 응접실로 안내받았다. 우리는 나지막한 유리 테이블을 사이에 두고 고급스러운 소파에 마주 앉았다.

에바라 씨가 커피를 내리는 동안 서재를 둘러봤다. 부인, 즉 요이치로 '어머니'의 영정 사진이 있었다. 그리고 책장 여기저기에 가족사진이 놓여 있었다. 이 방에는 요이치로가 몇 명이나 있을까. 성장 과정을 차례대로 더듬어갈 수 있을 정도였다. '에바라 시게루 님'이라고 적힌 사회복지 관련 장기 공로자 표창장과 사진, 상패도 장식해놓았다.

에바라 씨가 "드시죠" 하며 커피 잔을 테이블에 내려놓고 "저희 집은 옛날부터 〈다이요 신문〉만 봅니다" 하고 웃었다. 이 지역 신문 판매점 사람과도 사이가 좋은 모양이다. 감사를 표하자 에바라 씨가 말했다.

"요이치로에게 기자님 이야기를 들었습니다. 직접 경찰에 연락해주셨다면서요. 처음에 경찰은 제 이야기를 믿어주지 않았어요. 정말 고맙습니다."

"아니요. 대단한 일도 아닌걸요. 그런데 하실 말씀은……." 나는 본론을 재촉했다. 에바라 씨가 진지한 얼굴로 입을 열었다.

"실은 요이치로가 기자님께 보여드린 백신의 '인과응보' 협박장 말인데요……. 누가 보냈는지 짚이는 구석이 있습니다."

나는 말문이 턱 막혔다.

"백신이 누군지 아신다고요? 누굽니까?"

내가 다급하게 물었지만 에바라 씨는 차분함을 유지했다.

"일단 제 말을 들어보세요. 저도 요전에 협박장을 받고서야 알았습니다. 그 사람이 백신이라는 걸……. 그렇지만 그 사실을 포함해 이제부터 들려드릴 이야기는 절대 요이치로가 알아서는 안 됩니다."

"아드님께 비밀을 만들지 않기로 약속하신 것 아닌가요?" 나는 요이치로에게 들은 '아버지와 아들'의 유대감을 떠올렸다.

"네, 하지만 끝까지 말할 수 없는 것도 있습니다."

"알겠습니다."

에바라 씨는 눈을 내리떴다가 다시 나를 봤다.

"백신은 요이치로의 친아버지입니다."

서재 창문으로 석양이 비쳐들었다. 팔손이나무 잎이 바람에 흔들렸다. 이런 순간에도 바깥은 한가롭다. 나는 들고 있던 커피잔을 잔 받침에 천천히 내려놓았다. 잔과 받침이 맞닿자 짤깍 소리가 났다. 나는 에바라 씨를 똑바로 바라봤다.

"백신은 누구입니까?"

"그건 아직 말씀 못 드립니다."

"그럼 왜 여기까지는 말씀해주시는 거죠?"

"만일의 사태가 일어났을 때를 대비해서요. 아니, 조만간 일이 새로운 방향으로 전개될 겁니다."

"무슨 말씀이신지."

"백신은 요이치로를 돌려달라며 저를 협박하고 있습니다. 그게 아니면 천만 엔을 달라고요. 거부하면 저를 죽이겠다고 합니다. 돈에 쪼들리는 모양이에요. 어디에 쓸지는 모르겠습니다. 그래서 제가 제대로 절차를 밟지 않고 요이치로를 키운 걸 약점 삼아 접촉해온 거예요. 친자확인검사를 해도 상관없다고요. 하지만 저는 이미 요이치로의 아버지입니다. 이제 와서 버린 자식을 돌려달라고 한들 어떻게 받아들이겠습니까."

"특별양자결연 절차를 밟아서 양부모가 되신 게 아니었죠."

"실은 요이치로를 맡았을 때만 해도 어디에 사는 누구의 아이인지 몰랐습니다. 산장 관리인인 이시바시 씨라는 분께 그 아이 이야기를 들었죠. 저와 아내는 산장을 방문했습니다. 아기는 산장 처마 밑에 있었다는군요. 저희 부부는 운명이라는 걸 느꼈습니다. 요이치로를 안았을 때, 아이가 저희를 부모로 선택한 기분이 들었죠. 그래서 이시바시 씨와 그분이 친하게 지내는 산기슭의 작은 병원 이사장님께 부탁해 본래 밟아야 할 절차를 생략하고 요이치로를 저희 부부가 낳은 아이로 신고한 겁니다. 그런데 그 후 이시바시 씨의 산장에 그 아이를 버렸다는 여자가 나타나서……. 긴자에 있는 바의 마담이었대요. 그 마담 말로는 남자

손님과의 사이에서 생긴 아이였다는군요. 원래 산속에 버리려고 했지만……." 에바라 씨가 눈물을 글썽였다. "도저히 그럴 수 없어서 누군가 데려가길 바라며 산장 처마 밑에 놔뒀다고 했답니다. 그 후에 마담은 아이가 어떻게 됐는지 걱정돼서 살펴보러 왔던 거죠. 이시바시 씨가 양부모를 찾아줬다고 하자 마담은 안심하고 다시 행방을 감췄답니다."

"그 마담과 각별한 사이였던 남자 손님이 백신이었던 거군요."

에바라 씨는 고개를 끄덕였다.

"그런데 백신은 어떻게 요이치로가 자기 아들이라는 걸 알았을까요?"

"산장 관리인 이시바시 씨가 마담에게 제가 아이를 거뒀다고 알려줬습니다. 그리고 마담이 백신에게 경위를 설명한 거겠죠. 에바라라는 사람이 키우고 있지만, 특별양자결연이라는 법적 절차는 밟지 않았다고요. 그걸 알고 있던 백신은 이제 와서 우리를 이용하려고 마음먹은 겁니다. 친아버지라며 나서서 친자확인검사를 하면 생물학적으로 아버지와 아들임이 증명돼요. 친자관계가 살아 있는 셈이죠. 하지만 애당초 요이치로를 거둘 생각도 없으면서 자기 아들을 빼앗았다고 닦달을 하다니요. 저는 천만 엔을 주지도, 요이치로를 넘기지도 않겠다고 딱 잘라 거절했습니다. 그는 그럼 절 죽이고 요이치로를 되찾아 나중에 부양을 받겠다고 했습니다. 사람을 죽이셨다니. 저는 그저 으름장을 놓는 거라 생각하고 믿지 않았습니다. 그러자 그는 비로소 자기가 백신임을 밝히고 벌써 몇 사람이나 죽여봤다고 협박하더군요. 그 증거로 '인과응보'라는 글씨를 와인색 봉랍으로 봉한 봉투에 넣어서 보냈는데, 그것만으로는 믿지 않으리라 생각한 거겠죠. 2주쯤 전부터 자신이 직접 각 가정의 우편함에 협박장을 넣었다고 〈다이요 신문〉 지면에서 밝혔어요. 그 흰색 봉투가 우편함에 들어 있던 시기와 일치했죠. 그래서 저도 그가 연쇄살인범 백신이 맞다고 확신했고요. 그 순간 피가 얼어붙는 것 같더군요."

"에바라 씨, 전부 경찰에 알리는 게 어떻겠습니까?"

"그럴 수 없습니다. 백신은 이런 말도 했어요. 만약 잇폰기 기자나 경찰에 진상을 알리면 모든 계획이 망가진다, 그러면 너도 요이치로도 죽이겠다고요. 그러니까 기자님께도 경찰에도 백신이 누구인지 아직 말씀드릴 수 없습니다. 백신은 제가 입을 열면 상황을 통제할 힘을 잃을 거라 생각한 거겠죠. 저와 요이치로의 안전을 위해서도 일단 제 입장을 이해해주셨으면 합니다."

"그래도 선생님께선 이미 많은 말씀을 해주셨습니다."

"실은 지금부터가 상의드리고 싶은 일입니다. 저는 그를 설득해보려고 합니다. 돈도 하다못해 절반인 500만 엔은 어떻게든 준비해서 교섭하려고요. 돈은 아내의 생명보험금으로 충당할 겁니다. 하지만 만약 이 교섭이 실패로 돌아가 제가 죽는다면, 기자님께서 경찰에 진상을 알려주십시오. 그러니까 일단 다음 사태까지는 추이를 지켜봐주셨으면 합니다. 제가 설득에 성공하면 백신에 대해서는 기자님께만 말씀드릴게요. 하지만 일이 어찌 되든 요이치로에게는 백신이 친아버지라는 사실을 영원히 숨기고 싶습니다."

"백신의 연쇄살인은 끝나는 겁니까?"

"그는 조만간 살인을 끝내겠다고 했어요. 방해자는 모두 처리했으니 이제 장래를 대비해 돈만 들어오면 된다고요. 그 살인 예고장은 일석이조였던 것 같습니다. 〈다이요 신문〉의 지면을 이용해 제게 자신이 백신임을 증명하는 동시에 스무 통이나 되는 살인 예고장으로 수사도 교란시킬 수 있었죠. 곧 기자님께 연쇄살인 종결을 선언하는 편지가 갈 겁니다."

"그럼 연쇄살인의 진정한 목적은 뭐였습니까? 백신이 지금까지 저지른 네 건의 살인은 역시 무차별 살인이 아니었던 건가요?"

"처음부터 그들을 노리고 덮친 것 같습니다. '생물학상의 숙명'이라고 했어요. 극히 개인적인 원한인 모양이에요. 그 동기가 드러나지 않도록 〈다이요 신문〉을 이용해 무차별 살인으로 위장한 거겠죠."

"여자를 두고 다툰 걸까요?"

"아마도 그렇겠죠." 에바라 씨가 못마땅한 듯이 이를 악물고 말을 이었다.

"그리고 백신은 제가 자신의 정체를 폭로하지 않을 거라 확신하고 있습니다. 왜지 아시겠습니까?"

"선생님이 진상을 밝히면 요이치로가 사건의 전모를 통해 백신이 친아버지임을 알게 될 테니, 그럴 리 없다는 거겠죠."

"맞습니다. 그건 요이치로에게 최악의 결말이에요. 놈은 제 마음을 알고 교활한 요구를 한 겁니다. 하지만 백신이 보낸 봉투를 요이치로가 먼저 보고 말았어요. 처음에는 요이치로에게 걱정을 끼치지 않을 생각이었지만, 아내를 잃은 후 가족은 저와 요이치로뿐입니다. 이제 감추는 것 없이 서로 힘이 되어주며 살아가기로 했거든요. 아무튼 경찰이 제대로 상대해주지 않아서 요이치로는 기자님을 찾아갔죠. 하지만 요이치로는 왜 제게 협박장이 왔는지 진짜 이유를 모릅니다. 저도 지금은 어느 정도까지만 기자님께 말씀드리지만, 마지막에는 전부 맡길 수 있다면 마음이 편하겠다 싶은 기분입니다."

나는 에바라 씨를 부드럽게 설득했다.

"저도 백신과 꽤 많은 대화를 나눴습니다. 백신이 누구인지 알려주시면 제가 할 수 있는 일이 있을지도 모르는데요."

"그것만은 부디 양해해주십시오. 무엇보다 저와 요이치로의 안전이 우선돼야……"

"돈은 언제 어디서 주실 작정입니까."

"저희 가족이 자주 갔던 산이 있습니다. 그 산기슭에 있는 구름다리에서 짧게 담판을 짓고 오겠습니다. 그 산에는 아내가 잠들어 있어요. 아내의 월명일*이면 요이치로와 함께 그 산을 오른답니다."

"하지만 선생님 목숨도 위험하지 않을까요? 놈은 돈을 받고도 입막음을 생각할 겁니다."

"아니요, 어떻게든 간청해보겠습니다. 만약 500만 엔으로 부

---

*달마다 돌아오는 고인이 사망한 날짜.

족하다면 그때 가서 생각해봐야죠. 다만 만약 제가 살해를 당한다면…… 진상을 아는 사람은 기자님뿐입니다. 그러니 그때는 요이치로의 형편을 잘 헤아려서 보도해주셨으면 합니다. 그게 제 작은 바람입니다."

나와 에바라 씨는 잠시 입을 다문 채 서로 시선을 피했다.

"기자님도 지면에 쓰셨듯이 그도 지성 있는 인간입니다. 어떻게든 타일러볼 생각이에요. 요이치로를 키운 부모 입장에서 낳은 부모에게 부탁하는 거죠. 분명 이해해줄 겁니다."

"하지만 놈이 처음부터 선생님을 죽일 마음으로 온다면?"

"그는 저를 못 죽일 겁니다."

"왜요?"

"제가 요이치로를 키웠으니까요. 저는 기자님과 백신의 대화를 〈다이요 신문〉으로 읽었어요. 거기서 그가 딱 한 번 자신의 죄를 털어놨죠. '아들에게 삶이라는 고통을 줬다'고요. 기자님도 그 부분을 놓치지 않았습니다. 기자님이 지적했듯이 그는 이성 쪽에 서 있어요. 악인으로는 보이지 않는 인물이죠. 지금까지 발생한 피해자들은 그가 개인적으로 격한 증오를 품었기에 살해당한 겁니다. 하지만 자신의 아들을 키워낸 저를, 그들을 증오하듯 증오하고 죽일 수 있을까요? 그의 목적은 돈입니다. 그는 이성과 감정은 물론 양식마저 갖췄어요."

"선생님께선 돈을 건넨 후, 백신을 그대로 내버려두시게요?"

"제가 잘 설득해볼게요. 그가 속죄를 하게끔 타이르고 싶은 마음도 있거든요. 어디까지 전해질지는 모르겠습니다만."

"저도 그를 설득하러 가면 안 되겠습니까?"

"아니요. 제게 맡겨주세요. 다만 이 자리에서 약속하겠습니다. 전부 잘 해결되면, 시기를 봐서 백신이 누구인지 알려드릴게요. 그리고 거듭 부탁드립니다만, 백신이 요이치로의 아버지라는 사실만은 덮어두고 보도해주십시오."

"알겠습니다. 요이치로를 최대한 배려할게요. 그렇지만 그가 사람 죽이는 걸 제지하기 위해서라도, 백신이 누구인지 가르쳐주시면 안 되겠습니까? 당장 보도하지는 않겠습니다. 선생님께 들었다는 것도 절대 유출시키지 않을게요. 경찰에도 알리지 않겠습니다. 그저 더 이상의 살인을 막기 위해서라도 꼭 알아두고 싶습니다."

"살인 행각은 이제 끝났을 겁니다."

"발생하지 않을 거라 어떻게 장담하십니까?"

에바라 씨는 약간 당황하며 고개를 숙인 채 잠시 망설였다.

"확실히 그렇죠……. 하지만 부디 기회를 한 번 주십시오. 적당한 시기가 오면 제일 먼저 기자님께 알려드리겠습니다. 그때까지는 양해 바랍니다. 다만…… 지금 말씀드릴 수 있는 것은……."

에바라 씨가 신중하게 말을 골랐다.

"백신은 분명……." 숙이고 있던 고개를 들어 나를 봤다.

"기자님도 알고 있는 사람입니다. 하지만 제가 알려드리기에는 아직 너무 위험해요."

나는 얼굴에서 핏기가 싹 가시는 걸 알았다.

그의 생명이 위험하다는 것도 이해했다. 기다리는 수밖에 없음을 깨달았다.

에바라 씨의 집을 나서자 이미 밤이었다. 공원 옆 가로수 길을 걸어 순환 7호선으로 나가서 택시를 잡았다. 시오도메의 본사로 돌아가며 차창으로 밖을 내다봤다.

또 다른 불안감이 머리를 스쳤다.

에바라 씨는 백신과 산기슭에서 만난다고 했다. 그때 에바라 씨가 백신을 죽일 가능성은 없을까.

4

이른 아침 스마트폰이 진동해서 눈을 떴다. 오쿠마였다.

"잇폰기 씨, 특종입니다!" 흥분한 목소리였다. 지금 지바 현 우라야스 시의 방재호안에 있다고 했다. 네 번째 피해자가 나온 곳이다.

"범행 현장 바로 근처에 낚시꾼이 있었습니다. 범행을 저지른 백신에게는 사각지대였어요. 수사의 사각지대이기도 했고요. 방재호안보다 더 바다 가까이에 테트라포드가 설치되어 있었는데요. 당시 거기서 미조구치 씨라는 50대 남자가 낚시를 하고 있었습니다. 경찰은 사건이 발생한 시각에 맞춰 반드시 현장을 조사합니다. 저도 같은 시각에 방재호안에 갔더니 형사에게 불심검문을 받았어요. 하지만 형사는 그 낚시꾼을 찾아내지 못했죠. 미조구치 씨는 백신 같은 남자가 고함지르는 걸 들었습니다. 경찰에 신고하지 않은 건 쓸데없는 일에 깊이 관여하기 싫었기 때문이라더군요. 자신이 범인으로 의심받는 것도 싫었답니다. 테트라포드에는 '출입엄금'이라는 팻말이 있었고, 본인도 절도사건으로 경찰 신세를 진 적이 있다고도 했습니다."

"무슨 소리를 들었대?"

"'다카시의 원수!'라고 고함을 질렀대요. 백신이 피해자 뒤에서 흉기를 휘둘렀을 때 한 말이겠죠."

"그러고 보니 놈은 '정의의 무사라도 된 것처럼 소리를 질렀다'고 했어. 딱 들어맞는 장면이로군. 피해자와 '다카시'의 관계를 취재해보자."

오쿠마가 취재한 바에 따르면 낚시꾼은 몇 중으로 쌓인 테트라포드의 끝부분에 있었는데, 방재호안에서는 전혀 보이지 않는 위치였다. 예전에 완장을 찬 현청 직원에게 주의를 받아 숨어서 낚시를 했던 모양이다. 하지만 파도 소리보다도 큰 고함 소리가 귓속에 뚜렷이 남았다고 한다. 시간은 오전 6시 10분경. 자기 말고도 약 1킬로미터 떨어진 곳에서 오렌지색 구명조끼를 입은 중년 남자가 낚시를 하고 있었다고 한다. 백신의 현장 설명과도 거의 일치한다. 오쿠마가 말을 이었다.

"그 사람, 제가 말을 걸었더니 주의라도 받았다고 생각했는지 허둥지둥 낚시도구를 짊어지고 도망치려고 했습니다. 하지만 뒤따라가서 설명하자 의외로 차근차근 이야기해주더군요. '진범이 붙잡힌다면 법정에서 증언해도 상관없다. 경찰에도 겨우 빚을 지울 수 있으니까. 하지만 내가 의심받을지도 모르니까 지금은 경찰서에 가기 싫다'고 했습니다. 저도 그 마음은 이해가 됐습니다."

20년 전이 생각났다. 또 오쿠마가 특종을 건졌다.

"잇폰기 씨, 이 건, 기사로 낼까요?"

"아니……." 나는 망설였다.

"중요한 동기와 이어질 가능성이 있어. 그 말에서 진상에 다다를 수 있을지도 몰라. 보충 조사를 한 다음에 뻥 터트리자."

"알겠습니다."

오쿠마도 20년 전의 1면 톱기사가 떠올랐으리라. 스마트폰에서 그때처럼 들뜬 목소리가 들렸다. 까랑까랑하니 기운찬 오쿠마의 목소리. 왠지 귀가 아팠다. 심경이 복잡했던 기억이 되살아났다. 하지만 이번에는 완전히 다르다. 사랑하는 사람의 희생은 없다. 자신의 마음에 등 돌리지 않고 맞설 수 있다. 이 일은 나와 오쿠마 둘이서 완수하기로 결심했다.

'다카시'란 누구일까. 취재를 진행했다.

동시에 에바라 씨가 떠올랐다. 다카시는 백신이 일으킨 사건과 연결될 수도 있다. 에바라 씨에게 물어보는 것도 한 가지 방법이다. 백신과 접점이 있는 에바라 씨라면 '다카시'라는 수수께끼의 해답도 알고 있을지 모른다.

시간이 없다. 오쿠마는 피해자 유족에게, 나는 에바라 씨에게 각자 이 수수께끼를 던져보기로 했다. 일단 요이치로가 외출하는 시간을 에바라 씨에게 알아두고, 나중에 전화로 물어봤다. 하지만 에바라 씨의 반응은 영 시원치 못했다.

"다카시…… 다카시…… 다카시라."

중얼중얼하며 생각하던 듯한 에바라 씨가 이윽고 대답했다.

"죄송합니다. 짚이는 구석이 없네요. 백신과 관계 있는 사람입니까?"

진전은 없었다. 네 번째 피해자, 사와다의 유족과 접촉한 오쿠마의 연락을 기다렸다.

5

'다카시의 원수'라는 그 낚시꾼의 증언을 그 후에 경찰이 파악했을 가능성도 있다. 그렇다면 경찰 쪽에서 진전된 수사 정보를 끌어낼 수 있을지도 모른다. 우시지마에게 전화했지만 받지 않았다. 몇 번을 걸어도 마찬가지였다. 오후가 되어서야 겨우 전화를 받았다.

"지금 회의 중인데, 잠깐이라면 괜찮아." 경찰청에 있다는 우시지마는 그대로 자리에서 일어나 복도로 나왔다. 직설적으로 대화를 나누기는 불가능하다. '긍정 또는 부정'으로 답하게끔 물어봤다.

"우시지마 씨, 네 번째 사건, 혹시 진전이 있지 않습니까?"

우시지마는 여느 때와 다름없이 딴청 부리듯 대답했다.

"음, 그렇지. 그래, 그래."

"저희도 중요한 증언을 얻었습니다. 그런데 경찰이 파악했는지는 모르겠네요." 지금부터 거래에 들어간다. 우시지마의 목소리는 밝았다.

"우리도 얻었어."

"백신으로 추정되는 인물이 소리친 말을 낚시꾼이 들었다는 이야기?"

"빙고. 그거야."

역시 경찰도 그를 찾아낸 건가. 그렇다면 얘기가 빠르다. 고위층이 보증한다면 특종도 가능하다. 수사 정보라고는 하나, 이건 급전개를 보여줄 가능성도 있다. 오쿠마가 기뻐하는 얼굴이 떠올랐다. 선점할 수 있도록 우시지마에게 부탁하자.

"다카시, 맞죠?"

"응? 어, 아닌데. 하나 모자라." 낌새가 이상하다.

"한 글자?"

"이가 빠졌어. 이가 하나 빠졌으니 치과에서 이를 해 넣어야지. 이가 빠진 채로 웃으면 얼빠져 보이잖아?"*

우시지마의 재치 있는 연기였다. '다카시'에서 '하'가 빠졌다.

"다카시에서 '하'가 빠졌다……. 다카하시…… 다카하시인가요? 다카시는 오보가 될까요?"

"아, 그렇지. 어금니에 뭐가 끼었나."

다카시인가 다카하시인가. 정보가 다르다. 오쿠마와 경찰 중 미조구치라는 낚시꾼의 말을 잘못 알아들은 건 어느 쪽일까? 판

---

*이는 일본어로 '하'라고 한다.

단이 서지 않았다. 만약을 위해 한 번 더 오쿠마에게 확인시키기로 했다.

만약 '다카하시의 원수'라면 어떤 의미일까. 우시지마는 어디까지 알고 있는 걸까. 덧붙여 우시지마에게 네 번째 피해자의 아내에게도 협박 전화가 왔었는지 물어봤다.

"응. 그것도 전의 세 개와 마찬가지로 충치였어."

"우시지마 씨, 전에 만났던 카페에서 오후 4시쯤 뵐 수 있을까요? 정보를 대조해보고 싶습니다."

"알았어."

다음 날이었다. 에바라 씨의 말대로 백신의 '종결 선언'이 도착했다.

제4장

이유

에바라 요이치로의 모놀로그

1

아침에 아버지가 나를 깨웠다. 동요한 얼굴로 〈다이요 신문〉
을 들고 있었다.

"요이치로, 이것 보렴. 백신의 종결 선언이 실렸어."

"네?" 나는 목소리가 높아졌다. 〈다이요 신문〉 1면에 난 기사
였다.

**〔백신이 종결 선언을 보내다〕〔끝머리에 게가사와 교수의 이름
이〕〔교제 상대를 둘러싸고 피해자를 살해?〕**

기사에는 이렇게 적혀 있었다.

일명 '백신'이 수도권에서 일으킨 연쇄살인사건의 종결을 선
언하는 문서가 16일 본사의 잇폰기 기자 앞으로 배달됐다. 살
해 동기는 '교제 상대를 둘러싼 희생자들과 자신의 싸움'이라고
밝혔으며, 끝머리에는 메이호 대학교 게가사와 다쓰야 교수의
이름이 적혀 있었다. 우체국 소인이 '메지로니시'인 것으로 보

건대 문서는 메이호 대학교 근처에서 보낸 것으로 추정된다. 경찰은 백신이 게가사와 교수가 맞는지 확인을 서두르고 있다.

백신이 보낸 종결 선언의 전문은 다음과 같았다.

잇폰기 기자 및 독자 여러분에게,

자연은 오직 사랑을 위해 우리를 이 세상에 만들었다—.

러시아의 극작가 안톤 체호프의 희곡에 나오는 말이야.

잇폰기 기자, 지금까지 내 시나리오에 동참해줘서 고마워. 이제 장대한 희곡의 막을 내릴게. 독자 여러분도 분명 나와 잇폰기 기자가 생각을 교환하는 유희를 즐겼겠지.

자, 내 정체를 밝히겠어. 난 오랜 세월 세포와 바이러스 연구를 해왔지. 생명이라는 수수께끼 현상을 해명하고자 노력하는 동안, '인간'이라 이름 붙여진 가장 성가신 생물에게 흥미가 생겼어.

그래서 한 인간인 나 스스로를 힌트 삼아 인간을 해명하고자 했어. 지식은 충분히 쌓았지. 하지만 도무지 인간의 정체를 파악할 수가 없더군. 그 후 나는 결심했어. 나 자신의 야수성을 해방시켜보기로.

텔레비전에 출연만 해도 주변 사람들의 태도가 변하더군. 나는 인기를 얻었지. 돈이 생기자 욕망은 한도가 없어지더군. 여자는 금방 손에 들어왔어. 나는 한없이 사치를 부렸고, 육욕의 향락에 빠졌고, 불륜을 거듭했고, 아이를 버렸어.

계속 그대로 본능에 따르자 어떻게 됐을까.

이번에는 수컷끼리 같은 암컷을 두고 쟁탈전을 벌였지. 어쩌된 일인지 내 불륜 상대가 다른 남자와도 불륜을 벌이고 있더라고. 불륜이 이토록 세상에 만연하다면, 잇폰기 기자가 선악을 고찰했던 것과 비슷하게 도덕과 부도덕의 경계도 명확하지 않을지 모르겠어.

백신의 희생자는, 나와 한 여자를 두고 다퉜던 남자들이야. 목록을 첨부하지. 불륜 상대의 성씨와 천적＝희생자 이름을 정리한 일람이야. 이걸로 수수께끼는 전부 해결되겠지. 잇폰기 기자가 꿰뚫어본 대로 무차별 살인은 아니었어. 동기는 인간이라는 동물의 천성을 징벌하는 것이었지.

나는 그들을 차례차례 죽였어. 그건 내게도 깃들어 있는 인간의 추악한 천성을 증오하는 행위이기도 했어. 그들 중에는 여자를 가지고 놀다가 아무렇지도 않게 버리는 놈도 있었지. 정의의 칼날을 휘둘렀다고 말하진 않겠지만, 그녀들이 어떤 고충을 겪었는지 깨우쳐준 사례도 있었어. 바로 네 번째가 그래. '다카하시'라는 스낵바를 경영하는 마담의 원수를 갚아줬지.

누구도 육체의 에고에서 달아나지 못해. 난 인간의 가장 큰 약점을 그들과 내 내면에서 봤어. 그렇게 육체 해방의 검증을 마친 후, 나는 잇폰기 기자와도 대화했듯 스스로가 죄 많은 바이러스임을 깨달았지. 나도 어리석은 인류의 세포 중 일부에 시나지 않아. 육욕에 허우적대고 돈의 유혹에 사로잡혀 한없이 욕망을 채우고자 했지. 그렇듯 추악한 나 자신에게 오만 정이 다

떨어졌어.

여기서 마지막으로 총괄할게. 이걸로 내 시나리오는 완결돼.

다섯 번째 희생자는 나 자신이야. 동물에 불과한 나 자신이라는 인간을 단념하는 거야. 국가가 사형시키기 전에 스스로 육체라는 존재를 포기하겠어.

하지만 난 잇폰기 기자에게 패한 게 아니야.

이 결말, 즉 죽음을 내 마지막 삶으로 삼을 거니까.

잇폰기 기자는 인간이 '육체와 정신의 대립을 극복하며 살아가는 수밖에 없다'고 했어. 하지만 살아 있는 한 정신이 육체를 이기는 날은 오지 않아. 나는 수십 년간 생물을 연구하며 정신을 지닌 인간의 원형은 육체를 떠난 '혼'의 상태임을 깨달았어. 그리고 그런 갈등으로 고민하는 동물이 인간뿐이라는 사실도 알았지.

플라톤의 저서 《파이돈》을 보면 소크라테스는 '철학을 제대로 한다는 것은 죽는 연습을 하는 것이다'라고 했다는군. 동감이야. 인간이 동물이라는 사실에서 탈피하는 날은 영원히 오지 않아. 인간은 완전한 '인간'이 될 수 없는 거야. 하지만 마침내 죽음을 맞이해 의식이 육체의 에고를 벗어나면 동물에서 해방되지. 오직 그때만 무엇에도 혹하지 않는, 본연의 '인간'으로 돌아갈 수 있어. 죽은 자만이 '인간'이 될 수 있는 거야.

난 '인간이란 초라하고 정체를 알 수 없으며 지혜를 갖춘 까닭에 비열한 존재'라는 진리를 공론화 및 사회화하기 위해 세상에서 '흉악 범죄'라 일컫는 의식을 빌려 〈다이요 신문〉에 내 주장을 남겼지. 인류에게 필요한 기억이기 때문이야. 역사는 미래의 예언자니까.

내가 백신이라는 사실은 사건 현장에 남긴 담배꽁초와 발자국, 연구실에 남긴 와인색 봉랍과 V 자를 찍는 금속 스탬프 등으로 증명될 거야.

난 인간이 바이러스임을 여전히 부정하지 않아. '인간 혁명'도 포기하지 않을 거고. 누군가 역사에 남겨진 내 업적을 알고서 언젠가 다시 '백신'으로 나타나 인류가 이성이 육체를 능가하는, 본연의 '인간'으로 다시 태어나기를 촉구하겠지.

게가사와 다쓰야

게가사와 교수가 백신인가.

종결 선언이 〈다이요 신문〉 조간에 게재되자 언론은 아침부터 난리 법석을 떨었다. 이날은 잇폰기 기자의 반론이 지면에 실리지 않았다. 너무 갑작스러운 소식이 날아든 탓이리라.

불륜 목록은 공표되지 않았다. 하지만 기사에 따르면, 게가사와 교수의 불륜 상대는 총 아홉 명이다. 피해자 네 명과 백신이 쟁탈전을 벌인 여자는 이름만 적혀 있었다고 한다. 피해자들이 불륜을 저질렀다는 부분은 말로 표현하지는 않았으되 표현한 것이나 마찬가지였다.

아버지와 신문을 읽었다. 종결 신언의 내용내로라면 게가사와 교수는 자살했다. 이것이 진실이라면 아버지도 목숨을 구한 셈이다. 하지만 아버지는 아직 불안해 보이는 표정이었다. 하기야 자살로 위장했을 가능성도 부정할 수는 없다.

"아버지, 이제 괜찮아요."

그렇게 달랬다. 지금까지 살아오면서 아버지에게 처음으로 그 말을 할 수 있었다. 나는 바짝 마른 아버지의 어깨를 끌어안았다. 아버지는 바들바들 떨고 있었다. 나는 두 손을 모아 어머니의 영정 사진에다 이것으로 모든 일이 끝나기를 빌었다.

"어머니, 아버지랑 산카쿠 산에 갈게요. 기다리고 계세요."

그렇다. 얼마 안 있으면 어머니의 월명일이다. 가자, 그곳으로.

잇폰기 도루의 모놀로그

1

5층 편집국은 시끌벅적하니 어수선한 분위기였다. 사회부 당번 데스크석에서 마유즈미 데스크가 짜랑짜랑 소리를 질렀다. 백신의 '종결 선언'이 도착한 어제부터 게가사와 교수의 행방이 묘연했다. 어딘가에서 자살을 꾀한 걸까, 아니면 자살로 위장하고 도망친 걸까. 애당초 백신은 정말로 게가사와 교수일까. 경찰도 체포영장을 청구하는 단계에는 이르지 못했다.

경찰에서 입수한 수사 정보를 정리했다.

일단 모든 현장 근처에 떨어져 있던 담배꽁초. 거기 묻어 있던 침에서 검출된 DNA가 게가사와 교수의 DNA와 정확하게 일치했다. 경찰은 정보방송에도 가끔 등장한 메이호 대학교 연구동 13층에 있는 흡연실에서 게가사와가 피운 담배꽁초를 입수해 타액을 채취하고, 과학경찰연구소와 과학수사연구소에서 대조 확인했다.

그리고 범행 성명이 담긴 봉투는 신주쿠, 이케부쿠로, 신오쿠보, 다카다노바바, 메지로에 설치된 우체통에 투함됐다. 전부 도쿄 23구의 서부에 집중되어 있으며, 메이호 대학교에서 제일 가까운 메지로 역에서 몇 정거장 범위였다. 더 나아가 살해 현장에서 채취한 발자국을 조사한 결과, 게가사와의 신발과 같은 상표에 크기도 동일했다.

또한 사건들이 발생한 날에 게가사와의 알리바이를 확인할 수 없었다. 그리고 〈다이요 신문〉 도쿄 본사 2층의 자유통로에 있는 공중전화에서 피해자들의 집으로 협박 전화를 건 날짜 및 시간이, 게가사와가 〈다이요 신문〉이 주최하는 CSR 독자 대상 심사위원으로 본사에 왔다가 돌아간 날짜 및 시간과 거의 일치했다.

경찰은 이러한 사실을 충분한 '상황증거'로 보고 수사의 초점을 맞췄다. '종결 선언'대로 메이호 대학교에 있는 게가사와의 연구실에서 범행 성명에 사용된 와인색 봉랍과 V 자를 찍는 금속 스탬프도 발견됐다.

우시지마가 내 스마트폰으로 전화했다.

"잇폰기, 어때? 게가사와의 소재는 파악했어? 어쨌거나 이제 게가사와의 체포영장을 청구할 생각이지만."

모든 상황이 분명 게가사와가 백신임을 가리켰다.

하지만 취재로 얻은 조각이 아무래도 들어맞지 않았다. 나는 "어디까지나 개인적인 의견입니다만……" 하고 서론을 깔며 말했다. "게가사와가 백신이 아닐 가능성이 아직 남아 있습니다."

오쿠마가 취재를 마치고 돌아왔다. 시간이 없었다. 나와 오쿠마는 모든 취재 결과를 대조해보기로 했다. 마유즈미 데스크에게는 아직 보도를 하지 말고 기다려달라고 전달했다.

소란스러운 가운데 텔레비전에서 뉴스 속보를 알리는 벨 소리가 울렸다. 경찰의 움직임을 보고 판단한 것이리라. 한 방송사에서 자막을 내보냈다.

〔게가사와 교수가 백신으로 판명. 체포 수순으로〕

즉시 다른 방송사에서도 같은 내용을 내보냈다. 각 방송사별로 채널을 맞춰 편집국 한복판에 죽 늘어놓은 텔레비전 화면에 차례차례 같은 자막이 흘러나왔다. 우리 회사의 속보를 담당하는 〈다이요 신문〉 디지털판에는 아직 자막이 뜨지 않았다.

나가미네 편집국장이 국장실에서 나와 사회부 데스크석으로 다가왔다.

"뭐 해. '게가사와 교수 체포 수순으로'라고 기사 안 싣고."

마유즈미 데스크가 사정을 설명했다. 요시무라도 이사실에서 5층 편집국으로 내려와서 내 어깨를 쿡쿡 찌르며 언성을 높였다.

"잇폰기, 뭐 하는 거야! 범인은 게가사와잖나. 우리가 앞서 나갔는데 마지막에 추월당하면 어쩌자는 거야!"

"좀 기다려주십시오. 안 맞습니다. 아무래도 들어맞지 않는 조각이 있다고요."

"뭐가 안 들어맞는다는 거야!"

요시무라가 눈에 쌍심지를 켰다. 나는 시간을 달라고 거듭 부탁했다.

나와 오쿠마는 지금까지 취재한 결과를 하나씩 확인했다.

난해한 지그소퍼즐을 조금씩 맞춰 나갔다. 30분, 한 시간……. 마지막까지 맞지 않았던 한 조각을 마침내 제자리에 끼워 넣었다.

백신은 게가사와가 아니다. 그다—.

확신을 얻은 나는 당장 우시지마에게 연락했다. 우시지마는 체포영장을 청구하려고 이미 법원에 부하직원을 보냈다. 텔레비전과 다른 신문은 그 움직임을 알고서 '체포 수순으로'라는 속보를 날린 것이다. 하지만 나는 모든 근거를 우시지마에게 설명했다. 우시지마는 부랴부랴 부하를 복귀시키기로 했다. 경찰 차량은 법원에 도착한 뒤였다. 아슬아슬하게 체포영장 청구는 하지 않았다.

나는 모든 진상을 원고에 쓴 후, 백신에 해당하는 인물에게 직접 전화를 걸었다. 에바라 씨 말대로 내가 아는 사람이었다. 그는 전화를 받지 않았다. 음성사서함에 다음과 같이 메시지를 남겼다.

"잇폰기입니다. 저는 당신이 백신이라고 확신합니다. 지면에서 대화를 나눌 게 아니라 꼭 직접 만나고 싶군요."

다음으로 마유즈미 데스크에게 말없이 백신의 실명과 모든 진상이 담긴 '예정 원고'를 줬다. 마유즈미 데스크의 눈이 휘둥그레졌다. 찢어지는 듯한 목소리가 울려 퍼졌다.

"잇폰기, 이거 정말이야?"

"쉿. 아직 잠자코 계세요."

이윽고 백신이 내 연락에 '내일 오후 3시에 혼자 올 것'이라고 답을 줬다. 장소도 지정했다.

2

백신이 지정한 곳은 나가노 현의 산간지역이었다.

산기슭에 주차장이 있었다. 공중 화장실 옆에 '산카쿠 산 등산로 입구'라고 적혀 있었다. 숲속을 걸어가자 이윽고 물소리가 들려왔다. 구름다리가 나왔다. 발치에서 젖은 돌 냄새가 났다.

다리 위, 계곡 건너편 가까운 곳에 등산모를 쓴 남자가 서 있었다. 백신이었다. 계곡을 내려다보고 있었다. 내가 구름다리를 건너기 시작하자 다리 전체가 흔들렸다. 그도 내가 왔음을 알아차렸다. 나는 천천히 그에게 다가갔다. 남자의 표정은 부드러웠다. 내가 먼저 말을 걸었다.

"역시 당신이었군요, 에바라 씨."

에바라 시게루 씨는 살짝 고개를 끄덕였다. 동그란 안경 안쪽의 눈초리를 내리며 입가에 웃음을 머금었다. 신문 지면에서 논쟁을 벌였던 백신으로는 보이지 않았다.

그가 나를 덮칠 마음이 없다는 건 금방 알았다. 지금까지 농밀한 대화를 거듭해온 까닭일까. 서로 마음이 통하는 걸 느꼈다. 에바라 씨가 조용히 말했다.

"역시 잇폰기 씨답군요."

에바라 씨는 계곡 쪽으로 돌아서서 아련한 눈으로 흐르는 물을 내려다보며 말했다.

"여기는 저희 가족이 산카쿠 산에 오르면서 수없이 지나다닌 구름다리입니다. 요이치로가 어릴 적부터 이 다리를 건너면 계

곡가로 내려가서 잠시 쉬었다가 산 정상으로 향했죠. 저희 가족
은 이 다리를 '아마도 말인데' 다리라고 불렀어요."

"아마도 말인데……라고요?"

에바라 씨는 쓴웃음을 짓더니 "아니요. 모르셔도 상관없습니
다. 자, 보이시죠. 저기 산 정상에 아내가 잠들어 있습니다" 하고
손가락으로 가리켰다.

"요이치로에게 들었습니다. 거기서 찍은 가족사진을 스마트
폰 배경화면으로 쓰더군요."

"자연장을 했습니다. 아내가 그러길 바랐거든요. 물론 지자체
에 확인은 했습니다."

끊임없는 물소리가 잠시 주변을 지배했다. 우리는 나란히 구
름다리의 난간으로 쓰이는 가로대에 팔꿈치를 얹었다. 발밑을
흘러가는 계곡물을 바라봤다. 에바라 씨가 내 옆얼굴에 대고 물
었다. 차분하고 나지막한 목소리였다.

"제가 백신인 건 어떻게 아셨습니까?"

"차례대로 말씀드리죠."

3

"저는 백신의 속셈을 꿰뚫어 보기 위해 애썼습니다. 범인이 심
정을 토로하고 개인사를 언급한 부분이 몇 군데 있었죠. 그 내용
을 액면 그대로 받아들일 필요는 없어요. 오히려 거기에 포함된

거짓을 간파하기 위해 대화를 계속했습니다. 예를 들면 희생자는 '누구라도 상관없다'는 말. 그 범행 성명대로라면 범인의 동기와 표적을 알 수가 없어요. 경찰 수사도 난항을 거듭했죠. 저도 한때는 정말로 무차별 살인인 줄 알았습니다.

그런데 당신은 사회에 분노를 표출한 부분에서 진심을 내비쳤어요. 인간의 감정 가운데 분노야말로 진실을 상징하죠. 누구나 화가 났을 때는 속마음을 털어놓는 법이거든요. 저는 거기에 주목해 당신을 도발하기까지 했습니다. 그렇게 해서 끌어낸 것이 당신이 언급한 '절대적인 폭력'에 대한 혐오였어요. 즉, 당신은 절대적인 폭력을 부정하는 한편으로 살인을 되풀이한 겁니다.

그럼 당신은 뭘 격퇴하려 한 걸까요. 어쩌면 다른 절대적인 폭력에 보복한 게 아닐까. 당신은 스스로를 위해서가 아니라 누군가 다른 약자를 구하기 위해 살인을 저지른 게 아닐까. 그렇게 생각하자 당신의 독단적인 윤리관과도 전부 부합하더군요.

그건 묘하게도 제가 쓴 '범죄 보도·가족 시리즈' 제3부에서 다룬 주제와도 일맥상통했습니다. 선과 악의 애매모호함이죠. 선과 악이 뒤집어져 교체되듯이 피해와 가해 또한 표리일체일지도 모른다고 느꼈습니다.

즉, 이 사건의 피해자들이 한편으로는 가해자가 아니겠느냐는 거예요.

그렇다면 누구에게 가한 폭력에 보복한 걸까. 피해자였을 그들에게 폭력을 당할 존재가 있다면…….

피해자 네 명은 이혼하기 직전의 남자, 불륜을 저지른 남자,

부부 사이가 좋지 않은 남자……. 처음에는 부부간에 문제가 있는 이기적인 남자라는 인물상이 떠올랐습니다. 거기서 기인하는 문제는 뭘까. 여기에 절대적인 폭력이라는 키워드를 끼워 넣는다면, 아내를 대상으로 한 가정폭력일까요? 거기에 들어맞는 사례도 있었습니다.

하지만 백신이 뿜어낸 분노는 더욱 목소리를 내기 힘든 작은 존재에 그 뿌리가 있는 것 아닐까 싶더군요. 그건 일방적이고 부조리한 폭력입니다. 거스를 방도가 없어 아무 저항도 못 한 채 오로지 굴종하고, 절망을 꾹 참으며 시간이 가기를 기다릴 수밖에 없는…… 그런 공포죠. 그럼 그런 환경에 처해 목소리를 낼 수 없는 존재는 누구일까. 동물의 세계에서처럼 육체적인 차이 때문에 절대적인 폭력을 당하는 피해자…….

그리고 당신은 신문 지면에서 우리를 이렇게 비판했죠.

'침묵할 수밖에 없는 절대적인 폭력에서 초래된 비극에 말을 부여해서, 압제받는 모든 것들을 시대와 사회조직이 항거할 수 없는 고통에서 구해내는 것이 너희의 역할 아닌가'라고요. '인간의 목숨을 빼앗는 것이 죄라면, 인간에게 목숨을 멋대로 주는 것도 죄일 테지'라고도 했습니다. 통계로 보면 아동학대 사망사건의 약 30퍼센트는 '바라지 않은 출산'의 결과라고 하더군요. 이들은 절대적인 폭력에 시달리다 목소리 한 번 제대로 내지 못한 채 사그라진 생명입니다.

그렇게 생각했을 때 피해자들의 또 다른 공통점이 눈에 들어왔습니다. 자식을 학대한 아버지들이라는 면모가 말이죠."

에바라 씨의 눈 밑이 파르르 떨렸다. 나는 말을 이었다.

"여기에 딱 맞아떨어진 것이 '다카시의 원수'입니다. 네 번째 희생자가 살해당할 때 범행 현장에서 들렸다는 고함이죠. 다카시는 네 번째 피해자인 사와다 씨의 일곱 살 난 아들 다카시를 가리킵니다. 이건 틀림없이 분노의 표출이었죠. 이 장면에는 지금까지 일어난 범행의 동기가 집약되어 있었습니다.

사와다 씨 부인에게 다시 물어보니 다카시는 아버지의 폭력을 피하기 위해 '상수리나무집'이라는 아동보호시설에 맡겨놓았다고 하더군요. 아버지가 죽은 후 집에 돌아왔지만 외상 후 스트레스 장애 때문에 아버지의 고함 소리가 트라우마로 남아 계속 무서워하기에, 잠시 더 시설에 맡겨놓기로 했답니다. 우리는 어머님께 양해를 구하고 시설을 방문해, 직원의 동행하에 다카시를 만났습니다."

에바라 씨가 약간 흥미를 보였다.

"잇폰기 씨, 그 아이를 만났다고요?"

나는 고개를 끄덕였다.

"다카시는 눈가에 멍이 들어 있었습니다. 시설에 들어오기 전부터 그랬다더군요. 아버지에게 얻어맞은 거겠죠. 다카시는 '나, 아빠가 정말 좋았어요' 하고 구김살 없이 웃었습니다. 저는 다카시와 눈높이를 맞추고 물어봤죠.

'하지만…… 아빠한테 맞아서 여기 있는 거잖아?' 그러자 다카시는 '내가 잘못했으니까 어쩔 수 없죠' 하고 눈물을 글썽거리며 대답했습니다. '정말로 그렇게 생각하니?' 하고 묻자 고개를 숙이고 훌쩍훌쩍 울었습니다. '아빠가 무서웠니?' 하고 재차 묻자 다카시는 숨을 헐떡이며 몇 번이고 고개를 끄덕였습니다.

직원이 나서서 실은 아빠를 정말 두려워했다고 설명해줬습니다. 사와다 씨는 의자에 다카시의 두 손과 두 다리를 묶어놓고 담뱃불로 지지거나, 욕조에 집어넣고 여름에는 뜨거운 물을 겨울에는 차가운 물을 퍼부었습니다. 문패에 낙서를 했다, 떠들었다, 화장실에서 손을 씻고 나오지 않았다는 이유로⋯⋯. 울면 얼굴을 때렸고요. 사소한 일로 걸핏하면 폭력을 휘둘렀습니다. 그걸 사와다 씨는 '예절 교육'이라고 주장했고요.

그 후 우리는 피해자들의 신변을 다시 조사했습니다. 취재를 거절한 피해자 집에도 선물용 과자를 들고 다시 방문해, 더 이상 피해자가 늘어나면 안 된다고 호소하며 이야기를 들었습니다. 피해자 네 명의 이웃으로도 취재 범위를 넓혔고요. 그 결과 피해자 네 명의 가정에서 일상적으로 아버지의 고함 소리와 물건이 박살 나는 소리, 아이가 울부짖는 소리가 들렸다는 증언을 다수 확보했습니다.

머릿속에 정경이 떠오르더군요. 마치 암실에서 인화지에 떠오르는 피사체의 음영 같았습니다. 취재를 진행하는 동안 피사체는 점점 선명해졌습니다. 어둠 속에서 상이 맺힌 건 아이들의 우는 얼굴이었습니다.

첫 번째 피해자, 요코하마 시청 직원 무라타 씨의 아들은 신지라고 합니다. 중학교 3학년인 신지는 고교입시를 앞두고 있었죠. 신지도 가나가와 현의 '상수리나무집'에 들어갔어요. 하지만 아버지가 살해당한 후 집에 돌아왔기 때문에 범인이 아닐까 경찰에게 잠깐 의심받기도 했습니다. 아버지가 '네 성적으로 고등학교는 무슨 고등학교. 썩 나가' 하고 욕하며 신지를 때리고 발길질을 했다는군요. 하지만 백신이 범행을 저질렀을 당시, 신지는 시설에서 직원과 장기를 두고 있었다고 합니다."

"잇폰기 씨, 다른 희생자의 집도 그렇게 한 집 한 집 찾아갔습니까?"

에바라 씨는 내 눈 속에서 그 아이들 모습을 찾으려는 듯했다.

"네. 두 번째 피해자는 IT 관련 회사 사원 혼고 씨. 아들 게이치로는 여덟 살입니다. 아버지가 '무슨 놈의 게임기 소리가 이렇게 시끄러워, 방해되잖아' 하며 계단에서 떠밀어 크게 다쳤습니다. 세 번째 피해자는 운송회사 사원 고바야시 씨, 딸 도모코는 열두 살입니다. 좋아하는 아이돌 그룹의 춤을 따라하며 동영상 사이트에 올리고 있는데 '잠을 못 자겠잖아' 하고 뒤에서 갑자기 걷어차는 바람에 팔이 부러졌습니다. 그 동영상은 인터넷에도 남아 있었습니다.

부모는 '예절 교육'이라 우기고, 아이들은 '자기 잘못'이라고 말합니다. 아이의 심리는 그런 법이에요. 왕따든 학대든 똑같습니다. 아이는 자신의 입장이 약할수록 환경에 순응해야 스스로를 구할 수 있다는 걸 본능적으로 알고 있습니다.

'절대적인 폭력'의 공포에서 해방되기 위해 '자기 잘못'이라고 받아들이죠. 그편이 제일 안전하고 편하기 때문입니다. 아이에게도 자존심은 있어요. 그래서 자존심에 생채기가 나지 않도록

이 상황에 굴복하거나 울며 겨자 먹기로 받아들인 게 아니라, 자기가 잘못했기 때문이라고 스스로를 설득하는 거예요. 아이는 슬퍼도 웃을 수 있고 슬프지 않아도 울 수 있습니다. 상대에 따라 정반대의 말을 하기도 하고요. 그런 식으로 발각되지 않는 학대가 훨씬 많을 겁니다."

잠자코 듣고 있던 에바라 씨가 고개를 살짝 끄덕였다.

"제가 당신에게 '다카시의 원수'에 대해 물어본 후, 당신은 다른 낚시꾼인 척 경찰에 연락해 현장에서 '다카하시의 원수'라는 말을 들었다고 제보한 후 즉시 전화를 끊었죠. 경찰은 당연히 '다카하시'라는 인물이 사건과 어떤 관계인지 조사에 나설 거예요. 그리고 그때 백신이 '종결 선언'을 냈습니다. '불륜 목록'에 네 번째 피해자 사와다 씨의 불륜 상대가 '다카하시'라는 여성이라는 걸 밝혔고, 사와다 씨가 그 여자를 가지고 놀다가 버렸음을 대놓고 암시했어요.

그러나 테트라포드에서 '다카시'라는 말을 들은 낚시꾼은 범행 현장에서 6, 7미터밖에 떨어져 있지 않았습니다. 살해 현장에서 약 1킬로미터 떨어진 곳에 있었던 다른 낚시꾼 말고 사람이라고는 아무도 없었고요. 그 사람은 주변에 아무도 없다는 걸 확인하고 낚싯줄을 드리웠거든요. 취재한 기자가 몇 번을 확인해도 낚시꾼은 분명 '다카시의 원수'라는 고함 소리를 들었다고 증언했습니다.

게다가 그 증언은 우리가 독자적으로 확보한 겁니다. 그러니까 경찰에 익명으로 제보한 전화는 누군가의 위장 공작임을 금방 알아차렸죠. 그 시점에 저와 후배 기자 말고 '다카시'라는 정보를 알고 있던 사람은 당신뿐이었습니다. 수수께끼가 넘쳐나던 퍼즐이 조금씩 맞춰지기 시작했죠.

다카시의 원수. 당신은 우리가 '말을 죽였다'고 했어요. 그런 맥락에서 보자면 이 말에는 당신의 감정이 생생하게 살아 숨 쉬고 있었습니다. 당신의 감정을 정확하게 표현했죠. 당신 자신이 말을 억누르지 못하고 진실을 외치고 만 겁니다.

당신은 학대당한 아이들을 대신해 복수한 거예요. 남의 눈에 띄지 않는 심판할 수 없는 죄에 희생돼 달아날 길 없는 공포를 겪은 아이들을 위해.

왜일까요.

당신 자신이 학대를 받으며 자랐기 때문이 아닐까요?"

4

다시 물소리만이 주변을 채웠다.

에바라 씨는 부정하지 않고 차분히 내게 물었다.

"잇폰기 씨, 그럼 제가 어떻게 이런 학대 사례를 알아냈는지도 아십니까."

"취재를 하다가 확신했죠. 당신이 자라고 성인이 된 후에도 사주 찾아갔던 '상수리나무집'에 축적된 정보를 이용한 겁니다. 우리가 '상수리나무집'에 다다른 건 다시 방문한 피해자 집 중 두 곳에서 같은 팸플릿을 봤기 때문입니다.

'상수리나무집' 홈페이지에 들어가 보니, 간토 지방에서 아동 보호시설을 여러 곳 운영하는 사회복지법인이더군요. 네 피해자의 아이들은 사건 당시 모두 수도권 각지의 '상수리나무집'에 있었습니다.

졸업생인 당신은 크리스마스가 되면 산타클로스로 분장해 간토 지방 각지의 '상수리나무집'을 찾아갔죠. 그리고 당신 서재에는 사회복지 관련 장기 공로자 표창장과 상패, 사진이 있었습니다. 당신이 도쿄 도내의 '상수리나무집'에서 자랐을 당시 원장이었던 사람이 현재 산카쿠 산에서 '상수리나무 산장'을 관리하는 이시바시 미쓰오 씨고요.

당신은 각지의 '상수리나무집'을 방문했을 때 컴퓨터에 저장된 데이터를 빼낸 거예요. 아버지에게 학대받고 들어온 아이들로 범위를 좁히고 도쿄, 가나가와, 지바, 사이타마로 주소를 분산시켜요. 광역수사의 맹점을 알고 있었던 거겠죠.

다음으로 당신은 교묘한 시나리오를 짰습니다.

불륜과 사생아 소동을 일으킨 게가사와 교수를 범인으로 내세우고, 마지막에 게가사와도 죽인다는.

피해자는 전부 부부 사이가 좋지 않고, 가정이 붕괴되고, 불륜으로 치닫는 남자들. 게가사와를 범인으로 만들면 '불륜 상대를 놓고 벌어진 연쇄살인사건'으로 위장할 수 있죠. 살인의 원인과 결과가 잘 연결됩니다. 처음에는 우리도 취재할 때 피해자들이 살해당한 이유를 그렇게 생각했거든요.

그런데 피해자들의 가정에는 다른 피해자, 아이들이 있었어요. 당신은 수사와 취재가 거기까지 다다르지 못하도록 그 앞에서 갖은 술수를 부렸습니다. 조금씩 모든 것이 게가사와의 소행으로 판단되게끔.

일단은 물적 증거입니다. 당신은 범행 현장 주변에 반드시 담배꽁초를 떨어뜨려놓았어요. 게가사와 교수가 피우고 버린 담배꽁초를 모아둔 거겠죠. 그가 근무하던 대학교의 18층짜리 연구동은 모든 구역이 금연이었어요. 하지만 13층에 있는 그의 연구실을 나서면 복도 오른쪽 끝에 흡연실이 있었죠. 애연가인 게가사와는 거기서 자주 담배를 피웠고, 텔레비전 정보방송에도 몇 번이나 그곳이 나왔습니다. 당신도 그걸 봤겠죠. 그는 특정 상표의 양담배만 피우니까 담배꽁초를 골라 모으기는 아주 쉬웠을 겁니다.

당신은 살인을 저지를 때마다 모아둔 담배꽁초를 범행 현장에서 조금 떨어진 곳에 버렸어요.

첫 번째 피해자를 미행했던 역구내와 길, 두 번째 피해자를 떨어뜨린 빌딩의 옥상과 화장실, 세 번째 피해자를 찌른 역의 화장실과 플랫폼, 네 번째 피해자를 찌른 방재호안 옆 포장도로와 근처 풀숲. 각각 서너 개씩요. 아니나 다를까 경시청과 각 현경은 이 담배꽁초를 확보해 묻어 있던 침에 주목했습니다.

모든 범행 현장 부근에 있던 담배꽁초에서 혈액형이 AB형인 동일인물의 DNA가 검출됐죠. 감식수사 결과 괄목할 만한 물증이 나온 겁니다. 한편 일찍부터 당신은 '우리 대학교의 게가사와 교수가 수상하다'라고 익명으로 경찰에 제보 전화를 걸었습니다. 그렇다면 경찰은 다음으로 뭘 할까요. 당신과 똑같이 했겠죠. 네, 게가사와 교수가 담배를 피우는 연구동의 흡연실에서 그가 버린 담배꽁초를 확보했어요.

더 나아가 당신은 게가사와가 신는 신발과 신발 사이즈까지 알아냈습니다. 요정에서는 신발을 벗죠. 강연을 하러 가면 슬리퍼로 갈아 신고요⋯⋯. 게가사와의 뒤를 밟으면 상표와 사이즈가 같은 신발을 마련하기도 아주 쉬웠을 겁니다. 각 사건 현장에서 발견된 발자국은 감식반이 기록해요. 자, 그럼 어떻게 될까요. 경찰은 충분한 상황증거가 갖춰졌다고 보고, 게가사와 교수에게 수사의 초점을 맞출 겁니다.

그리고 V 자를 찍은 봉랍으로 봉해 〈다이요 신문〉에 보낸 범행 성명문. 제게 보내는 성명문은 전부 메이호 대학교 연구동에서 제일 가까운 메지로 역이나, 몇 정거장밖에 떨어지지 않은 신주쿠 역, 이케부쿠로 역, 신오쿠보 역, 다카노바바 역 근처의 우체통에 넣었습니다. 이 또한 꼬리가 잡히기 쉽도록 일부러 생활권을 드러낸 거겠죠. 그리고 성명문에서는 수다스럽게 박학함을 과시하고 위인의 말을 인용하는 등 게가사와 교수인 척 조금씩 위장해나갔습니다.

〈다이요 신문〉만 이용한 건, 언제나 올바른 백신으로서 발언할 자리를 확보하고 싶었기 때문이겠죠. 미디어를 불신하는 당신의 주장은 본심으로 느껴졌습니다. 사실 인터넷상에는 백신을 사칭하는 사람이 넘쳐났고, 다른 미디어에도 비슷한 봉투가 배달돼 제게 몇 번이나 확인 요청이 들어왔을 정도예요.

당신은 여자를 놓고 다투는 것처럼 보이도록 피해자 집에 협박 전화를 걸어 위장 공작에 박차를 가했죠.

범행을 저지르기 전에 피해자 집에 각각 기계음성으로 협박 전화를 걸었어요. 그것도 〈다이요 신문〉 본사 2층의 자유통로에서요. 날짜와 시간은 게가사와 교수가 〈다이요 신문〉 'CSR 독자 대상'의 심사위원을 맡는 두 번째 월요일 4시 반경. 당신은 게가사와 교수가 〈다이요 신문〉을 나서는 걸 확인한 후, 2층 자유통로에 있는 공중전화로 각 피해자의 집에 협박 전화를 건 겁니다. 물론 수사의 손길이 거기까지 미칠 것을 알고서요.

하지만 이만한 범행을 확실히 실행하기 위해서는 게가사와 교수의 행동을 상세하게 파악할 필요가 있었죠. 돈과 시간을 꽤 많이 들였을 겁니다. 일단 당신은 탐정을 여러 명 고용해 게가사와의 동향을 날마다 확인했습니다. 고용주인 당신은 가공의 주간지 기자를 사칭해 탐정들에게 명함을 건넸죠. 화제의 인물인 게가사와 교수를 추적한다니, 그들도 믿고서 당신에게 정보를 계속 넘겼습니다.

여기서 중요한 건 게가사와가 불륜을 저지르는 일시와 장소입니다. 게가사와는 불륜이 발각되지 않도록 일절 증거를 남기지 않고 행동했는데요, 미행당하고 있음을 깨닫고는 아내가 고용한 탐정이나 진짜 주간지 기자라고 착각한 모양입니다. 불륜이 한 건 발각될 때마다 사진 주간지에 보도되고, 위자료 액수도 올라가죠. 게가사와는 그게 걱정돼 다급히 그들을 떼어내려 했습니다. 따라서 그동안 그의 행적은 불명확해집니다. 하지만 당신이 고용한 탐정들은 떨어져 나간 척하면서 추적을 계속했고요.

당신은 이 점을 이용했습니다. 즉, 게가사와는 네 사람이 살해 당한 범행 일시에, 자신의 결백을 증명할 수 있는 알리바이의 흔적을 스스로 지우고 돌아다닌 셈이 되는 겁니다. 이건 자업자득이라고도 할 수 있겠죠."

"제가 탐정을 쓴 건 어떻게 아셨습니까?"

"요이치로가 저를 찾아오고 나서 〈다이요 신문〉의 기자가 몰래 당신을 경호하며 백신이 나타나길 기다렸습니다. 자신도 경찰에게 백신으로 의심받아 불심검문을 당해가면서요.

우리 기자는 당신과 탐정들이, 당신 집 근처 역에 있는 카페에서 이야기를 나누는 모습을 봤습니다. 기자는 카페에 들어가 자초지종을 다 들었죠. 그 탐정들은 예전에 당신 집에 전화를 걸어 보이스 피싱을 하려던 일당입니다. 그때 당신은 속아 넘어간 척하며 돈을 주러 역 앞으로 갔죠. 그리고 그들에게 사기를 간파했다고 말하고 더 좋은 건수가 있다고 제안했어요. 보이스 피싱에 실패해 얼굴이 드러난 일당은 당신이 제시한 거액에 귀가 솔깃해져 제안을 받아들였습니다.

부지런히 움직인 탐정들은 게가사와의 한 달분 행동 예정표를 당신에게 넘겼습니다. 우리 기자가 탐정들을 붙잡아 추궁하자 전부 실토했어요. '에바라 씨와 나누는 이야기를 들었다. 당신들을 사기 미수죄로 신고할 수도 있다. 하지만 보다 상세한 이야기를 들려준다면 그냥 넘어가겠다'고 구슬렸거든요. 간단히 알아냈습니다.

한편 피해자 네 명의 동향은 당신이 직접 조사했습니다. 탐정에게 시키면 나중에 당신이 백신이라는 사실이 들통나기 때문입니다. 그런 만큼 신중하게, 탐정들을 통해 게가사와가 여자와 여행을 떠나는 일정을 파악하고, 여자와 호텔에 들어가 불륜 중이라는 연락을 받고 나서야 차례차례 계획을 실행해나갔죠.

그리고 마지막에 '종결 선언'을 한 겁니다. 철학자 같은 필치로 생물학적 용어를 써가며 자살한 것처럼 위장했죠. 한편으로 당신은 뭔가 핑계를 대서 게가사와 교수를 불러내 살해했습니다. 동시에 그의 연구실에 중요한 증거인 와인색 봉랍과 V 자의 금속 스탬프도 남겨놨고요.

하지만 세 번째 피해자가 나온 후, 당신은 중대한 실수를 저질렀어요.

당신은 약 스무 통의 '살인 예고장'을 수도권 각 가정의 우편함에 직접 넣었죠. V 자를 찍은 봉랍으로 예고장을 넣은 새하얀 봉투를 봉해서요. 진짜 백신임을 증명하기 위해.

왜 그런 짓을 했을까요. 일부러 상대에게 예고한 후 죽이러 간다. 용의주도한 백신이 그렇게 꼬리를 잡힐 짓을 할까요? 단순히 수사를 교란하거나 신문을 읽는 사람들에게 재미를 주기 위한 게임이었을까요?

둘 다 아닙니다. 그건 완전히 다른 의미를 지닌, 아주 중요한 위장 공작이었어요. 오직 단 한 명에게 의심을 받지 않기 위함이었습니다. 사랑하는 아들, 요이치로에게…….

당신의 커다란 착각이 계기였죠. 당신은 제게 보내는 글을 아주 신중하게 작성했을 겁니다. 그런데 터무니없는 오산이 생겨 버렸어요. 당신이 〈다이요 신문〉에 보내려고 V 자를 찍은 봉랍으로 봉해서 책상 위에 놓아둔 봉투를 요이치로가 봤다고 생각한 거죠…….

당신은 당황해서 얼굴이 새파랗게 질렸을 겁니다. 책상 위에 놓아둔 건 와인색 봉랍에 V 자를 찍어서 봉한 흰색 봉투입니다. 평소처럼 속에는 제게 보내는 글이 들어 있었을 테고요. 그러나 다행스럽게도 봉투에는 '〈다이요 신문〉 잇폰기 기자 앞'이라는 스티커를 아직 붙이지 않은 상태였겠죠.

당신은 혼란에 빠졌습니다.

'요이치로가 봉투를 봤어. 내가 백신이라는 사실을 요이치로가 눈치챈 걸까.'

당신은 완전히 동요해서 과잉 반응을 했어요. 냉정함을 잃어 일을 순서대로 생각할 여유도 없이, 그저 요이치로의 의심을 풀고자 기를 썼죠. 즉시 머리를 굴렸습니다.

요이치로에게 이게 백신의 봉투임이 발각됐다면, 자신이 백신이 아니라고 증명할 방법은 단 하나. 그 봉투를 백신에게 '받은 것'으로 하는 수밖에 없다고. 당신은 궁여지책을 짜냈습니다. 일단 요이치로가 본 흰색 봉투의 윗부분을 잘라, 내게 보낼 글을 꺼내고 '인과응보'라고 쓴 A4용지를 넣었습니다.

그리고 그 봉투를 '오래전에 받아서 놔둔 것'처럼 꾸미려면 요이치로가 '본' 시점보다 전에, 이미 봉투가 왔음을 알릴 필요가 있었어요.

그래서 백신은 군이 신문 지면에 '살인 예고장이 든 봉투는 2주쯤 전에 각 가정의 우편함에 넣어두었다'고 밝힌 겁니다. 요이치로도 그 기사를 보겠죠. 그때를 노려 당신은 흰색 봉투를 '이게 열흘쯤 전에 왔었어. 너도 아버지 책상 위에 있는 걸 봤지?' 하고 요이치로에게 내밉니다. 그렇게 하면 시기도 일치하고 전후 관계도 들어맞으니까요.

봉투에는 '인과응보'라고 인쇄된 종이가 들어 있습니다. 둘이서 다시금 백신의 기사와 봉투를 대조합니다. 요이치로는 얼마나 충격을 받았을까요. 불안에 휩싸인 요이치로는 더 이상 지문이 묻지 않도록 봉투를 조심스럽게 비닐봉지에 넣어서 자신이 맡았습니다. 그리고 그걸 〈다이요 신문〉에서 확보합니다. 요이치로가 아연실색해서 제게 봉투를 가져왔거든요. 이 또한 당신에게는 오산이었겠죠.

이것이 수도권 각 가정에 백신이 '살인 예고장'을 직접 배달하기에 이른 사연입니다.

하지만 요이치로는 애당초 당신 책상에 와인색 봉랍으로 봉한 흰색 봉투가 있었다는 사실을 전혀 몰랐습니다. 저는 그 후로도 요이치로와 연락을 주고받았습니다. 당신 책상에는 늘 편지가 잔뜩 쌓여 있었다던데요."

에바라 씨는 의아한 표정으로 물었다.

"잇폰기 씨, 그런데 어떻게 그런 위장 공작까지 꿰뚫어 보신 겁니까?"

"요이치로가 저를 찾아왔을 때 했던 이야기와 제가 당신을 방문했을 때 들은 이야기가 일치하지 않는다는 걸 알았거든요.

당신은 그 봉투를 두고 '요이치로가 먼저 보고 말았다'고 했어요. 하지만 요이치로는 '아버지가 보여줬다'고 했죠. 저는 재차 요이치로에게 확인했습니다. 요이치로는 '그 봉투가 있는 줄은 몰랐다. 봤다면 좀 더 빨리 행동했을 것이다'라고 말했습니다.

즉, 당신은 요이치로가 봉투를 보지 않았음에도 지레짐작으로 쓸데없는 위장 공작을 해버린 거죠.

자, 다음으로는 눈속임을 위해 많은 사람에게 똑같은 봉투를 보내야 합니다. V 자를 찍은 와인색 봉랍으로 새하얀 봉투를 봉해서. 속에는 '인과응보'라고 인쇄한 종이를 한 장씩 넣어서. 이번 사건을 무차별 살인으로 꾸며온 당신은 '살인 예고장'도 수사를 교란하는 데 도움이 되리라 생각했습니다. 무작위로 보낸 느낌을 내기 위해 도쿄 도내, 가나가와 현, 사이타마 현에서 CCTV 카메라가 없는 지역을 사전 답사한 후, 단 하루 만에 각 가정의 우편함에 봉투를 넣었죠.

〈다이요 신문〉이 지면에서 살인 예고장에 대한 정보 제공을 요청한 후, 우리는 〈다이요 신문〉과 경찰에 들어온 모든 정보를 대조해봤습니다. 확인된 진짜 예고장은 역시 스무 통이었죠. 그것도 당신이 요이치로에게 예고장을 보여준 날이나, 그다음 날에 배달되었어요.

백신이 범행 성명에서 '2주쯤 전부터'라고 일부러 시기를 앞당겨 말한 건, 당신이 요이치로에게 '봉투를 받았다'고 말한 시기와 맞추기 위해서였습니다.

　그런데 진짜 예고장 중 '열흘쯤 전에 왔던' 것은 당신이 가지고 있던 한 통뿐이었죠. 그 외에는 아주 급하게 우편함에 넣었다는 걸 알 수 있었습니다.

　요이치로는 당신을 지키고 싶은 일념으로 저를 찾아왔어요. 그게 당신의 '인과응보'였는지도 모르겠군요."

5

　에바라 씨는 여전히 물어보고 싶은 눈치였다.

　"그럼 그 종결 선언도 게가사와가 쓴 글이 아니라는 걸 꿰뚫어 보신 겁니까."

　나는 고개를 끄덕였다.

　"백신은 게가사와 교수인가―.〈다이요 신문〉에 '종결 선언'이 도착하자 이를 진짜로 받아들인 언론은 하나도 빠짐없이 '게가사와 교수가 백신으로 판명. 체포 수순으로'라고 엄청난 오보를 날렸습니다. 상황증거만으로도 누구의 눈에든 게가사와 교수가 백신으로 보였겠죠. 한편〈다이요 신문〉은 사실 그대로만 보도했습니다. '백신이 종결 선언을 보냈다', '게가사와 교수의 이름이 적혀 있고 본인은 행방불명됐다'라고요.

　사건은 해결된 것처럼 보였습니다. 하지만 제가 보기에는 확실한 증거가 없었죠.

예를 들면 담배요. 정밀한 과학수사와 현실의 해석에는 늘 맹점이 존재합니다. 일치한 것은 현장에 떨어져 있던 담배에서 검출된 DNA와 게가사와 교수의 DNA, 그뿐이에요. 뛰어난 감정 능력에 시선을 빼앗겨 정말로 게가사와 교수가 현장에서 담배를 버렸느냐, 그의 범행이 맞느냐는 사실 확인 절차는 쏙 빠져버린 거죠.

전혀 다른 시점에서 위장일 가능성을 검증해야 합니다. 전부 위장이었다면? DNA 감정만으로는 검체가 언제부터 어떻게 거기 있었는지까지 판별할 수 없어요. DNA 감정의 높은 정밀도가 꼭 수사의 높은 신뢰성과 비례하지는 않습니다."

에바라 씨는 잠자코 흐르는 계곡물을 바라봤다. 나도 계곡에 눈길을 떨어뜨리고 말을 이었다.

"그렇다면 왜 당신은 게가사와 교수를 노렸을까요. 언론이 그를 두고 소란을 떠는 동안 특별한 증오를 품은 걸까요? 당신도 대중에게 동조해 그를 용서할 수가 없었던 걸까요? 당신의 이성은 그런 안이한 이유로는 꿈쩍도 하지 않을 겁니다.

그가 요이치로의 친아버지였기 때문에, 그게 이유 아닙니까?

덧붙여 당신은 게가사와 교수와 접촉한 적도 없었습니다. 게가사와 교수를 진심으로 증오했기에 그를 비열한 살인범으로 만들어 오명을 씌우고 마지막에 직접 숨통을 끊어 복수를 다한다—이게 당신이 그린 시나리오 아닙니까?"

에바라 씨는 표정 변화 없이 침묵을 지켰다. 나는 이야기를 계속했다.

"그러나 제가 당신까지 취재 대상으로 삼자, 당신은 시나리오를 대폭 변경하지 않을 수 없었습니다. 당신은 즉시 저를 이용해 다음 위장 공작에 나서기로 마음먹었어요. 원래 〈다이요 신문〉에 성명문을 보낸 것도 마지막에 게가사와 교수가 백신이라고 대중에게 알리기 위해서였습니다. 그에 앞서 복선을 깔려고 기사에서 유도했죠. 그러다 위기에 봉착하자 위기를 기회로 바꾸는 대담한 도박에 나선 겁니다.

어떤 도박이냐. 요이치로의 친아버지인 백신이 친자확인검사를 빌미로 금품을 요구하고 있다, 그는 바로 게가사와다―라는 새로운 시나리오를 제게 제시하는 것이었습니다. 그리하여 제가 완전히 믿게 만든 후 바로 백신의 이름으로 '종결 선언'을 보내서 그가 게사가와 교수임을 공표합니다. 물론 게가사와 교수는 당신에게 살해당한 뒤고요. 저도 이 시나리오를 믿을 뻔했습니다. 우리는 취재를 하면서 보고 들은 것들을 끈질기게 대조해나갔습니다. 몇몇 부분이 수수께끼를 풀기 위한 퍼즐 조각으로 남더군요. 취재를 하러 당신 집에 갔을 때, 당신 두 손등에 담뱃불로 지진 듯한 자국을 봤습니다. 켈로이드 상태의 작은 점이었죠. 저는 당신이 과거에 학대를 당했을지도 모르겠다고 직감했습니다. 그리고 '상수리나무집'의 표창장……. 모든 것이 조금씩 들어맞더군요."

에바라 씨의 얼굴이 살짝 일그러졌다. 나는 말을 계속했다.

"저는 당신이 도쿄 도내의 '상수리나무집'에서 자랐을 당시 원장이었던 이시바시 씨도 취재했습니다. 거기서 당신이 아버지에게 버림받았다는 걸 알았죠. 당신이 애정을 듬뿍 주며 요이치로를 키운 건 그 반작용이자 자기처럼 만들기는 싫다, 그런 아이들이 없었으면 좋겠다는 당신 마음속의 신념 때문이겠죠."

"잇폰기 씨, 요이치로가 게가사와의 친아들이라는 건 이시바시 씨에게 들었습니까?"

"아니요. 그렇게까지 콕 집어서 말해주지는 않았습니다. 제게 말하면 요이치로의 귀에도 들어갈 거라고 생각했겠죠. 그리고 이시바시 씨는 '누가 누구의 자식인지는 관계없습니다. 요이치로는 요이치로예요. 하나의 인격적인 존재면 되는 것 아니겠습니까. 에바라에게도 계속 그렇게 말해왔습니다'라고도 말씀하셨습니다."

에바라 씨는 고개를 숙였다. 그 시간이 참 길게 느껴졌다.

그는 한숨을 쉬고 하늘을 올려다봤다. 이윽고 수긍했다는 듯이 고개를 두 번 끄덕였다. 내 쪽으로 고개를 돌렸을 때는 눈빛이 아주 온화했다.

"잇폰기 씨, 전부 알고 계셨군요. 맞습니다. 저도 아버지에게 학대를 당하고 아동보호시설에서 자랐어요. 제 어린 시절은 비참했습니다. 그리고 저는 어떻게 하면 남에게 미움받지 않을까 늘 겁을 내면서 자랐습니다. 하지만 아내 무쓰미를 만나고부터는 어떻게 하면 남을 사랑할 수 있을까로 변했죠. 어린 시절부터 아버지에게 학대를 당한 무쓰미도 저와 같은 시설에서 자랐습니다.

당신이 지적했듯 제 가슴속에도 남을 사랑하는 마음이 있었어요. 우리 부부가 아이를 낳을 수 없다는 걸 알았을 때, 저는 망설임 없이 양자를 들이기로 결심했습니다.

학대를 받고 자란 아이는 부모가 되면 자기 아이를 때린다, 자주 들리는 사례입니다. 이른바 아동학대의 '대물림'이죠. 가학 욕구와 학대 욕구라는 감정이 억누를 수 없이 튀어나온다는 거예요. 또는 그게 '예절 교육'이라고 믿습니다. 아동학대는 가해자의 성장 내력에 열쇠가 숨어 있는 경우도 많다고들 하죠.

한편으로 자신이 애정을 받지 못했기 때문에 아이에게는 각별한 애정을 쏟겠다는 정반대의 교훈을 얻어 실천하는 사람도 있을 겁니다. 분명 인간에게는 두 종류가 있는 거겠죠. 자신이 당한 짓을 남에게도 하는 유형. 다시는 누구도 자기처럼 상처 입지 않게끔 하겠다고 결심하는 유형. 저는 제가 후자이길 바라는 마음으로 살아왔습니다. 그것이야말로 인간의 의지와 선택일 테니까요.

저와 아내는 '대물림'의 사례대로 살지 않겠다고 결의를 다졌습니다. 사실 부부가 서로 사랑하면 결코 아이를 때리지 않는다고 합니다. 부부가 행복하면 아이에게 행복이 전해진다는 거죠. 저희는 그런 부부가 되고자 했습니다. 저희에게는 부부의 인연이 모든 것의 출발점이었어요.

그리고 이번에야말로 행복한 가정을 꾸리기로 맹세했습니다. 애정을 받지 못하고 자란 저희는 요이치로에게 아낌없이 애정을 줌으로써 스스로를 과거에서 구하려고 한 거겠죠. 요이치로가 조금이라도 사랑을 갈망할 때마다 하나씩 채워줌으로써 저희의 상처도 치유돼 꺼림칙한 과거의 연쇄에서 벗어날 수 있다고 믿었습니다.

저희는 폭력은 불행을 재생산할 뿐이라는 강한 신념을 지니고 있었습니다. 그래서 무슨 일이 있어도 요이치로를 때리지 않았습니다.

그랬던 제게 전환점이 찾아왔습니다.

5월경 아내가 암에 걸렸음을 알았을 때였어요.

요이치로에게는 마지막까지 비밀로 했지만, 아내의 목숨이 길어야 몇 달밖에 남지 않았다는 걸 알았을 때 저는 이성을 잃었습니다. 아내는 죽기 전에 아이와 만난 산 정상에서 별을 보고 싶다고 했습니다.

불행하게 자란 저희의 절실한 소원은 행복한 가정이었죠. 그걸 간신히 손에 넣었는데, 또 부서지고 말았습니다.

저는 의사에게 소리쳤습니다.

뭔가 좋은 치료법은 없습니까. 새로운 치료제는 개발되지 않았습니까.

올바르게 살고 남을 사랑하려고 노력해도 또 빼앗깁니다. 행복해지려는 저와 아내를 노리는 거대한 악의 같은 존재가 느껴졌죠. 왜 나와 아내만 이런 꼴을 당해야 한단 말인가. 왜 운명은 이렇게 불공평하단 말인가.

아내를 덮친 암이 세상 그 자체로 느껴지더군요.

저는 단숨에 누구에게도 사랑받지 못하고, 아버지에게 미움받던 어린 시절로 되돌아갔습니다. 그리고 아버지에게 여태 복수를 하지 못했다는 걸 깨달았죠.

저항하지 못하는 약자에게 휘두르는 '절대적인 폭력'을 혐오하는 마음이 왈칵 솟구치더군요.

이 증오에 어떻게 맞서야 할까 저는 고민했습니다. 오늘도 내일도 세상에는 절대적인 폭력이 활개 칠 것이다. 그걸 조금이라도 저지하려면……. 대항 수단으로 저는 '그 이상의 폭력'을 선택하면 된다고 생각했습니다.

아내가 받은 학대, 아내를 파먹는 암. 하지만 아내처럼 아무 죄도 없이 무구한 사람들을 불행하게 만드는 요소는 그 밖에도 있죠. 인간의 의식 아래에 자리 잡은 에고입니다. 그것이야말로 사악한 사념의 총체로 느껴졌습니다. 그리하여 제 내면에서 억눌러온 세상과 사회에 대한 불만이 단숨에 뒤틀린 형태로 분출된 겁니다.

가장 소중한 사람을 잃는다는 걸 알았을 때, 사람은 크게 변하는 법이더군요."

6

에바라 씨가 말을 이었다.

"제가 아버지에 대해 기억하고 있는 건 '발'입니다. 제 눈앞에는 늘 아버지의 발이 있었죠. 제 머릿속에는 제 얼굴을 짓밟는 더러운 양말 바닥이 영상으로 남아 있어요. 지금도 꿈에 나옵니다. 등을 걷어차여 계단 아래로 떨어진 적도 있었습니다. 연못에도 빠졌고요. 붙잡을 것이 없어서 더러운 물을 마시다 익사할 뻔했습니다.

그래서일까요. 요이치로가 초등학교 3학년 참관수업 시간에 저와 수영장에 갔을 때의 추억이 담긴 시를 낭송했을 때, 연못에서 허우적대던 제 모습이 떠오르더군요. 하지만 제가 불어준 튜브가 요이치로를 지켜준다는 문장을 듣고 저는 눈물이 샘솟는 걸 참았습니다.

어느 날 제 아버지가 뱀 같은 눈으로 쳐다보며 말하더군요.

'넌 그년을 닮아서 화가 나.' 제 어머니를 가리키는 겁니다. 그때 아버지가 이를 빠드득 갈던 소리가 지금도 귓속에 남아 있습니다. 아버지는 말을 이었습니다. '너 같은 건 필요 없었어. 넌 실패작이야. 그날 밤 내 인생에서 유일하고도 가장 큰 실수를 하고 말았어. 그저 한 번 하고 싶었을 뿐이었는데. 대가를 아주 톡톡히 치렀다니까.'

잇폰기 씨, 생명이란 뭘까요. 육체를 가진다는 건 무슨 뜻일까요. 사람은 왜 태어나는 걸까요. 인간은 성욕이라는 육체적인 본능의 결과물에 지나지 않는 걸까요. 생명을 이어나가는 원천이 그런 천박한 원리로 이루어져 있을 줄이야. 단지 한 번 하고 싶었던 탓에 태어난 나. 저는 마음속으로 소리쳤습니다.

'그럼 떼어버리지 그랬어.'

어머니가 임신했다고 아버지에게 고백했을 때는 이미 몇 개월이 지난 후였던 모양입니다. 그리고 마침 그때는 낙태할 돈이 없었다고 나중에 들었습니다. 제가 존재하는 이유에 구역질이 날

것만 같더군요. 저는 원치 않게 태어난 겁니다. 그 후로 인간에게 혐오감이 솟았습니다.

이래저래 고민한 끝에 저는 결론에 다다랐습니다. 목표물로 삼아야 할 것은 내 아버지처럼 가정을 포기하고 자식을 불행하게 만든 인간들이라고. 제일 중요한 것을 소홀히 한 자들이라고. 누구에게도 심판받지 않는 그자들을 제재해야 한다고. 이 세상에 불행을 낳는 죄인에게 벌을 내려 본때를 보여주는 것이 응당한 조치라 여겨졌습니다.

자식을 버린 부모.

그런 자들이라면 주저할 것 없죠. 제 가슴속에서 '올바른 살인'의 이유가 성립했습니다."

그는 말하는 동안 또다시 증오가 치밀어 오른 것 같았다.

"다만 제 가슴속 깊은 곳에는 아버지를 증오하는 마음과 더불어 어머니를 동정하는 마음이 있었습니다. 그래서인지 어머니들을 해치기는 망설여지더군요. 저희 어머니가 집을 나간 후, 아버지가 낯선 여자와 걸어가는 모습을 수없이 봤습니다. 집에 데려오는 것도 늘 다른 여자였고요.

욕망이 시키는 대로 따르는 바람에 이 세상에 태어난 아이들이 있습니다. 당신이 꿰뚫어 봤듯이 범행 성명에서 분노의 감정만큼은 신실을 담고 있었어요.

그리고 당신 말대로 게가사와는 요이치로의 친아버지입니다.

산장 관리인인 이시바시 씨가 제게 알려준 대로, 긴자의 마담이 요이치로의 어머니입니다. 그 후 게가사와가 유명해져 방송에 등장했을 때, 저는 그를 복수의 마지막 목표로 삼았습니다. 그를 살해하고 범인으로 내세울 수 있다면 더할 나위가 없었습니다.

〈다이요 신문〉에 범행 성명을 보낸 건 마지막에 게가사와의 범행으로 위장하기 위해서입니다.

저는 주도면밀하게 범행 계획을 세웠습니다. 담배꽁초 등 몇몇 위장 공작은 당신이 추리한 대로예요. 하지만 처음부터 게가사와가 범행 성명을 보낸 것으로 보여서는 오히려 신빙성이 떨어졌을 겁니다. 그래서 조금씩 수수께끼가 풀리도록 교묘하게 힌트를 흩뿌렸습니다. 생물학적 지식을 조금씩 꺼내놓아 박식함을 과시하면서요. 또는 언론에 두드려 맞는 게가사와의 불만이 은근슬쩍 드러나게끔.

그러기 위해서는 범행 성명이 인터넷상에서 무턱대고 확산되면 안 되죠. 언제나 순서대로 확인할 수 있도록 고정된 매체가 필요했어요. 그게 바로 신문이었습니다. 그것도 대중이 가장 신뢰하는 고퀄리티 페이퍼요. 주간지를 보니 그런 신문에 해당하는 〈다이요 신문〉이 경영난에 허덕이고 있더군요. 대중이 원할 만한 콘텐츠를 찾고 있을 게 분명했고 제 계획에 안성맞춤이었습니다.

신문 지면에는 실리지 않았지만 '종결 선언'에 첨부한 게가사와의 불륜 목록은 제가 만든 가짜입니다. 연쇄살인사건의 희생자와 마치 여자를 놓고 다툰 것처럼 꾸미기 위해서요. 그 여자들은 전부 흔한 성씨를 붙여서 만든 가공의 인물이에요. 아무리 찾아도 없겠죠. 게가사와의 실제 불륜 상대와도 전혀 무관합니다.

그리고 저는 게가사와와 일절 접촉하지 않았습니다. 얼마 전에 민정당 당원으로 위장해 선거 자금을 주겠다며 이 구름다리 근처 산속으로 불러낸 게 첫 만남이었죠. 무방비한 그를 식칼로 찌르기는 참으로 간단했습니다. 시신은 마른 나뭇잎을 덮어서 숨겨놓았어요.

한편 저는 '백신'으로서 제 말이 신문에 실리는 데 재미를 붙였습니다. 마치 마약과도 같은 유혹이었죠. 저 자신의 철학을 담은 주장을 사회에 말하면 그게 활자화되어 공표된다. 저는 난생처음으로 매스미디어에 등장해 주목을 받은 겁니다.

흉악 범죄를 통해 저는 급속히 사회와 접점을 만들었고, 살인귀라는 점을 이용해 거대한 발언력을 얻었죠. 인간에게는 변신하고자 하는 욕구가 있어요. 가면을 쓰고 자신이 아닌 무언가를 연출하죠. 네티즌을 비판하면서 저 또한 가면성이라는 마약에 취한 겁니다.

그리하여 세상에 '백신'이라는 이름이 널리 알려졌습니다. 수수께끼의 인물, 카리스마 넘치는 악, 신격화된 매혹적인 악. 저는 대중이 선호하는 살인범이 된 기분이었죠. 점점 말이 많아진 건 사회악을 고발하면서 정의의 사자가 된 듯한 뿌듯함을 맛봤기 때문입니다. '살인범'이 '정의'를 말하다니 역설적이죠. 읽을 맛이 나지 않겠습니까. 당신들도 그런 신문이 잘 팔릴 거라 직감했을 겁니다.

처음에는 정체를 감추기 위한 위장 공작이었지만, 신문은 점차 저 자신을 표현하고 해방하는 공간이 되었습니다. 원래부터 철학서를 좋아하던 터라 책에서 흡수한 지식을 어딘가에 표출하고 싶은 욕구도 쌓여 있었거든요. 저는 도서관 사서입니다. 조용한 도서관에서 묵묵히 일만 하느라 뭔가 표현하며 살아온 적이 없습니다. 그런 인생에 대한 반발이었는지도 모르겠네요. 복수를 실행하는 한편으로 이루지 못했던 소망도 실현한 셈이죠.

더 나아가 신문의 기만을 폭로하고, 당신에게도 창피를 주고 싶었습니다. 당신의 부주의한 언동 때문에 사람이 죽게 만들어 중대한 책임감과 죄악감을 맛보여주고 싶었어요. 그런 식으로 제 목적은 조금씩 변질돼갔습니다.

얼마 후 요이치로가 범행 성명문을 봤다고 착각했고, 아들의 의심에서 벗어나기 위해 '인과응보'라는 살인 예고장을 무작위로 우편함에 넣었습니다. 확실히 이건 위험한 짓이었죠.

희생자의 정보를 어떻게 입수했는지도 당신이 추리한 대로입니다. 시설의 컴퓨터에서 간토 지방의 '상수리나무집'에 맡겨진 아이들과 그 부모의 정보를 빼냈죠. 시설에 들어온 경위와 상세한 가정환경을 개인별로 기록한 문서파일이에요. 저는 천벌을 내릴 대상을 차근차근 골랐습니다.

지바의 '상수리나무집'에서는 이런 일이 있었습니다. 제가 산타클로스로 분장해 찾아가자 어떤 아이가 저를 보고 '진짜 아빠'라는 겁니다. 그 아이는 아버지에게 학대를 받았습니다. 제가 돌아가려고 하자 눈물을 글썽이며 매달리더군요. 그 아이가 네 번째 희생자의 아들 다카시였습니다. 저는 다짐했습니다. 가장 소중한 애정을 받지 못한 그 아이들에게 인간의 존엄이라는 다른 '선물'을 주기로.

그 밖에도 제 마음을 움직인 것이 있었습니다.

요이치로가 모은 신문기사 스크랩이에요. 바인더에는 아동학대 등의 불행한 사건, 사고를 다룬 기사가 끼워져 있었습니다. 가슴이 찢어지는 것 같더군요. 요이치로는 그런 식으로 핏줄은 결코 애정의 증표가 아니라는 사실을 확인하고 싶었던 거겠죠. 요이치로가 측은하기 짝이 없었습니다.

동시에 제 가슴속에 다른 감정이 솟았습니다. 기사 속의 학대 방법이 제가 어릴 적에 당했던 짓과 흡사했거든요. 수도꼭지에 손을 묶는다, 사흘간 밥을 한 끼도 주지 않는다, 집에 들여보내 주지 않는다, 등을 떠밀어 계단에서 떨어뜨린다, 뜨거운 물을 등에 끼얹는다, 연못에 빠뜨리고 구해주지 않는다, 담뱃불로 손등을 지진다…….

학대와 관련된 기사를 읽으면 읽을수록 어릴 적 기억이 되살아나면서 복수심도 깨어났습니다. 얄궂은 일이죠. 제가 당한 것과 비슷한 학대 기사를 보며 요이치로는 구원을 바랐으니까요.

잇폰기 씨, '인과응보'를 믿습니까? 인간은 늘 뭔가에 행동의 선악을 평가받고 기록당하며, 그 결과 나쁜 짓을 하면 벌을 받고 착한 일을 하면 보답을 받는다…….균형과 상쇄의 논리예요. 이런 말이 존재한다는 건 인간이 삶의 이유를 추구하는 실서정연한 존재라고 믿고 싶기 때문이겠죠. 저도 그런 인과율을 믿고 싶었습니다.

그러나 도저히 그렇게 안 되더라고요. 응보를 받지 않고 태평하게 살아가는 인간이 얼마나 많은지 모릅니다. 그들은 '사랑해야 마땅할 존재를 사랑하지 않은 자들'이에요. 그리고 저 자신도 그 희생자였습니다.

이 죄에 죄목은 없습니다. 그저 사랑하지 않은 자와 사랑받지 못한 자만이 알 뿐 다른 사람에게는 보이지 않는 죄거든요. 심판받지 않은 자가 이토록 많다는 사실에 영혼까지 부들부들 떨렸습니다. 잇폰기 씨라면 그 죄를 잘 알 거라고 생각했습니다."

고토미가 머리를 스쳤다. 나는 말없이 고개를 끄덕였다.

7

에바라 씨는 작게 한숨을 쉰 후 "실은……" 하고 다시 입을 열었다.

"저를 버리고 종적을 감춘 아버지와 딱 한 번 만난 적이 있습니다. 제가 자란 '상수리나무집'의 자료실 안쪽에 낡은 서류가 있었죠. 자료를 뒤져가며 당시 직원을 찾고, 거기서 또 관계자를 찾아가…… 마침내 알아냈습니다. 아버지는 도쿄 도내의 특별 노인양호시설에서 지내고 있더군요.

어느 날 오후에 시설을 방문했습니다.

넓은 거실에서 노인들이 '아, 아' 하고 소리를 내고 있더군요. 밝은 햇빛이 비쳐드는 창가에서 휠체어에 앉아 밖을 바라보는 남자가 있었습니다. 아버지였죠. 덩치가 크고 무서웠던 아버지는 의외로 작았고, 목은 칠면조처럼 가늘어서 머리를 지탱하는 게 고작이었습니다. 팔걸이에 걸친 팔도 나뭇가지 같더군요. 예전의 좋았던 혈색은 온데간데없었고요. 창문으로 불어드는 시원한 바람에 얼마 남지 않은 흰머리가 살짝 흔들렸습니다.

'아버지' 하고 부르며 저는 그의 앞으로 걸어갔습니다. 아버지는 흠칫하며 저를 올려다봤죠. '당신 아들 시게루입니다'라고 알리고 다시 '아버지' 하고 부르자 '엉?' 하고 목소리를 높이더군요. 그는 굳어진 표정으로 머리를 부르르 떨더니 결국 입을 꾹 다물고 제 눈을 피했습니다.

그는 치매였을까요, 치매인 척한 걸까요. 아버지는 저와 접촉하기를 거부하고 몸을 빙글 돌려 전동 휠체어를 타고 가버렸습니다. 그때 아버지에게 복수하고자 했다면 아주 간단했겠죠. 죽이고 싶을 만큼 증오한 아버지가 눈앞에 무력한 모습으로 있었으니까요.

하지만 망설여지더군요. 차례차례 사람을 죽여온 제가 아버지는 죽일 수 없었어요. 마음속 한구석에서 그가 '시게루, 미안하다' 하고 사죄하기를 기대한 겁니다. 그 한마디를 들었다면 저도 과거에서 벗어날 수 있었을 겁니다.

하지만 아버지는 말없이 가버렸죠. 저는 그저 그 뒷모습을 바라봤습니다. 아무 짓도 하지 않은 건 아버지를 용서했기 때문이 아닙니다. 그때 알아차렸거든요. 살의란 삶을 구가하는 상대에게만 느끼는 감정이라는 걸. 육체에 비참하게 속박당하고 삶에

패배한 아버지의 모습에, 복수심은 어디론가 사라져버렸죠. 분노와 증오를 폭발시킬 곳을 잃은 겁니다. 그게 마지막이었어요.

다음으로 찾아갔을 때 아버지는 이미 죽었더군요.

내가 증오해야 할 대상은 무엇이었을까. 아버지를 죽일 수 없었던 나 자신을 발견한 순간, 저는 인간이라는 존재가 얼마나 애처로운지 깨달았습니다. 당신이 말했듯이 누구나 항상 육체와 정신의 대립 속에 살고 있죠. 이따금 폭력으로 치닫는 약한 영혼을 미워할 수만은 없다는 마음이 싹텄습니다. 늙은 제 아버지와 제 모습이 겹치더군요. 모순투성이의 약한 존재였습니다.

그때부터였습니다. 육체를 혐오하며 남의 목숨을 빼앗아온 제가 얼마나 어리석었는지 깨닫기 시작한 건.

그리고 당신에게 '남을 사랑해본 적 없어?'라는 질문을 받았죠. 저는 '요이치로의 아버지'였던 시간으로 되돌아갔습니다. 세 사람이 똑같이 남남이라는 가족의 연결고리. 그때 제가 단순히 번식을 위해 살아가는 동물이 아니고, 인간만이 누릴 수 있는 사랑 속에서 시간을 보내왔다는 게 떠올랐습니다. 인간답게 살려고 했던 저를 찾아냈죠. 이건 인간을 부정해온 백신이라는 또 다른 제 모습과 갈등을 일으켰습니다.

사람을 죽이다. 그것이 아무 덕목도 없이 공허한 짓임을 깨닫기까지 이렇게나 오랜 시간이 걸렸습니다.

행복해지고 싶다면서 저는 불행에서 도망치는 데 얽매여 있었던 겁니다. 하지만 그런 마음으로 지내는 한, 행복을 붙잡는 건 지평선이나 무지개를 찾아가려는 짓이나 마찬가지겠죠."

에바라 씨는 나를 쳐다봤다. 우리는 잠시 침묵을 지켰다. 에바라 씨의 눈빛은 어째서인지 내내 온화했다. 그동안 신문 지면에서 대화를 거듭한 까닭에 뭔가 다른 감정이 섞인 건지, 원래 호감을 주는 성격이라 그런 건지 헤아릴 수 없었다. 에바라 씨의 말투가 달라졌다.

"잇폰기 씨, 부탁입니다. 그 파렴치한 교수 게가사와가 요이치로의 친아버지라는 사실은 절대 보도하지 말고, 요이치로에게도 덮어주시면 안 되겠습니까. 분명 요이치로도 인정하고 싶지 않을 겁니다. 그 사실을 알면 얼마나 번민하겠습니까. 진실을 알리는 게 보도의 사명일지도 모르지만, 진실을 안 까닭에 한 인간이 불행해진다면 기사를 쓰지 않고 진실을 감추는 선택 또한 보도의 역할 아닐까요."

"하지만 재판이 진행되면 동기가 문제시될 겁니다. 당신이 게가사와를 살해한 이유는 그가 요이치로의 친아버지이기 때문이잖습니까."

"재판이 열려도 게가사와를 살해한 동기는 충분히 설명이 가능합니다. 연일 불륜 소동으로 언론을 장식한 그가 증오스러웠다고 하면 되죠. 저는 끝까지 그렇게 우길 겁니다. 요이치로를 위해. 단 한 사람을 구하기 위해……" 단 한 사람을 구하기 위해 진실을 보도하지 않는다.

20년 전 내게 닥친 선택지였다. 묘하게도 지금 같은 선택지가 앞에 놓였다. 나는 명확한 대답을 피했다.

"마음은 잘 알겠습니다. 어디까지 기사로 쓰고 어디까지 쓰지 않느냐, 중요한 문제죠. 저도 일찍이 단 한 사람의 신뢰를 지키지 못해 십자가를 진 채 살아왔습니다. 보도와 특종의 이면에 적지 않은 희생자가 있다는 걸 저도 잊지 않도록 하겠습니다."

에바라 씨에게 물었다.

"요이치로에게는 누가 친아버지라고 말씀하실 생각입니까?"

"게가사와가 친아버지라는 사실만 부정할 수 있다면 그걸로 됐습니다. 이시바시 씨 말이 맞아요. 오히려 영원히 비밀인 편이 낫습니다. 그게 요이치로를 위한 길이에요."

8

경찰에는 우시지마를 통해 모든 사실을 전달해뒀다.

저 멀리 감색 출동복을 입은 경찰들이 보였다. 기동대다. 그들은 이미 우리 모습을 확인했으리라. 오쿠마도 뒤를 쫓아왔다.

지휘관이 명령하는 소리가 들렸다. 쉰 명은 된다. 감색 출동복이 계곡 건너편을 일제히 달려 구름다리로 향했다. 헬멧에 달린 보호용 앞가리개가 빛났다. 금방 구름다리 어귀에 도착한 경찰들은 일단 거기서 대기했다.

계곡 건너편에서 확성기에 대고 외치는 소리가 들렸다.

"에바라, 거기서 꼼짝 마."

경찰 몇 명이 대열을 이루어 이쪽으로 다가왔다. 맨 앞에 선 경찰은 큰 방패를 들었다. 구름다리가 흔들렸다. 대열의 선두가

50미터 거리까지 다가왔다. 에바라 씨의 얼굴이 굳었다.

"잇폰기 씨, 부탁이 있습니다. 저는 이렇게 될 줄 예상하고 있었어요. 그래서 산카쿠 산 정상에서 기다리고 있을 아들 요이치로에게 편지를 썼습니다. 하지만 저는 여기서 경찰에 투항해야 합니다. 아들에게는 아직 아무것도 말해주지 않았으니 분명 깜짝 놀라겠죠. 잇폰기 씨, 마지막 부탁입니다. 정상에서 기다리는 아들에게 이 편지를 전해주십시오. 제 사연은 말씀드렸죠. 그걸 들려주고 이 편지를 건네주십시오. 요이치로에게 제가 쓴 글로 이번 일의 자초지종을 전하고 싶군요. 당신 걸음이라면 여기서 한 시간 반 만에 정상에 도착할 수 있을 겁니다."

나는 시계를 봤다. 해가 지기까지 시간은 있었다. 산에서 내려와 원고를 보내면 조간 초판까지 시간은 넉넉했다. 오히려 요이치로를 만나고 싶었다. 에바라 씨의 인물상에 대해 심도 있는 취재도 가능할 것이다.

"알겠습니다. 전해드리죠."

내가 편지를 받자 에바라 씨는 깊이 고개를 숙였다.

회사를 나서기 전에 모든 사실을 알리고 하세데라 사회부장, 마유즈미 데스크와 이날 지면을 어떻게 꾸밀지 치밀하게 상의해 두었다. 마유즈미 데스크가 기세를 올리며 말했다.

"1면부터 사회면까지 쫙 비워놓고 기다릴게. 1면은 백신의 성체 및 에바라 씨의 범행과 전체적인 설명이야. 취재를 마치면 네가 쓴 예정 원고를 토대로 수정할 부분을 전화로 알려줘. 사회면은 마주 보는 양면 두 페이지야. 왼쪽의 1사회면은 에바라 씨가 체포되기 직전의 인터뷰, 일문일답 형식으로 자세하게. 동기는 자식을 버린 아버지들을 심판하는 것. 요이치로의 친아버지 게 가사와 교수에게 복수하는 것이 마지막 목표고. 그의 동기가 부 각되도록 제대로 써."

하세데라 사회부장이 덧붙였다.

"2사회면에는 아들의 심정을 넣자. 최대한 길게. 요이치로는 원래 에바라 씨의 친아들이 아니야. 게가사와의 아들이지. 게가 사와의 사생아라는 사실은 어차피 주간지가 냄새를 맡고 쓸 거 야. 그는 새 호적을 만들어서 살아가게 되겠지. 물론 요이치로의 이름은 덮어둘 거야. 가족은 끌어들이면 안 되니까. 에바라 씨에 게 고마워하는 마음만 들으면 돼. 친아버지가 게가사와라는 사 실을 알았을 때의 반응도 말이야. 물론 요이치로에게 먼저 양해 를 구해야지. 하지만 취재 대상을 설득해서 납득시키는 것도 기 자의 일이야. 인간드라마 같은 특종이로군. 절절하겠지. 읽을 맛 이 나겠어."

이번 사건을 매듭지으면서 자세하게 보도할 마지막 기회일 것 같았다. 마유즈미 데스크가 짜랑짜랑하게 목소리를 높였다.

"좋아. 좋은 기사가 나오겠어."

그 말에 나도 마음이 동했다. 하지만 지금은 생각이 바뀌었다.

누구에게 '좋은 기사'인가. 독자에게? 요이치로에게는 어떨 까? 익명으로 해본들 백신인 에바라 씨에게 양아들이 있다는 사 실을 기사화하려니 거부감이 들었다. 그리고 게가사와가 요이치로의 친아버지라는 것도.

진실을 보도할 것인가. 단 한 사람의 마음을 지킬 것인가—.

나는 에바라 씨를 남겨둔 채 요이치로에게 줄 편지를 들고 산길로 향했다. 조금 올라가다가 뒤돌아봤다. 에바라 씨가 구름다리 옆에서 수많은 기동대원들에게 둘러싸여 있었다. 그는 저항하는 낌새가 전혀 없었다. 고함 소리가 퍼부어지는 가운데, 수많은 방패에 떠밀리다가 쓰러졌다. 엎드린 자세로 머리를 눌린 채비참하게 팔이 뒤로 꺾였다.

"15시 30분, 피의자 체포."

무전기로 보고하는 소리가 울려 퍼졌다.

여기는 오쿠마에게 맡기기로 했다. 나는 몸을 돌려 걸음을 옮겼다. 에바라 씨는 편지에 뭐라고 썼을까. 뜯어보고 싶었지만 참았다. 에바라 씨는 나를 믿고 편지를 맡겼으니까. 신의를 지키고 싶었다.

산길을 올라가는 도중에 작은 폭포가 나왔다. 솟아 나온 물이 죽통에서 흘러나왔다. 한 모금 마시자 목구멍을 타고 넘어간 차가운 물이 금세 온몸에 퍼졌다. 폭포에서 떨어지는 물소리가 기분 좋았다.

산 중턱까지 왔다. '상수리나무 산장'의 관리인 이시바시 씨는 자리를 비웠다. 그에게도 연락해 경찰에 에바라 씨에 대해 이야기해줄 것을 부탁해놓았다. 나는 나무 그루터기에 앉아 잠깐 쉬었다. 시계를 봤다. 해가 지기까지는 아직 시간이 있다. 일어서서 다시 걸어갔다.

정상에서 기다리는 요이치로에게 뭐라고 말해주면 좋을까. 일단 무슨 사태가 벌어졌는지 알려야 한다. 먼 옛 기억이 겹쳤다.

'너희 아버지가 체포될 거야.'

그때 나는 고토미에게 그렇게 말했다. 차가운 말이었다.

이 산은 나가노 현, 사이타마 현, 군마 현의 경계에 걸쳐 있다. 도중에 군마 현 오쿠타노의 산들이 보였다. 고토미와 만난 우에노 마을은 저 언저리일까.

'서두르자. 요이치로가 기다리고 있어.'

산길의 나무들이 바람을 맞고 수런거렸다. 나뭇잎이 서글프게 바스락거렸다. 나는 오로지 정상을 향해 나아갔다.

제5장

진실

에바라 요이치로의 모놀로그

1

어머니의 월명일이 됐다.

매달 이날이면 나와 아버지는 어머니를 만나러 산카쿠 산 정상에 간다.

이날 아버지가 "약속이 있어. 나중에 꼭 갈게"라고 하기에 나 먼저 산카쿠 산으로 향했다. 조금이라도 빨리 어머니 곁에 가고 싶었다. 먼저 정상에 올라 아버지를 기다리기로 했다. 아버지는 "저녁에야 갈지도 모르겠어"라고 했다. 나는 해가 지기 전에 꼭 오라고 아버지에게 당부했다.

산카쿠 산 정상에 도착했다. 돌 위에 앉았다. 묘비는 없다. 서로 기대듯이 쌓인 커다란 바위와 바람에 휘날리는 풀뿐이다.

"어머니, 저 왔어요. 요이치로예요."

책상다리를 하고 앉아 주변을 둘러봤다. 아무도 없었다. 정강이를 잡고 등을 쭉 폈다.

"아버지는 나중에 올 거예요." 나는 어머니가 잠든 산의 공기를 한껏 들이마셨다.

"오늘은 바람 냄새가 진하네요."

산들이 약간 흐릿해 보였다.

옛날 생각이 났다. 여기서 나는 아버지의 말에 구원받았다. '평등하게 남남'인 세 사람이 가족이 된 추억의 장소다. 그리고 여기에 어머니가 잠들어 있다. 우리 가족을 서로 연결하는 끈이 얼마나 튼튼한지 지금 절실하게 느꼈다.

두 시간 넘게 기다렸다. 주변 일대에 안개가 피어올랐다. 경치가 부예졌다. 하얀 어둠 속에 있는 것 같았다.

안개 저편에서 사람이 올라왔다. 정상으로 이어지는 좁은 길은 조릿대에 뒤덮여 있다. 나는 거기에 시선을 모았다. 사람이 10미터 앞까지 다가왔다.

나는 바위 위에 일어서서 불렀다.

"아버지."

대답은 없었다. 이윽고 헉헉 숨소리가 들려왔다. 그대로 계속다가온다. 답답해서 다시 목소리를 높였다.

"아버지, 늦었잖아요."

대답이 들렸다.

"요이치로?"

아버지와는 달리 좀 더 높은 목소리다. 들어본 적 있다. 목소리의 주인이 말했다.

"난 네 아버지가 아니야. 왜, 요전에 만났던 〈다이요 신문〉의……"

314

잇폰기 기자였다.

"잇폰기 씨, 왜 기자님이 여기에……."

잇폰기 기자는 여기까지 올라오느라 숨이 턱까지 차오른 듯했다. 힘이 많이 드는지 무릎에 손을 짚고 고개를 숙인 채 어깻숨을 쉬었다. 내게 무슨 말을 하려고 했지만, 결국 입을 다물고 잠시 땅만 내려다봤다. 그는 한참 후에야 호흡을 가다듬고 겨우 고개를 들었다. 그리고 진지한 표정으로 말했다.

"너희 아버지가 체포됐어."

대체 무슨 소리인가. 땅이 빙빙 도는 것처럼 현기증이 났다.

잇폰기 기자는 내게 자초지종을 들려줬다.

그날이 떠올랐다.

'진실'을 선고받은 날. 나와 부모님은 남남이라는 사실을 알았다. 그리고 다음에는 어머니가 암을 선고받았다. 지금 나는 세 번째로 '진실'을 선고받았다.

아버지가 세상을 떠들썩하게 만든 연쇄살인범 '백신'이라는 진실을. 아까 산기슭에서 체포됐다고 한다. 또 절망이 가슴에 차올랐다. 또다시 흙탕물이 슬금슬금 기어와 평온한 삶을 적셨다. 나는 몇 번이나 이런 꼴을 당해야 하는 걸까.

커다란 바위 위에 풀썩 주저앉았다.

줄곧 가까이에 서 있던 잇폰기 기자는 아무 말도 하지 않았다. 나는 한동안 머리를 끌어안고 있었다. 잇폰기 기자가 뒤에서 조심스레 말을 건넸다.

"요이치로, 아버지는 네가 걱정되셨던 모양이야. 아까 산기슭

에서 뵈었을 때 이 편지를 맡기시더라. 네게 전해달라고 부탁하
셨어."

잇폰기 기자가 품속에서 봉투를 꺼냈다.

앞면에는 '사랑하는 요이치로에게', 뒷면에는 '아버지가'라고
적혀 있었다.

요이치로, 많이 기다렸겠구나. 미안하다. 아버지가 잇폰기 기
자에게 이 편지를 맡겼어. 오늘 아버지한테 약속이 있다고 했
지? 산기슭에서 잇폰기 기자와 만나기로 했단다. 아버지가 정
상에 가지 못하는 이유는 잇폰기 기자가 설명해줄 거야.

괴로울 테지. 하지만 잇폰기 기자의 말은 사실이야. 아버지는
이제 경찰에 연행될 거야. 세상을 떠들썩하게 만든 백신은 게가
사와 교수가 아니라 아버지란다. 내가 게가사와 교수도 죽였어.
그도 '범인'으로 몰린 또 한 명의 희생자야.

왜 이런 짓을 했느냐고? 잇폰기 기자에게 전부 말해줬어. 괴
로워서 내 입으로는 차마 말을 못 하겠구나. 잇폰기 기자에게
물어보렴. 아버지가 성장한 내력과 깊은 관계가 있단다.

요이치로는 아버지를 누구보다도 다정하고 생명을 소중히 여
기는 사람이라고 생각했겠지. 나 스스로도 그렇게 되려고 노력
했어. 한편, 불행을 만들어내는 사람도 있지. 이번 사건의 희생
자들은 다들 그런 사람들이야. 용서할 수가 없었단다.

난 사리를 분별할 무렵부터 아버지에게 학대를 당했어. 어머
니도 폭력을 당하던 끝에 나를 버리고 자취를 감췄지. 난 아동

316

상담소의 보호를 받다가 아동보호시설에 들어갔어. 너희 어머니 무쓰미와는 거기서 만났지.

시설에서 자란 나는 한 해 중에 초등학교 참관수업 날이 제일 싫었어. 그날이면 교실 뒤편을 돌아보지 않으려고 무던히 애를 썼지. 흘끗 보면 다른 아이의 아버지들이 자기 아이만 바라보고 있었거든.

기억나니? 네가 초등학교 3학년 때 참관수업을 했었는데. 아버지가 집을 나서기 전에 안경을 찾느라 늦었단다. 겨우 찾아서 부라부라 학교로 갔지. 네가 돌아봤을 때 내가 없으면 얼마나 섭섭할까. 그런 기분은 맛보여주기 싫었어.

수업은 이미 시작된 뒤였지. 교실로 들어가 다른 아버지들 어깨 너머로 널 봤어. 볕이 드는 창가 자리에 있더구나. 바리캉으로 쳐올린 머리가 빛 속에 도드라졌어. 뺨의 솜털이 반짝였고, 커다란 두 귀가 밝은 햇빛을 받고 빨갛게 비쳐 보였지.

넌 불안해 보이는 표정으로 날 찾고 있더구나. 그러다 나랑 눈이 마주치자 얼굴이 환해졌지. 지금도 그 순간이 눈에 선해. 애정이라는 양분이 쭉 흡수된 것처럼 네 얼굴이 활짝 피었지. 햇빛 속의 너는 어느 아이보다도 눈부시고 사랑스러웠어.

네가 일어서서 시를 낭송했어. '아빠'라는 말이 여섯 번 나왔지. 난 그 말을 곰곰이 음미했단다.

교실 뒤편에는 아이들이 그린 아버지의 얼굴이 쭉 붙어 있었어. 네가 그린 아버지는 동그란 안경 속의 처진 눈을 가느다랗게 오므린 채 웃고 있더구나. 다정한 얼굴이었어. 난 언제나 네게 그런 표정을 짓고 있었던 거야.

우리 가족에게 제일 괴롭고 충격적이었던 순간은 네게 '진실'을 알릴 때였어. 정말로 괴로웠단다. 난 어떻게 하면 네 진짜 아버지가 될 수 있을까 고민하며 네게 들려줄 적당한 말을 찾으려고 노력했어.

그런데 네가 삐딱하게 굴 때 오히려 조금 안심되더구나. 그 태도에 응석이 숨어 있었거든. 넌 그때 우리에게 애정과 관심을 갈구했어. 자신이 지금껏 의지해온 존재이기에 혼란에 빠져 필사적으로 호소하고 싶은 마음이 정반대의 행동으로 나타난 거야. 그때 아버지도 알았지. 우리는 이 아이의 마음을 들여다볼 수 있는 진정한 부모라는 걸.

5월쯤이었어. 네 어머니가 암에 걸려 더 이상 가망이 없다는 걸 알고 내 가슴속에서 뭔가가 무너졌다. 그 후로 내가 어떻게 행동했는지 네게는 말하고 싶지 않구나. 네가 그런 인간이 되지 않았으면 해서야.

여기까지 읽고 고개를 들었다. 잇폰기 기자는 뭔가 묻고 싶은 눈치였다.

"아버님이 어떤 사람이었는지 들려주지 않겠니?"

나는 아버지와의 추억을 말했다. 잇폰기 기자는 고개를 끄덕
이며 전부 메모장에 받아 적었다. 하지만 뭔가를 내내 고민하는
낌새였다. 그러다 마침내 결심한 듯 "아니야. 역시 그만두자" 하
고 말했다. 그는 기사에서 나에 대해서는 언급하지 않겠다고 약
속했다.

"감사합니다."

"나도 너는 후회하고 싶지 않을 뿐이야." 잇폰기 기자는 그렇
게 말한 후 시계를 보고 "휴. 일하러 가야겠군. 그럼 잘 지내렴"
하며 손을 내밀었다. 우리는 악수를 하고 헤어졌다. 방금 전까지
끼어 있던 안개가 거짓말처럼 걷혔다.

나는 잇폰기 기자의 뒷모습을 바라봤다. 그는 산등성이를 따
라 저 멀리까지 가다가 돌아보고 손을 흔들었다. 나도 손을 흔들
었다. 그는 잠시 멈춰 서서 석양이 비치는 군마 현 쪽 산들을 바
라봤다. 이윽고 그는 산등성이 너머로 모습을 감추었다.

나는 편지를 마저 읽기 시작했다.

도중부터 휘갈겨 쓴 것처럼 글씨에서 차분함이 사라졌다. 무
슨 말을 하려는 걸까. 나는 편지를 뚫어져라 들여다봤다.

거기에는 다른 진실이 적혀 있었다.

마지막으로 진실을 이야기하마. 이 편지를 네게 전하러 간 잇

폰기 기자에 대해서야. 요이치로, 놀라지 말렴.

그 사람이 네 친아버지야.

오늘 그를 산카쿠 산 기슭으로 불러낸 것도 전부 계획의 일부였어. 하지만 잇폰기 기자에게는 네가 그의 친아들이라는 사실을 알리지 않았어. 그는 게가사와 교수가 네 아버지라고 생각해. 안심하렴. 그런 남자가 네 아버지일 리 없잖니. 물론 잇폰기 기자도 취재하다 보면 결국 착오였음을 알아차리겠지.

아이들을 버린, 증오해야 마땅한 남자들. 내 마지막 표적은 잇폰기 기자였단다.

왜냐하면 널 버렸기 때문이야.

이시바시 씨가 진실을 가르쳐줬어. 산장에 나타난 여자는 어린이집 선생님이었어. 나중에 그녀의 시신은 군마 현 산속에서 발견됐지.

수도권에서 세 건, 학대받은 아이들의 복수를 마쳤을 무렵이었어.

8월 초순에 〈다이요 신문〉에 연재된 '범죄 보도·가족 시리즈' 중 잇폰기 기자의 기사를 읽고 알아차렸지. 그는 군마 현의 강 유역 마을에서 어린이집 선생님으로 일하던 여자와 사귀었고, 그 후에 현청의 독직사건을 파헤쳤어. 그 결과 현청 출납장을 아버지로 둔 여자친구가 산속에서 자살했지……. 범죄 보도의 당사자이기도 한 신문기자의 고뇌가 잘 드러난 기사야. 산카쿠 산은 군마 현, 나가노 현, 사이타마 현에 걸쳐 있잖니. 그래서 혹시나 싶었단다. 이 기사에 등장한 어린이집 선생님이 바로 이시바시 씨에게 젖먹이를 맡긴 어머니가 아닐까.

　그리고 잇폰기 기자가 바로 네 친아버지가 아닐까. 이시바시 씨는 처음에 네 출생에 관해 우리에게도 비밀로 했단다. 누가 누구의 자식인지는 관계없다고 생각하는 분이셨거든. 아버지는 이시바시 씨에게 확인해봤지. 그러자 "에바라, 그 기사를 보고 알았구나. 언젠가는 이야기해줄 생각이었지만……" 하고 차분히 사연을 밝히셨어. "요이치로를 처마 밑에서 발견한 후 산장을 찾아온 여자가 있었어. 자기가 아기를 처마 밑에 놓아뒀다더군. 네가 거두었다고 알려주자 여자는 안심한 표정으로 고개를 살짝 끄덕였어. 그리고 자기는 군마 현에서 어린이집 선생님으로 일했던 사람이라고 밝히고 다시 자취를 감췄어."

　아버지는 잇폰기 기자를 용서할 수 없었어. 그리고 〈다이요 신문〉에 지금까지 저지른 세 사건의 범행 성명을 보내 잇폰기에게 도전하기로 했지. 요이치로를 불행하게 만든 자에게 드디어 진정한 복수를 할 수 있겠구나 싶어 온몸의 피가 들끓는 기분이었어. 그때 계획대로 게가사와 교수를 범인으로 내세운 후, 마지막에는 잇폰기 도루를 죽이기로 결심했어.

　그 후로 살인 계획을 진행하는 동시에 그와 지면상에서 대화를 시작했지. 백신이 일찌감치 범행 성명에서 '아이를 버렸다'고 술회한 데는 이유가 있어. 아이를 버린 건 잇폰기 본인이야. '너야말로 죄인이다'라고 지적하고 싶었던 거지. 그가 어떻게 반응할까. 나는 시험하면서 대화를 계속해나갔어.

　하지만 그는 사랑하는 사람과 헤어졌음을 후회하면서도 아이가 있었다는 사실은 언급하지 않더구나.

네 친아버지의 본모습을 더 알고 싶었어.

그때부터 〈다이요 신문〉의 지면에서 너를 '낳아준 아버지'와 '길러준 아버지'의 대화가 이어졌지. 잇폰기 기자는 내가 무심코 진실을 밝히기를 기다렸고, 난 거기에 맞서는 형태로 대화는 발전돼나갔어.

아버지는 그를 도발하며 그의 머리를 시험했단다. 그리고 그가 가족을 버리면서까지 손에 넣은 사회적 지위를 빼앗으려고 했어. 부주의한 말 때문에 살인이 벌어진다면 어떨까. 그를 괴롭히고, 창피를 주고, 마지막에는 존엄성을 갈기갈기 찢어서 죽이려고 했지. 잇폰기가 요이치로를 버리고 선택한 인생을 정면으로 부정하고 싶었어. 그건 나와 잇폰기, 둘 중 누가 네 아버지로 어울리느냐를 놓고 벌이는 대결이기도 했어.

그리고 마침내 복수할 기회가 찾아왔지. 잇폰기 기자의 얼굴은 신문 칼럼 같은 데 실려서 알고 있었어. 어느 날 밤, 〈다이요 신문〉 앞에서 기다리다가 퇴근하는 그의 뒤를 밟았어.

어두운 공원을 지나갈 때 난 화단 뒤편에서 품속의 칼을 꺼냈지. 내 기척을 알아차렸는지 그가 재빨리 몸을 돌리더군. 어둠 속에서 잇폰기 기자를 유심히 살폈어. 그때 그의 얼굴이 섬광처럼 내 마음속에 번쩍였어.

그 찰나의 순간 때문이었어.

아버지는 그를 죽일 수 없었단다.

이날을 위해 분노를 꾹꾹 담아왔는데. 왜인 줄 알겠니? 가장 증오하는 상대를 눈앞에 두고도 죽일 수 없는 엄청난 이유가 생겼기 때문이야.

어둠 속에서 가로등 불빛 아래로 떠오른 그의 얼굴이 요이치로, 너랑 뚝 닮았더구나.

어쩐지 서글퍼 보이는 눈, 정직해 보이는 입매, 머리카락 사이로 나온 약간 큰 귀. 우리 부부가 어릴 적부터 금이야 옥이야 키웠던 너랑 판박이였어. 거기 있는 사람은 나이를 먹은 너였단다. 나이를 먹어 흰머리가 늘기 시작한 너였어. 그때 난 미래의 너와 대면한 거야.

어떻게 그를 죽일 수 있겠니.

난 그가 널 버린 걸 용서할 수 없었어. 분노와 증오는 그칠 줄 모르고 들끓었지. 하지만 가장 증오하는 사람에게서 내가 가장 사랑하는 널 봤어. 네 친아버지니까…… 그를 죽이고 싶었던 것과 완전히 똑같은 이유로 그를 죽일 수 없었지.

불안한 듯이 돌아본 그의 얼굴. 그건 참관수업 때 나를 찾아 불안하게 교실 뒤를 돌아보던 네 얼굴이었어. 잇폰기 기자에게 사랑하는 네 모습이 투영된 거야.

그 후로 잇폰기 기자와 신문 지면에서 글을 주고받을 때 네 분신과 대화하는 기분이 들더구나. 그래서 그와 일대일로 직접 이야기를 하고 싶어졌어. 그에게 전화했을 때 위장 공작도 중요했지만, 그냥 나이를 먹은 너와 직접 이야기를 해보고 싶기도 했단다.

잇폰기 기자가 집으로 찾아왔을 때 서재에 마주 앉아 커피를 마시며 이야기를 나눴어. 민간업자에게 의뢰해 그의 커피잔에 묻은 침에서 DNA를 채취했지. 네 머리카락도 제공했고. 그걸로 두 사람의 친자관계를 재확인했어.

분명 또 하나의 네가 아버지에게 죄를 거듭하지 말라고 깨우쳐준 거겠지.

내 안에는 부친에게 버림받고 복수심에 사로잡힌 살인범과, 널 사랑으로 키우고 어떤 생명도 소중히 아끼는 올바른 내가 있었어. 두 인격이 미래의 너와 마주 보고 대화를 나눈 거야.

그리고 오늘, 모든 죄를 인정하고 죗값을 치를 각오로 그와 다시 만났어.

잇폰기 기자와 글을 주고받으면서 알고 싶었던 것이 하나 더 있단다. 그는 왜 너를 버렸을까. 어쩌면 네 존재를 몰랐을 수도 있겠더구나.

이 편지를 읽은 후에 네가 그를 아버지로 인정한다면 뒤따라가서 "아버지" 하고 불러 세우렴. 넌 나와 인연을 끊는 게 좋아. 넌 애당초 살인귀의 피를 물려받은 아이가 아닌걸. 선택은 네게 맡기마. 살인귀와 고상한 저널리스트. 넌 어느 쪽을 아버지로 선택할까. 결말은 네가 정하면 돼.

다만 왜 나는 내내 네게 잇폰기 기자 이야기를 하지 않고, 그에게도 네 이야기를 하지 않았을까. 그랬다가는 나와 네가 아버지와 아들로 지낼 수 없을 것 같은 기분이 들어서야. 만약 네가 그를 아버지로서 흠모하는 마음이 생긴다면…… . 잇폰기 기자도 너를 아들로 거둘 마음이 생긴다면…… .

아버지는 견딜 수 없었어. 너를 빼앗기고 싶지 않았지. 난 평생 네 아버지이고 싶었어. 단 하나뿐인 아버지 말이야. 그래서 네가 잇폰기 기자에게 도움을 청하고자 신문사를 찾아간 걸 알았을 때 가슴이 찢어지는 것 같았단다. 얄궂은 운명을 느꼈고, 우연을 저주했어.

지금은 네가 '살인범의 아들'로 불리는 게 가장 가슴 아프고 측은해. 요이치로, 가슴을 쫙 펴고 살아가렴. 아버지는 요이치로의 친아버지가 아니야. 넌 내 피를 이어받지 않았어. 살인귀의 혈통이 아닌 거야. 묘하게도 그날과 똑같은 말을 하게 되는구나.

아버지랑 너는 생판 남이야.

나는 편지에서 고개를 들었다.

세 사람이 가족이 된 이곳에서, 나는 아버지에게 똑같은 말로 버림받았다. 아버지는 편지를 이렇게 끝맺었다.

소원 하나만 들어주렴. 내가 사형당하면 뼛가루는 여기다 뿌려다오. 이제 네 어머니와 영원히 함께 있을 수 있겠구나.

3

내 친아버지는 누구인가―. 그 대답이 편지에 적혀 있었다.

나는 눈을 감았다. 햇빛이 비치는 교실을 떠올렸다. 눈 속에 밝은 빛이 차오른다. 몸속 깊은 곳이 따뜻해진다. 교실 뒤편에서 아버지가 나만 바라본다. 그냥 한없이 기쁘다. 그리운 교실의 풍경은 지금도 내 안에 남아 있다. 그날 아버지는 틀림없이 내 아버지였다.

아버지는 잇폰기 기자에게 내가 그의 아들임을 알리지 않았다고 한다. 이유는 '난 평생 네 아버지이고 싶어. 단 하나뿐인 아버지 말이야…….'

내 아버지는 다른 누구도 아니라 그날 그곳에 와준 에바라 시게루, 그분뿐이다.

나는 돌 위에서 일어나 크게 기지개를 켰다. 진한 풀 냄새를 가슴 가득 들이마셨다. 숨을 내쉬자 마음이 후련해졌다. 나는 작게 중얼거렸다.

"어머니, 그러면 되겠죠?"

부드러운 바람이 내 뺨을 어루만지고 산등성이를 건너갔다.

잇폰기 도루의 모놀로그

1

모든 보도를 마쳤다.

기사에서는 요이치로를 일절 언급하지 않고, 백신이 게가사와 교수를 살해한 진짜 동기도 덮어놓았다. 하세데라 사회부장과 마유즈미 데스크를 설득해 양해를 구했다.

사건은 마무리됐고 연말을 맞았다.

결국 백신에 관한 보도를 통해 〈다이요 신문〉의 경영 상태는 일시적으로 V 자 회복을 이루었다. 이번 연도 전체 수지는 이미 흑자 전환이 확실했으므로 임원들은 퇴진을 면했다. 하지만 소동이 지나간 지금, 판매부수나 광고 수입은 다시 하락세를 보이기 시작했다.

〈다이요 신문〉 도쿄 본사 5층의 편집국, 오후 5시가 지난 시각. 나는 여느 때와 다름없이 검은 가죽소파에 때가 탄 오렌지색 이불을 덮고 누워 있었다.

"어이. 일본 최고의 저널리스트."

마유즈미 데스크의 목소리가 들려왔다. 그는 얼굴 가득 웃음을 띠고 있었다.

"일본 저널리스트 대상이야. 방금 일본 J연맹에서 편집국장 보좌한테 연락이 왔어. 너한테 '올해 최고의 저널리스트'라는 칭호를 준대."

"그런가요." 나는 작게 답했다. "좋은 일이지만…… 고사하겠습니다."

"무슨 소리야. 안 기뻐? 아니면 폼 잡는 거야?"

"받을 수 있다고 생각하세요?" 나는 진지한 표정으로 물었다.

마유즈미 데스크가 입을 다물었다. 입가가 희미하게 움직이는가 싶더니 몇 번 작게 고개를 끄덕였다. 나는 말을 이었다.

"살인범과 글을 주고받은 결과, 〈다이요 신문〉은 돈을 벌었고 판매부수도 회복됐습니다. 저는 상을 받았고요. 그 사실에 어떤 태도를 취할 것인가, 저널리즘 본연의 자세를 질문받는 기분이에요."

마유즈미 데스크도 금방 이해했다.

"알았어. 일본 J연맹에 고사하겠다고 전할게. 다만 한 해에 한 번 있는 일본 저널리스트 대상의 선출 결과는 기사화해야 해. 그러니까 〈다이요 신문〉 잇폰기 도루 기자 수상 고사라고 실을게. 아까 데스크 회의에서 수상을 알리는 기사를 어떻게 낼 것인가를 두고서 논쟁이 벌어졌었어. 마음이야 1사회면 아래쪽에 내고 싶지만, 나가미네 편집국장은 자화자찬이 될 테니 자중하래. 3사회면에 1단 기사야."

마유즈미 데스크는 수상 이유가 적힌 일본 J연맹의 발표문을 건네줬다.

일본 저널리스트 대상에 〈다이요 신문〉 잇폰기 도루 기자

수도권 연쇄살인사건 / 범인이 체포되기까지 이어진 일련의 보도에

올해 5월부터 수도권 연쇄살인사건이 발생한 후, 8월부터 사건이 해결된 11월까지 게재된 잇폰기 도루 기자의 기사는 압권이었다. 지면을 통해 용의자 백신과 대화를 나누며 사건을 해결하기 위한 실마리를 제시하고 진상으로 이끈 것은 물론, 범죄로 치닫는 인간의 어두운 마음을 파헤쳤다. 범행을 저지하기 위해 빼어난 논리로 설득에 나섰으며, 용의자에게 건네는 말은 인간미로 가득했다. 필자는 8월 초순에도 '범죄 보도·가족 시리즈'에 참여해 범죄 보도의 내막이 담긴 '기자의 통곡'을 들려줬다. 또한 이번 사건을 통해 저널리즘의 정수를 보여주고 삶의 고귀함을 전달해 많은 독자의 공감을 얻었다.

일본 최고의 저널리스트.

젊을 적에는 그 칭호를 동경했다. 비슷한 시기에 미래의 '가족'을 잃었다. 돌이킬 수 없는 후회가 지금도 가슴 한구석에 자리잡고 있다. 그날 이후로 내게 여자는 영원히 고토미뿐이었다.

"일본 최고의 저널리스트라." 입속으로 되뇌었다.

사회적인 칭호지만 무미건조한 기호에 불과하다. 하늘을 찌를

듯한 고고함과는 거리가 멀다. 당사자인 내가 제일 잘 안다. 만인에게 인정받기에, 누구와도 나눌 수 없는 고독. '일본 최고'라는 칭호가 사회정의라는 공적과 자기실현에 사로잡혀 수많은 희생과 맞바꾼 '일본 최고의 이기적인 인간'이라는 별칭으로 느껴졌다.

지금은 다른 호칭이 부러웠다. 지위나 명예와 무관하며 내가 절대로 들을 수 없는 그 말……

'아버지.'

나는 무심코 중얼거렸다.

왜일까. 그 목소리, 그 말.

산카쿠 산 정상에서 에바라 요이치로가 나를 아버지로 착각하고 그렇게 불렀다. 그 후로 그 목소리가 귀에 붙어 떨어질 줄을 몰랐다. 그 목소리는 진심으로 아버지를 불렀다. 거리낌이나 부끄러움 없이 가족끼리만 나누는 솔직한 육성, 어리광 부리는 듯한 온기.

그 말의 여운에 나는 또 하나의 인생을 투영해봤다.

20여 년 전. 고토미와의 사이에서 아이를 얻었다면 딱 그만 한 나이였을 것이다. 가정을 꾸렸다면 지금쯤 나도 그렇게 불렸을지도 모른다.

그리고 깨달았다. 지금 나는 누군가 단 한 사람에게조차 사랑받지 못한다는 것을.

'사랑해야 마땅할 존재를 사랑하지 않은' 죄……. 백신 에바라 시게루 씨가 사회에 고발한 가공의 죄목이다. 나 또한 사랑해야 마땅할 단 한 사람을 무책임하게 외면하고 태평스럽게 살아온 '죄인'이 아니었을까.

요이치로는 앞으로 어떻게 살아갈까.

그와 에바라 씨는 한 핏줄이 아니다. 살인범이 친아버지가 아니라는 사실이 그의 무거운 마음을 조금이라도 가볍게 해줄까.

2

오후 7시. 5층 편집국은 전쟁터 같은 시간을 맞이했다. "대판 초판 교정대장, 이쪽에도." 서브 데스크가 고함을 지르고, 아르바이트생들이 뛰어다닌다. "누가 전문가의 견해 좀 받아와." 기사를 보충할 필요가 있는 것이리라. 데스크가 사회부 야근조에 발주했다.

야근조 여섯 명의 업무는 원고 보충 취재, 총국에서 들어온 원고 정정, 교정대장 확인, 통신사 원고의 타사 선점 확인, 인물 데이터베이스와 과거 기사 검색, 일기예보 출고라 눈코 뜰 새 없이 바쁘다. 데스크석 서류함에는 뉴스 원고가 차례차례 쌓였다.

기사 송출을 알리는 〈교도통신〉의 '피코'가 편집국에 울려 퍼졌다. 원고 전달을 위한 통화. 팩스 수신음. 여기저기서 텔레비전 뉴스 음성이 흘러나온다. 편집부 데스크가 "이 헤드라인, 다음 판부터 바꾸겠습니다" 하고 사회부 데스크로 달려왔다. 교정대장 지면을 보여주고 몸을 돌려 자기 자리로 서둘러 돌아갔다.

신문사는 불야성이다. 이제부터 12판▲, 13판, 14판 순으로 마감과 강판을 반복한다. 사회부 야근조가 맥주와 안주를 사 와서 한잔하는 것은 오전 2시 이후다.

사회부 한구석. 책상에 쌓아 올린 자료 너머에서 동료들이 말을 걸었다.

"잇폰기, 일본 저널리스트 대상 고사한다면서?"

그때 누군가 어깨를 두드렸다.

"그렇군. 자네다워." 요시무라였다. "참, 나 얼마 전에 아들을 만나고 왔어. 15년 만이지. 어쩐지 내 젊은 시절 모습을 닮았더라고. 아들이라고 하나 있으니 참 좋더군."

요시무라는 그렇게 말하고 15층으로 돌아갔다.

텔레비전 뉴스에서 "오늘 밤 한파가 전국을 찾아왔습니다" 하고 알렸다. 창밖에 나풀나풀 날리는 하얀 물체가 보였다.

"아, 눈이다." 창가에 있던 누군가가 말했다.

얼마 지나지 않아 편집부장과 공정관리 섹션 명의로 '금일 조판하는 조간 각판의 강판 시간 조정'을 알리는 회장(回章)이 나왔다. '회장'이란 사내 업무 연락용 종이를 가리킨다. 옛날에는 회람판처럼 돌려봤기에 이런 이름이 붙었다. 지금은 각 부서에 비치된 출력기로 출력해 데스크석마다 전달한다.

오늘 밤부터 내일 이른 아침까지 남하하는 한파의 영향으로 간토고신 지방에도 눈 소식이 있습니다. 간토평야 및 도심부에도 눈이 15~20센티미터 쌓일 것으로 예상됩니다. 신문 운송

및 배달 시간을 확보하기 위해 금일 조판하는 조간의 강판 시간
을 다음과 같이 앞당기겠습니다.

조정 대상 지역과 시간이 발표됐다. 여기 시오도메에도 눈이 올
지 모른다. 신문 제작의 모든 공정이 예정보다 대폭 앞당겨졌다.

이 종이가 나오면 편집 현장은 한층 어수선해진다.

사회부 데스크가 목소리를 높였다.

"눈 때문에 강판 시간이 30분 앞당겨졌어. 원고 맡은 사람들은
서둘러." 야근조 여섯 명은 마주 앉아 컴퓨터 자판을 두드렸다.
캡이 "알겠습니다" 하고 답하자 몇 명이 "네" 하고 호응했다.

오후 9시. 전화 취재를 마친 기자가 "전문가 견해를 받았습니
다" 하고 데스크석에 소리쳤다. "어때? 쓸 만해?" "네. 괜찮을 것
같습니다." 기자가 전문가 견해의 요지를 전달했다. "좋아. 자투
리 기사로. 15분 안에 완성해." 사회부 데스크가 그렇게 말하고
10미터 앞에 있는 편집부 데스크석에 "죄송합니다. 이 기사 말미
에 전문가 견해를 20행 넣어주십시오" 하고 부탁했다.

편집부 데스크가 "강판 시간이 앞당겨졌는걸. 10분 만에 완성
할 수 있어?" 하고 손목시계를 가리켰다. "가능합니다." 사회부
데스크가 기자더러 들으라는 듯이 대답했다. 단말기 앞에 있던
편집부원이 편집부 데스크와 말을 주고받았다. "알았어. 그럼 비
워놓고 기다릴게." 편집부 데스크가 고개를 들고 사회부 데스크
에게 외쳤다. 야근조 기자가 교열부에 추가 출고를 전달하러 달
려갔다. "알았어." "접수했음." "기다리겠습니다." 여기저기서 그

런 목소리가 오갔다.

편집부 데스크는 즉시 지면을 조판하는 단말기 화면을 보며 부원에게 지시했다.

"여기랑 여기, 4단짜리 헤드라인의 폭을 1행씩 좁혀서 8행을 벌어. 그리고 한가운데 3단짜리 사진, 좌우 1행씩 잘라버려. 그리고 '올겨울 최강의 한파' 원고, 길지 않아? 조금 줄일 수 있을 텐데."

간단하게 헤드라인을 포함한 스물 몇 행의 공간을 만들어냈다. 교열부 데스크가 즉시 사회부 데스크석으로 전문가 이름의 한자를 확인하러 왔다.

신문사 내부의 시간은 시곗바늘이 가리키는 잔량 그 자체다. 하루 24시간이 수치화된 공간 속에 있다. '마감'과 '강판'이라는, 공유하는 시간의 한 점을 향해 여기 있는 모든 사람이 의식을 집중한다. 앞으로 몇 분. 앞으로 몇 행. 시계를 확인하고 손을 계속 움직인다.

문득 지상에는 다른 시간도 있으리라는 생각이 들었다. 그런 시간을 버리고 온 내가 지금 여기에 있다.

3

밖에는 눈이 오나―. 나는 창가로 걸어갔다.

흐려진 유리창을 손으로 닦았다. 거울로 변한 유리창에 내 모습이 비쳤다. 창밖에 시선을 모으자 하얀 어둠이 희미하게 펼쳐져 있었다. 두툼한 유리창 너머에 마음을 빼앗겼다.

분주한 편집국의 시간과 소리가 사라졌다.

밖에 눈이 쌓이기 시작했다. 도시의 밤은 환몽 같은 눈의 평원으로 변했다. 오렌지색 가로등이 무대조명처럼 비춰내는 하얀 동그라미 속에서만 눈이 내리는 모습이 보였다. 사람은 없었다. 누군가의 작은 발자국이 어딘가로 이어졌다.

그리움이 밀려왔다. 희미해진 기억을 더듬었다. 점점이 늘어선 가로등이 기억을 밝히는 등불 역할을 했다.

20여 년 전, 고토미를 차에 태워 현에서 운영하는 고령자 주택이 있는 산속 마을까지 바래다줬다. 그날 눈 덮인 밤길이 감은 눈 안쪽에 떠올랐다. 차를 세우고 고토미와 입맞춤을 했다. 장래에 어디로 전근을 가든 둘이 함께라면 행복한 가정을 꾸릴 수 있을 거라 확신했다. 무슨 일이든 이겨낼 수 있을 것 같았다. 고토미도 마찬가지였으리라. 아이는 아들이 좋겠다고 생각했다.

'밤의 바닥이 하얘졌다……'

언젠가 고토미가 그런 말을 했다. 고토미가 좋아한 가와바타 야스타리의 소설《설국》의 한 구절이다. 그때 고토미는 "멋지죠?" 하고 웃었다. "눈은 내리는 게 아니라 가라앉는 거예요" 하고 덧니를 보이며 말했다.

거짓말같이 아름다운 세계였다. 고요한 여운에 잠기며 문득 생각했다.

밤의 바닥에 쌓이는 눈……. 소리도 없이 잠잠하게 내리다가 어느덧 아무도 모르게 깊은 어둠의 바닥에 쌓여 있다. 그건 마치 내 마음속 깊이 가라앉혀놓은 내면의 죄 같았다.

'살인사건을 이용한 보도' 운운은 내가 '일본 저널리스트 대상'을 고사한 진짜 이유가 아니었다. 나는 신문 지면에 진정한 '기자의 통곡'을 쓰지 않았다. 요시무라도, 마유즈미 데스크도 모르는 사실이 있었다.

고토미의 배 속에는 아이가 있었다.

마침 고토미의 아버지인 시라이시 출납장의 뇌물수수 사건과 시기가 겹쳤다. 집에는 돌아갈 수 없었다. 나는 어쩔 수 없이 낙태를 시켜야겠다고 생각하고 고토미에게 전화를 걸었다.

"돈을 마련했어. 20만 엔. 그 아이를 위해서야." 나는 그렇게 설득했다.

처음에는 고토미도 울면서 "응" 하고 받아들였다. 보도 직전이었다. 고토미가 지국에 전화를 걸어 역시 낳겠다고 말했다. 나는 지국 밖으로 나와서 공중전화로 집에 전화를 걸었다. 고토미가 받았다. 나는 수화기에 대고 목소리를 쥐어짜냈다.

"이제 우리는 결혼 못 해. 지우는 게 어때?"

고토미는 아무 말도 없었다. 나는 "고토미, 알잖아" 하고 조용히 다그쳤다. 반응은 없었다. 고토미의 희미한 숨소리가 들렸다. 배 속에 있는 아기는 이제 내게 골치 아픈 존재였다. 쓸모없었다. 성가셨다. 나는 무의식중에 언성을 높였다.

"지우라고!"

고토미는 눈물 섞인 목소리로 외쳤다.

"나와 당신 사이에 무슨 일이 있더라도, 앞으로 태어날 이 작은 생명은 죽일 수 없어. 이 아이는 나랑 당신이 그 마을 어린이집에서 만난 뒤로 쭉 함께 지내온 시간의 증거니까……."

흐느끼며 말하는 고토미의 목소리가 힘없이 떨렸다. 고토미가 먼저 전화를 끊었다. 그게 우리의 마지막 대화였다. 그때 고토미는 "죽일 수 없어!" 하고 외쳤다. 나는 지우라고 했지 죽이라고는 하지 않았다. 단지 두 글자 차이다. 하지만 마찬가지 뜻이었다.

고토미가 내 아이를 가졌다는 사실은 '범죄 보도·가족 시리즈'에서 일절 언급하지 않았다. 아니, 컴퓨터 화면에 한 번은 입력했다. 그러나 손이 멈췄다. 너무 괴로웠다. 그렇게까지 악인이 될 용기도 없었다. 컴퓨터 화면을 다시 바라봤다.

'안 돼. 못 쓰겠어.'

나는 백스페이스키로 한 글자씩 지우며 죄를 곱씹었다. 마지막 한 글자를 지웠을 때 나는 의도적으로 '진실'을 언급하지 않는 교활한 기자가 되었다. '써야 할 것을 쓰지 않는 작위적인 집필'이었다.

나는 아이를 죽이려고 했다. 아니, 분명 죽였으리라. 백신은 아동학대를 자행한 아버지들에게 복수를 해나갔다. 그가 글 속에서 고발한 '절대적인 폭력', 그 문구에 내가 민감하게 반응해 백신이 품은 분노의 근원을 알아내기에 이른 것은 옛 경험과 겹쳤기 때문이다. 그는 그 죄를 처단하고자 했다.

그 진의를 꿰뚫어 본 것은 나 또한 남모르게 아무 저항도 못하는 조그마한 생명을 없애버리려 한 장본인이기 때문이다. 나는 저널리스트의 본분을 저버렸다. 어찌 '일본 최고의 저널리스트'라는 칭호를 받을 수 있겠는가.

고토미가 말한 '죽일 수 없는 이유'가 내내 가슴속에 박혀 있었다. 나는 십자가를 진 채 백신과 대화를 나눴다. 내가 더듬어간 잘못. 그 회오(悔悟)의 여정을 그와 공유할 수 있을지도 모르겠다고 생각했다. 사람의 목숨을 해친 자만이 다다르는 어둠의 심연에서 만날 수 있을 것만 같았다.

고토미는 산속에서 외로이 목숨을 끊었다.

어두운 창밖에서 추위와 침울한 정적이 새어 들었다. 실내의 불빛에 눈발이 언뜻언뜻 비쳤다. 느릿느릿 흩날리는 눈은 바람을 맞고 위로 날아오르기도 했다. 마치 시간의 제약에서 벗어난 하얀 꽃잎 같았다. 과거로 돌아갈 수 있는 시간의 입자처럼 보이기도 했다.

나는 눈을 감고 기도했다.

고토미의 말대로 죽일 수 없었던 배 속의 작은 생명이 누군가에게 거둬져 어딘가에 살아 있지는 않을까.

오늘 밤은 간토 북쪽 지방의 산들도 눈에 뒤덮이겠지. 깊은 정적. 소리가 나지 않는 소리. 나는 그 적막함에 귀를 기울였다.

어렴풋한 희망이 환청을 자아내기도 할까.

저 멀리 겨울의 산 소리에 섞여 희미하게 고동치는 심장 소리가 들린 것 같았다.

※ 본문의 인용구는 아래 서적을 참조했습니다.

안톤 체호프 지음, 유아사 요시코 번역, 《세 자매》(이와나미문고, 1950)

프리드리히 니체 지음, 시다 쇼조 번역, 《즐거운 지식 니체 전집 8》(지쿠마학예문고, 1993)

플라톤 지음, 이와타 야스오 번역, 《파이돈》(이와나미문고, 1998)

'아유카와 데쓰야 상'을 놓고
《시인장의 살인》과 끝까지 경합했던
화제작 《그래서 죽일 수 없었다》

일본에는 '아유카와 데쓰야 상'이라는 추리소설 신인 공모상이 있다. 트릭과 논리를 중시하는 이른바 본격 미스터리를 평생 써온 작가 아유카와 데쓰야의 이름을 따서 만든 상답게, 본격 미스터리가 수상하는 경향이 강하다고 할 수 있겠다.

제27회 아유카와 데쓰야 상 심사위원은 쓰지 마사키, 기타무라 가오루, 가노 도모코였다. 쓰지 마사키는 본격 미스터리 작가 클럽 3대 회장이었고 본격 미스터리 대상도 수상한 경력이 있다. 기타무라 가오루는 본격 미스터리 작가 클럽 2대 회장이고 일본 추리작가 협회상 수상자다. 가노 도모코는 제3회 아유카와 데쓰야 상을 수상하며 데뷔한 작가로, 그야말로 아유카와 데쓰야 상의 적통이다.

작풍은 각자 다르지만 본격 미스터리에 조예가 깊은 세 심사위원은 만장일치로 《시인장의 살인》에 '아유카와 데쓰야 상'을 수여했다. 그러나 일종의 예외가 있었다. 다음으로 높은 점수를 받은 《그래서 죽일 수 없었다》가 우수작으로 선정된 것이다. 현재 31회까지 이어진 '아유카와 데쓰야 상' 역사상 우수작이 나온 예는 고작 다섯 번. 심사위원들은 그런 예외를 인정하면서까지 《그래서 죽일 수 없었다》를 독자에게 선보이고 싶었던 것이다. 무엇이 그렇게 인상적이었던 것일까. 심사위원들의 심사평을 간략하게 소개하면 다음과 같다.

가노 도모코 : 신문 제작에 관한 정보량이 압도적이라 흥미로 웠다. 필력이 아주 좋고 완성도도 높은 미스터리 작품이다.

기타무라 가오루 : 신문사 직원인가 싶을 만큼 묘사가 생생하고 용어에 현실감이 넘친다. 플롯이 치밀하고 문장력도 대단하다.

쓰지 마사키 : 독자의 마음을 뒤흔드는 극장형 범죄, 본문을 뒤덮은 신문사 편집국의 용광로 같은 열기에 페이지가 절로 넘어간다. 끝까지 흐트러지지 않는 문장력도 이 작품의 뛰어난 특색이다.

이처럼 《그래서 죽일 수 없었다》에는 다른 작품에서는 찾아볼 수 없는 장점이 있다.

일단 주인공이 일하는 신문사 상황을 아주 자세하게 설명한다. 신문 제작 과정은 물론, 인터넷 시대에 점점 불황을 맞고 있는 종이 매체의 한계, 그로 인한 언론의 상업화 같은 문제를 사회적인 시각에서 풀어낸다.

또한 문장력이 수준 이상이다. 요즘 이른바 라이트노벨 형식과 융합된 가벼운 작품을 보면, 문장력이 처참할 때가 많다. 그러나 잇폰기 도루는 치밀한 플롯을 밀도 높은 문장으로 전개해 나간다. 특히 본문에서 범죄자 백신이 '인간=바이러스'론을 펼치며 살인을 정당화하는데, 그 주장이 그럴싸하게 들린다. 이는 준수한 문장력 없이는 불가능한 일이다.

그리고 스포일러가 될 테니 자세하게 설명할 수는 없지만 독자의 마음에 찡하게 다가오는 인간 드라마 같은 감성도 이 작품이 높게 평가받은 이유 중 하나일 것이다.

독자들에게 이 작품을 선보이고자 한 심사위원들의 마음이 통했는지 독자들의 평가도 높다. 개인적으로는 《시인장의 살인》이 없었다면 무조건 대상을 수상했을 작품'이라는 평에 동의한다. 사실 《시인장의 살인》은 그해 미스터리 연말 랭킹을 싹 휩쓸다시피 했으므로 너무 강력한 경쟁자이기는 했다. 아마 본격 미스터리에 높은 점수를 주는 '아유카와 데쓰야 상'이 아니라 다른 신인상에 응모했다면 무조건 수상하지 않았을까 싶다.

《그래서 죽일 수 없었다》의 저자 잇폰기 도루는 1961년생으로 현재 회사원이라고 한다. 저자의 트위터에 의하면, 차기작으로 사회파 미스터리를 준비하고 있다는데 과연 언제 책이 나올지 기대된다.

독자 여러분도 《그래서 죽일 수 없었다》를 읽어보면 차기작에 대한 기대가 커지지 않을까? 신인의 패기와 원숙함을 고루 지닌 《그래서 죽일 수 없었다》, 미스터리 팬에게 추천하는 바이다.

2021년 6월

옮긴이 김은모

옮긴이 **김은모**

경북대 행정학과를 졸업했다. 출판 번역가로 활동하며 다양한 작가의 작품을 소개하고
자 노력하고 있다. 옮긴 책으로 우타노 쇼고의 '밀실살인게임' 시리즈, 고바야시 야스미
의《앨리스 죽이기》,《클라라 죽이기》, 이사카 고타로의《화이트 래빗》,《후가는 유가》, 미
야베 미유키의《비탄의 문 1, 2》를 비롯해《열대야》,《시인장의 살인》,《지푸라기라도 잡
고 싶은 짐승들》등이 있다.

그래서 죽일 수
없었다

2021년 6월 30일 초판 1쇄 발행
2021년 8월 18일 초판 2쇄 발행

지은이 | 잇폰기 도루
옮긴이 | 김은모
발행인 | 윤호권·박헌용
본부장 | 김경섭
책임편집 | 김지연

발행처 | (주)시공사
출판등록 | 1989년 5월 10일(제3-248호)

주소 | 서울특별시 성동구 상원1길 22 7층(우편번호 04779)
전화 | 편집 (02)2046-2869 · 마케팅(02)2046-2800
팩스 | 편집· 마케딩 (02)585-1755

홈페이지 www.sigongsa.com

ISBN 979-11-6579-592-4 (03830)

검은숲
장르소설
안내서

**검은숲 장르소설
안내서 이용법**

검은숲과 시공사는 '짙게 우거진 이야기의 숲'을 모토로 국내 독자들에게 다양한 장르소설을 소개하고 있다. 아는 독자는 알겠지만 그중에서 주가 되는 것은 단연 미스터리다. 추리, 탐정, 스릴러, 서스펜스, 하드보일드와 교집합을 이루며 같은 듯 다른 듯 역사를 만들어온 이 장르에 열렬한 애정을 가진 독자들이 많지만, 이제 막 관심을 갖기 시작한 분들과 심지어 아무 관심도 없이 이 글을 읽고 있는 분들도 있을 것이다. 미스터리는 소설로도, 이를 원작으로 만든 영화로도 수백 년 동안 사람들의 사랑을 받아온 장르. 검은숲은 장르의 태동부터 현재까지 대가라 불리는 작가들과 걸작으로 손꼽히는 작품을 골라 선보이니, 수십 권을 읽었든 아직 한 권도 읽지 않았든 이곳에서 원하는 책을 찾을 수 있을 것이다. 당신이 보다 쉽게 장르소설의 지형도를 그릴 수 있도록 안내서를 준비했다. 안내서와 함께 깊고 넓고 울창한 미스터리의 숲을 여행해보시길.

당신에게 맞는 미스터리 단계는?

2 심화

살인사건과 반전만으로 더 이상 만족할 수 없다면, 세분화해서 읽어보자. 미스터리에서 사용하는 단어들에 익숙해지면 금상첨화. 당신의 취향을 저격하는 장르를 만날 수도 있으니 폭넓게 읽어볼 것을 추천한다.

1 입문

아는 탐정이 셜록 홈스, 코난, 김전일뿐이라면 대표적인 것부터 시작해보자. 시리즈라고 부담스러워할 필요는 없다. 순서대로 읽지 않아도 충분히 재미있으니 끌리는 것부터 펼쳐보시라.

3 마니아

미스터리 소설이라면 몇 시간이라도 혼자 떠들 수 있는 당신. 여기저기 넓게 손을 뻗어봤다면, 이제는 빠진 게 없는지 꼼꼼히 살펴보자. 당신만의 장르 컬렉션을 완벽하게 만들어줄 보석 같은 책들을 놓치지 마시길.

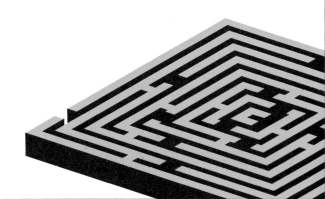

입문

점성술 살인사건

시마다 소지 지음 | 한희선 옮김

14년 만에 완전 개정판으로 출간된 일본 미스터리 역사에 분기점이 된 걸작. 시마다 소지만이 떠올릴 수 있는 완전 무결한 수수께끼

《주간 분슌》 동서 미스터리 베스트 100 3위
《가디언》 밀실 미스터리 톱 10 2위

BEST

경성탐정 이상 시리즈 김재희 지음

냉철한 이성을 가진 시인 이상과 생계형 소설가 구보. 낭만과 욕망의 도시 경성에서 개성 강한 콤비가 펼치는 추리 활약극

한국추리문학대상 수상(1부) | 세종도서 문학나눔 선정도서(2부)

긴다이치 코스케 시리즈 (전12종) 요코미조 세이시 지음 │ 정명원 옮김

일본의 국민 탐정 긴다이치 코스케, 타락한 욕망의 시대를 배경으로 본격
미스터리의 거장이 선보이는 명추리의 향연

BEST

XYZ의 비극

엘러리 퀸 지음 │ 서계인 옮김

유명한 배우이자 날카로운 지성을 겸
비한 드루리 레인, 품위 있는 명탐정과
잘 어울리는 유일무이한 애장판으로
만나는 영미추리소설의 고전

살육에 이르는 병

아비코 다케마루 지음 | 권일영 옮김

소름 끼치도록 세밀한 살인범의 심리
묘사, 그리고 마지막 단 한 줄의 문장
으로 모든 것이 무너진다

BEST

미로 속 남자

도니토 기리시 지음 | 이송재 옮김

범죄학자 출신 작가가 만들어낸 반복
되는 악의 메커니즘. 《속삭이는 자》이
후 최악의 범죄자 버니 등장!

기발한 발상, 하늘을 움직이다 시마다 소지 지음 | 한희선 옮김

기상천외한 트릭의 열쇠는 하늘마저 움직인 남자의 마음. 본격과 사회파 미스터리, 어느 관점에서도 불평할 데가 없는 역작

이 미스터리가 대단하다! 3위 | 《주간분슌》 미스터리 베스트 4위

속삭이는 자 도나토 카리시 지음 | 이승재 옮김

당신을 향한 악마의 속삭임, 악의 심연에 빠진 이는 과연 범인뿐인가. 범죄학자 출신 작가의 가장 강렬하고 성공적인 데뷔작

프레미오 반카렐라 상 수상

64 요코야마 히데오 지음 | 최고은 옮김

14년간 묻어둔 진실을 위해 모든 것을 걸었다. 치밀한 구성과 압도적인 스토리텔링으로 일본미스터리의 수준을 끌어올린 걸작

이 미스터리가 대단하다! 1위 | 일본 서점 대상 2위
《주간분슌》 미스터리 베스트 1위 | 미스터리가 읽고 싶다! 2위

죽이기 시리즈 고바야시 야스미 지음 | 김은모 옮김

사랑스러운 동화와 잔혹 미스터리의 기묘한 만남. 그로테스크한 묘사와 환
상적인 설정, 본격 미스터리의 논리를 모두 갖춘 화제작

이 미스터리가 대단하다! 4위

미스터리가 읽고 싶다! 8위 | 본격 미스터리 베스트 6위

BEST

유괴의 날 정해연 지음

한국 스릴러의 대표 작가로 발돋움하는 정해연의 유쾌한 미스터리. 어설픈
유괴범과 천재 소녀, 뜻밖의 콤비의 이제껏 본 적 없는 케미스트리

달리는 조사관 송시우 지음

판단하지 않는다. 단죄하지 않는다. 그저 보고서를 작성할 뿐! 형사도 탐정
도 아닌 '인권위 조사관들'의 성실한 활약
OCN 드라마 방영

탐정이 아닌 두 남자의 밤 최혁곤 지음

의협심 제로의 전직 기자와 뼛속까지 하찮은 퇴출 형사. 절친인 듯 웬수인
듯 두 남자의 와자지껄 심야추리극

심화

화이트블러드 임태운 지음

인류 최후의 탈출선에서 발생한 좀비 바이러스. 한국 SF의 전천후 스토리
텔러 임태운의 좀비 아포칼립스×스페이스오페라

좀비 썰록 김성희·전건우·정명섭·조영주·차무진 공저

한국 장르문학을 이끄는 젊은 작가들의 좀비 재담집. 불멸의 고전과 살아
있는 시체의 예측불허 만남

달이 부서진 밤 정명섭 지음

고통마저 소멸된 그것들을 막을 단 하루. 달이 부서진 밤. 한국 좀비문학을
이끌어온 정명섭의 본격 괴이 시대극

대나무가 우는 섬

송시우 지음

한국 장르문학의 기대주 송시우의 첫
본격 미스터리. 불길한 민담, 불가능한
죽음, 기괴한 단서. 대나무 가득한 섬
에서 일어난 초현실적 살인

구원의 날

정해연 지음

아이가 사라진 밤, 3년 전 그날의 진실
이 수면 위로 떠오른다. 한국을 대표하
는 스릴러 작가 정해연이 그려낸 상실
과 치유의 감동 스릴러

심화

진구 시리즈 도진기 지음

모호한 선악의 경계, 지적 유희에만 반응하는 천재성, 도덕과 휴머니티를 후천적으로 학습한 '진구'가 온다. 한국 추리소설의 새로운 지평을 연 도진기의 대표 시리즈

프로파일러 김성호 시리즈 김재희 지음

"프로파일러는 범죄자에게 동화되지 않는다. 그저 그들의 마음을 들여다 볼 뿐이다." 폭넓은 스펙트럼을 보여주는 작가 김재희의 도발적인 시리즈

마니아

편집자 추천

에도가와 란포 결정판 1, 2 에도가와 란포 지음 | 권일영 옮김

일본 추리소설의 아버지 에도가와 란포의 작품을 모은 결정판. 전문가들
이 인정한 정본으로 각 판본 비교분석, 희귀 화보, 자작 및 작품 해설 등 독
점 수록

변호 측 증인

고이즈미 기미코 지음 | 권영주 옮김

일본 추리소설 역사에 영원히 빛날 보
석과도 같은 작품. 전설로 남아 있다
46년 만에 복간되자마자 평단의 극찬
을 받으며 일본 추리소설계에 소동을
일으킨 주인공

마니아

시간이 지나도
잊을 수 없는
명작

모르그 가의 살인

에드거 앨런 포 지음 | 권진아 옮김

천재 탐정 뒤팽의 탄생! 에드거 앨런
포를 대표하는 '추리소설의 창시자',
'공포소설의 완성자' 타이틀을 확인
할 수 있는 선구적인 작품

편집자 추천

인 콜드 블러드

트루먼 커포티 지음 | 박현주 옮김

무참한 일가족 살인사건에 관한 강렬
한 기록, 인간의 절망과 구원에 관한 비
극적 서사시로 '논픽션 소설'이라는
새로운 장르를 개척한 기념비적 소설

BEST

엘러리 퀸 컬렉션 '국명 시리즈' (전9권) 엘러리 퀸 지음

20세기 미스터리의 거장 엘러리 퀸의 제1기. 미국을 대표하는 탐정 엘러리 퀸이 선보이는 순수하고 아름다운 연역 추리의 모범

마니아

버드박스

조시 맬러먼 지음 | 이경아 옮김

보는 것만으로 광기에 휩싸여 죽고 마는 미지의 크리처에 대한 원초적인 공포와, 그로부터 살아남기 위한 사람들의 생존을 그린 신세기묵시록

〈버드박스〉 넷플릭스 오리지널 영화 원작

나의 다정한 마야

멀린 페르손 지올리토 지음 | 황소연 옮김

진정한 어른이 없는 세상에서, 모든 것을 잃어야 했던 다정한 이웃집 소녀 마야. 스웨덴의 음험한 자화상을 그린 연민 어린 스릴러

〈퀵샌드: 나의 다정한 마야〉 넷플릭스 오리지널 드라마 원작

편집자 추천

빛의 현관 요코야마 히데오 지음 | 최고은 옮김

《64》이후 7년 만에 돌아온 거장의 가장 아름다운 미스터리. 상실을 겪고도 꿋꿋이 삶을 지탱하는 이들에게 보내는 요코야마 히데오의 위로와 갈채

이 미스터리가 대단하다! 2위 | 《주간분슌》 미스터리 베스트 1위
미스터리가 읽고 싶다! 2위 | 기노쿠니야 서점 선정 베스트 3위

링곤베리 소녀 수산네 안손 지음 | 이경아 옮김

북유럽 스릴러의 가능성을 확장시킨 놀라운 데뷔작. 전 세계 24개국에 출간 계약된 피 한 방울 없이 소름 끼치는 스릴러

더 선 1, 2 안데슈 루슬룬드·스테판 툰베리 공저 | 이승재 옮김

최악의 은행 강도 사건 이후 6년, 스웨덴을 대표하는 세계적인 작가 콤비의 실화를 바탕으로 한 리얼크라임. 뉴욕타임스 베스트셀러 《더 파더》 후속작

판타지와 Sci-Fi

굿모닝
미드나이트   릴리 브룩스돌턴 지음 | 이수영 옮김

지구 종말에 관한 가장 아름다운 절망을 담은 소설. 우주의 차가운 망망대
해, 혹은 고독이라는 인간의 심연을 아름답게 기록한 작품

〈미드나이트 스카이〉 넷플릭스 오리지널 영화 원작

멋진 징조들   닐 게이먼·테리 프래쳇 공저 | 이수현 옮김

천국에 가기 싫은 사람들을 위한 묵시록. 신랄한 풍자와 재기발랄한 유머로
정전에 오른 코믹 판타지 문학의 걸작

〈Good Omens〉 아마존, BBC 드라마 원작

유년기의 끝   아서 C. 클라크 지음 | 정영목 옮김

외계지성과 인류의 최초의 접촉과 인류 진화의 비밀을 과학적 상상력
과 철학적 성찰을 통해 풀어낸 아서 C. 클라크의 대표작

어슐러 K. 르 귄 걸작선(전6권) 어슐러 K. 르 귄 지음

판타지와 리얼리즘의 경계를 뛰어넘어 문학의 미래를 제시한 작가, 어슐러 K. 르 귄. 초기 대표작부터 마지막 성장소설까지 방대한 그의 세계를 한 번에 만나는 특별 선집

BEST

구원의 날 | 정해연

은퇴 형사 동철수의 영광 | 최혁곤

그래서 죽일 수 없었다 | 잇쫀기 도루

우리 동네 흉가로 놀러 오세요 | 전건우

기억 서점 | 정명섭

마술 피리 | 찬호께이

맬로리 | 조시 맬러먼

미래에서의 탈출 | 고바야시 야스미

미로장의 참극 | 요코미조 세이시

출간 예정작들 중 가장 기대되는 작품의 제목을 써주세요.